THE MAN WHO READ JOHN DICKSON CARR

論創海外ミステリ68

ジョン・ディクスン・カーを読んだ男

William Brittain
ウィリアム・ブリテン

森英俊 訳

論創社

THE MAN WHO READ JOHN DICKSON CARR AND OTHER STORIES
by William Brittain

The Man Who Read John Dickson Carr (1965),The Man Who Read Ellery Queen (1965),The Man Who Didn't Read (1966),The Woman Who Read Rex Stout (1966),The Boy Who Read Agatha Christie (1966),The Zaretski Chain (1968),The Man Who Read Sir Arthur Conan Doyle (1968),The Artificial Liar (1972),The Man Who Read G. K. Chesterton (1973),The Platt Avenue Irregulars (1973),The Man Who Read Dashiell Hammett (1974),The Man Who Read Georges Simenon (1975),The Girl Who Read John Creasey (1975),The Men Who Read Isaac Asimov (1978)

Japanese translation rights arranged with Barry N. Malzberg, New Jersey
through Tuttle-Mori Agency, Inc., Tokyo

目次

ジョン・ディクスン・カーを読んだ男

その折には思いもしなかったが、十二歳のときに近所の貸本屋でジョン・ディクスン・カーの『テニスコートの謎』をなにげなく手にとったときに、エドガー・ゴールトの人生に初めて目的ともいうべきものが生まれ、その後の方向性が決定づけられたのである。その日の夕食のあと、彼はその本を手に腰をおろすと、就寝時間が来るまで読みふけった。それから本をこっそり自室に持ちこむと、シーツの下にもぐりこんで、懐中電灯を頼りにそれを読み終えたのだった。

翌日、貸本屋にふたたび出向いてもう一冊カーを借りたが、その『アラビアンナイトの殺人』を読み終わるのには二日かかった。というのも、家庭教師の女に懐中電灯を取りあげられてしまっていたからだ。一週間もたたないうちに、彼はそこの貸本屋にあったジョン・ディクスン・カーのミステリをことごとく読破してしまった。最後の一冊を読み終えてしまった日の憂鬱な気分は、このお気に入りの作家がカーター・ディクスンという別名義でも作品を著していると知って吹き飛んだ。

それからの十年というもの、エドガーはギディオン・フェル博士、ヘンリー・メリヴェール卿やその他もろもろの探偵たちのあとについて、カーやディクスン作品のすべての密室現場におもむいた。作者がまだ種明かしをするつもりがないうちに高校の物理の授業でうろおぼえにおぼえていたことから『震えない男』の謎を解くことができたときには、思わず有頂天になった。そしてこのときに、エドガーはおそらく決定的な決意を固めるにいたったのだ。
そう、自分はいつの日か、当の巨匠すらも当惑せしめるような密室殺人をやってのけてみせるのだと。

両親のいないエドガーは、ヴァーモント（米国北東部の州）のひなびた一郭にあるだだっぴろい屋敷に叔父とともに暮らしていた。その屋敷には、ミステリ作家たちには気に入られているものの今日の住宅には稀な、書斎が備えつけられていた。そのうえ、書斎の窓には格子がはめられ、二インチ（約五センチ）の厚さのオーク材の内開きのドアを閉めるためには、ドアの両側の壁にがっちりとはめこまれた鉄の留め金に大きくて重い木のかんぬきを差しこまねばならなかった。秘密の通路といったものはなかった。要するにそこはカーのどの探偵をも満足せしめるような部屋で、エドガーの計画にとってもまさにうってつけだった。

被害者になる予定なのはもちろんエドガーの叔父のダニエルだった。すぐ身近にいるうえに、このダニエル叔父ときたらラルフ・ウォルドー・エマースンの唱えた自分自身の力を信頼せよという哲学の信奉者で、エドガーにもその精神を実践させんがために、近い将来、甥の名前を遺言書から完全にはぶいてしまうつもりでいたからだ。

エドガーはこれまでずっと叔父の金をひどくあてにしてきただけに、遺言書が書き換えられる前にどうしてもご老体を始末せねばならなかった。

以上に述べたような事情から、早春のある晴れた日、エドガーは書斎の暖炉のなかに立ち、すすだらけになりながら、煙突の内側をぴかぴかになるまでこすりあげていたのである。

いうまでもなくその煙突が彼の密室からの脱出口だった。それは彼のほっそりした身体がちょうど入れるくらいの大きさで、内側には煙突掃除のための鉄のはしごがついている。煙突から脱出せねばならないことは、エドガーにはいささか残念だった。というのも、ギディオン・フェル博士は『三つの棺』のかの有名な〈密室講義〉のなかで、その方法を除外していたからだ。だが、それはただひとつの脱出経路であり、エドガーの思いついたそれを利用する計画をもってすれば、ジョン・ディクスン・カーでさえもきっと賞賛してくれることだろう。ことによれば、カーの『エドマンド・ゴドフリー卿殺害事件』のように、エドガー自身の犯罪について書かれた本すら出版されることになるかもしれない。

ただちに犯人の疑いが持たれるだろうということは、エドガーには気にならなかった。犯行の準備をしているところはだれにも見られていない――ダニエル叔父は仕事で出かけていたし、料理人や庭師も休暇中だった。それに犯行が実際に行なわれるときには、エドガーには疑う余地のない証人がふたりいることになる。彼らは、エドガー、いやそれどころか他のいかなる人間も殺人を行なうことはできなかったと、証言してくれることだろう。

煙突をこすり終えると、エドガーは水の入ったバケツをキッチンに持っていき、流しにそれをあけた。続いてシャワーですすを身体からすっかり落としたあと、リンネル製品を入れた戸棚に向かい、洗いたてのシーツを取り出すと、書斎へとって返した。彼はシーツを身体の周りに巻くと、暖炉のなかにふたたびもぐりこみ、鉄のはしごをのぼり始めた。てっぺんに到達すると、シーツを煙突の内側に幾度となくわざとこすりつけながら、ふたたびおりていった。

書斎のなかに戻ると、彼は窓のところに向かい、スーツを離して日の光にかざしてみた。しわは寄ってはいるが、まっ白なままだった。シーツをかごに入れながらエドガーはほくそえんだ。そのあと二階に行き、物置の窓を開け放った。窓の脇の屋根から煙突がつき出している。彼はそれから自室に戻ると、この犯行用に特別に選んだかっこう——白いシャツ、白いズボンに白のテニスシューズ——に着替えた。最後に壁から騎兵の使う長いサーベルを取ると、それを書斎に持ちこみ、目につかない片隅に立てかけた。

こうして準備はほぼ整った。

日暮れからほどなくして、音楽室の椅子に腰かけていたエドガーは、叔父の帰ってくる物音を聞きつけた。「エドガー？　おるのか？」ダニエル叔父のニューイングランド特有の鼻にかかった声は、ヴァーモントの地に二百年にもわたって暮らしてきた由緒正しい家柄の証《あかし》だった。

「ここにいますよ、ダニエル叔父さん——音楽室のなかです」

「やれやれ」ダニエル叔父はドア越しにのぞきこみながらいった。「なあ、そこがおまえの困ったところだ。世のなかで頭角を現すことよりもギターをつま弾くことに血道をあげておるんだからな。まずは地道に仕事をすることだ——それ以外に成功の秘訣はない」

「お言葉ですが、叔父さん、きょうはずっと仕事に明け暮れてたんですよ。一時間ばかり前にようやくかたづいたところなんです」

「とにかく、遺言書についていったことは本気だからな、エドガー」ダニエル叔父は先を続けた。「実をいえば、今晩トランプをやりにきたときにストーパーにそのことを話すつもりでおる」

ダニエル叔父、レミュエル・ストーパー、ハロルド・クローリー医師、それにエドガーがしぶしぶ加わって、毎週欠かさずブリッジが行なわれていたが、そのことも彼の殺人計画には組みこまれていた。完全犯罪といえども、それを完全たらしめるには証人たちが必要なのだ。

それからほどなくして、暖炉に薪《まき》を三回にわたって運び、それらをようやく並べ終わって、ポケットから出した小さな壜《びん》をそのなかに押しこんでいると、玄関のドアの重いノッカーが三度鳴らされるのが聞こえてきた。それを合図に、彼は腕時計を七時ちょうどに合わせた。

「お客さまを音楽室にお通しし、くつろいでいてもらいなさい」ダニエル叔父がいった。「それから飲み物をお出しし、トランプ用のテーブルを用意しておくんだ。わしもじきに行くから」

「なぜいつもいつも彼らを待たせるんです、叔父さん?」眉をひそめるふりをしてにやにや笑いを浮かべながら、エドガーが訊いた。

「わしがそう望むなら、連中はいつまでだって待っておるし、それを少しも苦には思わんだろう。なにせ、だれのおかげで食わせてもらっているか、はっきり心得ておるからな」こうしてエドガーの計画はさらにもくろみどおりに進んだ。

レミュエル・ストーパーは古屋敷に足を踏み入れながら、例によってダニエル叔父の膨大な財産とは直接関係のないすべてのものに対して露骨に蔑みを見せた。「まったく、全身白ずくめとはこのことだな」エドガーの服装を見ながら、彼はせせら笑った。「まるでレストランのウェイターのようじゃないか」

「まあまあ、気にしなさんな」外から声がした。「なかなかのもんだよ。テニスでもやっておったのかね?」透明なゼリーの大きな塊《かたまり》を思わせるクローリー医師がよたよたと入ってきて、ひとのよさそうな笑みを浮かべた。

「もうこれ以上こいつにへつらう必要はないさ」ストーパーがいった。「ダニエルは今晩、遺言を書き換えるそうだからな」

「ほんとうかね」クローリーははっとしていった。「それはきみ――いや、エドガー――なんとも気の毒なことだな」

「ええ。叔父さんからはあらかじめそうするつもりだということは聞かされてました」エドガーがいった。「こちらにもまったく異存はありません」動機があるということを必要以上に示す必要もないだろう。

エドガーは音楽室にふたりを案内する際に書斎のドアの前を通ったが、それはいつもとは違った、ささいだが重要なより道だった。「叔父さん」と彼は呼びかけた。「クローリー先生とストーパーさんがお見えです」

「そんなことはわかっとる」ダニエル叔父がうなり声をあげた。「音楽室で待っておれ。わしもじきに合流するから」

ふたりはダニエル叔父がぴんぴんしているのを目にし、これでいまやすべての準備が整った。エドガーは音楽室に入ると飲み物を出し、トランプ用のテーブルを用意した。それから指を鳴らして眉をひそめたが――それはたったいまなにかを思い出した男の姿そのものだった。

「どうも二階にトランプを忘れてきてしまったようです」と彼はいった。「ちょっと捜しに行ってきます」客の返答を待たずに、彼は部屋をあとにした。

部屋の外に出るやいなやエドガーは足を速め、八秒後には書斎のドアにたどりついていた。叔父が驚いたような表情を浮かべるのを無視し、部屋の隅に置いてあったサーベルを手に持つと、依然として新聞紙を手にしたまま机のところにいるダニエル叔父の元に大股で歩み寄った。

「エドガー、これはいったい――」エドガーは無言のまま剣を叔父に思いきりつき刺した。剣先はダニエル叔父のあごのすぐ下の、ぶよぶよした喉元を貫通し、そのまま椅子の後ろにまで達し、老人をピンで留めたようなかっこうにしてしまった。カーの『ニューゲイトの花嫁』にそれとよく似た場面があったことを思い出し、エドガーはにやりとした。

彼はしばらく剣を握ったままにしておいてから、慎重に相手の脈を探った。まったく感じられなかった。こうして殺人は予定どおり、七十秒間で遂行された。

暖炉のところに駆けよると、エドガーはあらかじめそこに置いておいた小壜を手にとった。それから彼はたきつけや薪のあいだに混じっている大量の紙のなかに足をもぐりこませると、丈の高い火よけ用ついたてを手前に引いてから、煙突の内側をのぼり始めた。てっぺんにたどりつき、腕時計をちらっと見やる。ストーパーとクローリーの元を離れてから二分が経過していた。

エドガーは煙突の脇の屋根の上に立って、壜のなかからなにも書かれていない小さな紙切れをいくつか取り出した。第二次世界大戦中の破壊行為についての本に記されていた製法から、彼は自分でこれらの紙を製造した。これらの〝名刺〟には空気にさらされるとすぐに燃えあがる習性があった。大戦中にはこれらを機内から落とすことにより、敵の穀物畑に火をつけようとしたのである。紙切れが発火するまでに要する時間を短縮しておいたエドガーには、それらが書斎の暖炉の火をおこすということがわかっていた。

それらの紙切れを煙突から落として、彼は数秒間待った。すると煙突の下から温かい空気が吹きあげてきて、首尾よくいったのが確認できた。三分十秒。すべて予定どおりだ。

エドガーは傾斜した屋根の上を進み、物置の窓が設置されている、派手な装飾を施した大きな破風《はふ》のほうへと向かった。屋根のはしをゆっくり慎重に伝わりながら進み、窓を開けると、なかにもぐりこんだ。その際、着衣に埃《ほこり》や泥がつかないよう、念には念を入れた。自室に行き、あらかじめそこに置いておいた未開封のトランプを手に持つと、階段を勢いよく駆けおりて音楽室へと向かう。ふたりの客の元を離れてからは五分とたっておらず――これもまさしく予定どおりだった。

エドガーはしばらく席をはずしていたことをわびながら、自分の着衣にしみひとつないことを内心ほくそ笑んでいた。これなら、いま煙の出ている煙突の内側をのぼってきたばかりだとはだれも思うまい。

ストーパーはじきにじれてきた。「ダニエルはいったいどうしたんだろう?」とぶつぶついう。「迎えにいったほうがいいかもしれん」クローリーがいった。

ふたりが立ちあがると、胸が早鐘《はやがね》を打つのを隠しながらエドガーはあくびを漏らした。「ぼくはここで待つことにします」彼はもの憂げなようすでいった。

ストーパーとクローリーが出ていくと、ジョン・ディクスン・カーもいまのぼくを誇りに思うことだろうとエドガーはひとりごちた。この犯罪が捜査される過程で超自然的なことが取りざたされねばいいがと、彼は願った。魔術の存在が匂わされる『火刑法廷』の結末は、彼には失望以外のなにものでもなかったからだ。

あの老いぼれふたりが書斎の頑丈なドアを押し破ろうとする叫び声も大きな物音もしてこないのは妙だな、と彼は思った。だが、案ずることはない。計画は一分の隙もなく完璧だった。そう

――

音楽室の戸口にレミュエル・ストーパーの姿が現れた。疲れきり、うちひしがれているようだった。手にはダニエル叔父の机にしまってあった拳銃が握られている。

「なあ、叔父さんの金がそんなにも欲しかったのかね?」ショックと怒りで声を震わせながらストーパーは訊いた。「だから、あんなことをしでかしたのか?」

ストーパー氏が書斎にどうしてそんなに早く入れたのか、エドガーはにわかにはわかりかねた。それからふいにその答えがひらめいた。頭がおかしくなったと申し立てたらどうだろうという、はかない望みが浮かぶ。だがそんなことをしたら、自分の考えたこの完全犯罪をだれにも評価してもらえなくなるだろう。フェル博士はいまの自分のことをどう思うだろうか? H・M《ヘンリー・メリヴェール》は? それからジョン・ディクスン・カー御大《おんたい》は?

だれであれ、犯人がドアに施錠するのを忘れてしまった密室殺人のことをどう思うだろう?

エラリー・クイーンを読んだ男

施設に移り住むのをより円滑にするため、グッドウェル老人ホームの住人たちは私物をひとつだけ持ちこむことを許されていた。ある老人たちは切手のコレクションを手元に置き、またある者たちは分厚い写真アルバムを後生大事にした。高齢者のひとり、グレゴリー・ワイチェックは一九〇七年の十ドル金貨を所持していたが、それは彼にとって命も同然のものだった。そのたったひとつの個人的な品物をのぞけば、食べ物や衣類、寝具や娯楽用具といった、必要品やぜいたく品の類《たぐい》は、すべて老人ホーム側から支給された。

アーサー・ミンディーがグッドウェル老人ホームに入居したときにいっしょに持ってきたのは、エラリー・クイーンの本ひと揃いのみだった。

八十歳の老人の絶え間ない要求をいちいち聞くのにうんざりした娘によって入居させられてからほどなくしたある日、アーサー・ミンディーは自分の小さな部屋に座り、一階担当の看護士ロイ・カーステアーズとみずからの好みについて語り合っていた。

「四十五のときに初めてエラリー・クイーンを読んだのだよ」わびしい昼食をすませてから、アーサーはいった。「不況に突入したばかりのときで、本を読む時間はたっぷりあった。それからというもの、ずっとエラリーのように謎を解明したいと思ってきた」

「彼の謎の解きかたは、ほかの探偵たちとどう違うんです?」カーステアーズが訊いた。

「なにより純粋な論理に基づいた解明であるのがすばらしい」アーサーが答えた。「ほんのささいな手がかりから、ただひとつ考えられる解決へと到達するんだ。エラリーのデビュー作『ローマ帽子の謎』を例にとろう――わしはそれを三十五年も前に読んだのだがね。そこでは、被害者の死体のかたわらで見つかったシルクハットからエラリーが推理を展開することで謎が解明される。ほかの作品で重要な手がかりになるのも、靴ひも、ヨードチンキの壜、カラー、紙マッチのふたといった、どれもこれも取るにたらないものばかりだ！　そして、きわめて重要な手がかりが、そこにあるはずなのにないもの――エラリーが〝見えない手がかり〟と呼ぶところのもの――である場合もある。

わしはかねがねこう思ってきたものさ」アーサーは夢見るように先を続けた。「エラリー・クイーン以外には曖昧なように思われる手がかりをひとつふたつ用いて、謎を解き明かしたいものだとね」彼は自分の小さな部屋のうす茶色の壁に目をやって、ため息をついた。「だが、もはやそうする機会もなかろうな」

「そうですね、ミンディーさん」カーステアーズがいった。「でも、肝に銘じておいていただきたいのですが――」

肝に銘じておかねばならないのがなんなのか、アーサーにはついぞ知らされることなく終わりそうだった。というのも、ちょうどその瞬間に叫び声――老人の細くて甲高い、しゃがれた声――が外の廊下から聞こえてきたからだ。

カーステアーズは椅子からぱっと立ちあがると、半開きのドアからさっと外に出た。ミンディーがそれよりややゆったりした歩調でそのあとを追う。ふたりは目の前に展開されている光景を見て、はっと足をとめた。

ふかふかの絨毯《じゅうたん》を敷いた廊下のまんなかで、グレゴリー・ワイチェックが入居者の制服ともいうべきうす緑のパジャマとローブだけの姿で、似たようないでたちをした別の入居者と殴り合いをしていた。たがいにパンチをくり出すさまはジャック・デンプシーやジョー・ルイスといった世界へヴィー級チャンピオンをごくわずかながら思わせないこともなかったが、どちらのパンチも相手にまるで届いていなかった。

カーステアーズが争うふたりのあいだに割って入るあいだに、アーサー・ミンディーはワイチェックの対戦相手に目をやった。ユージーン・デニスンはアーサーよりも少し前にここに入居していた。ほかの入居者たちは親しくなろうとしてほどなく失敗すると、デニスンのことを〝とっつきにくいやつ〟と見なすようになった。訪ねてくる人間もおらず、相手がどんなに愛想よく接しようとしても、その横柄な態度を前にしてはとまどうばかりだった。老人ホームでの気ばらしにもまったく加わろうとせず、この男にとってはテレビもうとましいだけだった。その結果、にぎやかなグッドウェル老人ホームのなかで、ひとり寂しく暮らしていた。

グレゴリー・ワイチェックが猛《たけ》り狂った猿さながらにキーキーと声をあげながらその周りを回っているあいだ、デニスンはワイチェックの部屋のドアの前に微動だにせず立っていた。「こいつがわしの鷲《イーグル》を盗んだんじゃ!」ワイチェックが何度も何度もくり返した。

「あなたのなにをですって?」カーステアーズが眉をつりあげた。

「わしのイーグル金貨、十ドル金貨をじゃよ。こいつがそれをかっぱらったんじゃ！」

「カーステアーズくん」デニスンが初めて口を開いた。この尊大な口調によって、老人たちが続々とつめかけてきていた廊下がシーンとした。「カーステアーズくん、わたしはこのひとのイーグル金貨だろうがなんだろうが、盗んだりはしておらん。わたしはまた薬をもらいに医務室に向かうところだった。この歳では三階下まで階段でおりるのはしんどいので、エレベーターに乗ってきた。あのいまいましい機械の木造の床の木くずがつかなかったことにほっとしながらエレベーターをおりると、不運なことに、そこはワイチェック氏の部屋のドアの脇だった。するとこの愚か者が廊下の角を曲がってやってきて、自分の部屋に入ったかと思うと、すぐさま飛び出してきて、わたしに殴りかかってきたというわけだ。そうなれば、こちらも応戦せざるをえない」

「おまえが盗んだんじゃ！」ワイチェックがふたたびいった。

「違う」

「おまえの仕業じゃ！」

「そんなことはしていない、いい、いい」

「ちょっと待ってください」カーステアーズがいった。「このひとが盗んだとどうしてわかるんです、ワイチェックさん？」

「つまり、こういうことじゃ」ワイチェックが息を整えながらいった。「わしは手を洗いに廊下に出て、角のところを曲がった。金貨はテーブルの上に封筒に入れて置いてあり、それをいじる前に手を洗っておきたかったもんでな。ほどなくして戻ってくると、金貨は消え失せていて、こ、この盗人野郎がわしの部屋のドアの前から立ち去ろうとしてるところじゃった。わしがこいつに殴りかかったのは、そういう事情からじゃよ」

「だいぶんひどく殴ったに違いないな。ほっぺたのところがかなり切れているからね」アーサーはデニスンのほほの長くて深い傷をさし示した。見れば、血がにじみ出してきている。

「俗な言葉でいえば」デニスンがいった。「この男のパンチはかすりもしてやいないさ。これはけさ髭《ひげ》を剃るときに切ってしまったものだよ」

「だれかほかの人間がその金貨を盗んだという可能性は?」カーステアーズが訊いた。

「ほかの連中にはそうする暇はなかったじゃろう」ワイチェックがいった。「部屋を留守にしてたのはわずかなあいだだったからな。それに、あたりをうろついてる人間もおらなんだ」

デニスンは自分のほうに向けられているたくさんの非難するような顔を見やった。するとローブの前を開け、これ見よがしにひろげてみせた。「進んで身体検査を受けたら、みなに納得してもらえるかね?」

デニスンはローブを脱ぎ捨てると、それをワイチェックのほうに放った。それからパジャマの上を取り、ズボンのボタンをはずして、それを床にずり落とし、そこからもぞもぞと足を抜いた。そうしてすっぱだかになって緑色の絨毯の上に立ったが、その間も傲慢《ごうまん》そのものの態度を崩そうとはしなかった。

縫い目やボタン穴にいたるまで、衣服はただちに調べあげられた。成果はなにもなく、金貨はどこからも発見されなかった。

「飲んじまったに違いない」ワイチェックがまくしたてた。

「カーステアーズくん、その判断はあんたにお任せしよう」デニスンは頭の鈍い子どもをさとす親のような口調でいった。「わたしの胃腸がどんな状態なのか、あんたは知っているはずだ。ここ数年、食餌療法《しょくじ》としてオートミールと牛乳しか摂取していないわたしには、サラミですら飲みこめやしないさ。まして、金貨などは論外じゃないかね?」

「このひとのいうとおりですよ、ワイチェックさん」カーステアーズはしぶしぶ認めた。

ワイチェックはデニスンの髪の毛や口のなかまで調べ、なんら成果があがらないと、肩をすくめていった。「わしはいまでもこの男の仕業だと思ってる。やれたのはこいつしかおらんのじゃ」

「デニスンさん」カーステアーズがいった。「ご自分の部屋にお戻りください。ワイチェックさんにはわたしからいって聞かせますから」

デニスンは肩をすくめると、衣服をかき集め、それらを身につけもせずに、ワイチェックの部屋の向かいにある絨毯を敷いた階段のほうにすり足で向かった。

「ちょっと待ちなさい!」その言葉を発したのはだれだろうと、廊下にいる者たちは声のしたほうを向いた。すると、アーサー・ミンディーが前に進み出て、カーステアーズとデニスンと向き合った。

「もしよければ、手助けをしてあげられるのではないかと思ってな。この事件は『クイーン検察局』のなかの「黒い台帳」という短編を想起させる。そのなかでエラリーは、リストを捜し出そうとやっきになっている者たちの手できびしく身体検査をされているあいだも、名うての犯罪者たちの名前の記されたその長いリストをかたときも手離さなかったのだよ。エラリーもここにいるデニスン氏同様、丸裸にされたのだがね」

「エラリーはそれをどこに隠したんです?」カーステアーズが訊いた。

「それではネタばらしになってしまうから、近いうちきみに本を貸してあげよう」

看護士はやれやれというように首を横にふった。アーサーの頭になにかひらめいたのはたしかだった。

「さて」アーサーは先を続けた。「デニスン氏が実際に金貨を盗んだのなら、それをどうしただろうか? どこに隠したのだろう? それをつきとめることができなければ、証拠不十分で無罪放免ということになるだろうな。さあ、論理によってこの謎を解くことができるかどうか、やってみようじゃないか」

「エラリー・クイーンのようにですか?」アーサーに調子を合わせるべく、カーステアーズが訊いた。

「そうとも。さあ、ふたつの手がかりに注目するんだ、カーステアーズくん。最初の手がかりは、デニスン氏のほほについた例の長くて深い傷だよ」

「髭剃りをするときに切ってしまったものでしたね、ミンディーさん」カーステアーズがいった。「それがなにか?」

「第二の手がかりは、デニスン氏が階段で自室に戻ろうとしておることだ」アーサーはそうしめくくった。

「それがどうしたというんじゃ？」ワイチェックがうめくようにいった。「さあ、名探偵、わしの金貨はどこにある？」

アーサーはほほえんだ。「いいかね」と彼はいった。「エラリー・クイーンの初期長編や最近の数多くの短編では、ある時点まで来ると、読者はこれまでに与えられた手がかりだけを基に謎を解明するよう、挑戦されるのだよ。わしもいま、そうしたくてうずうずしておるところさ」

読者への挑戦――だったら、そうしようではありませんか。デニスンが金貨を盗んだのだとしたら、彼はそれをどこに隠したのでしょう？　みなさんがたはいまやすべての手がかりを与えられました……

「ミンディー！」ワイチェックがわめいた。「もうこれ以上は辛抱ならん！　わしのイーグル金貨はどこにあるんじゃ？」

「それでは種明かしをするとしようか」アーサーがいった。「まず、デニスンのほほの切り傷を検討してみよう。けさ髭を剃るときに切ってしまったというのが本人の弁だ。昼食が出たばかりだから、だとすれば、それは少なくとも二時間は前の出来事ということになる。ところが、みんなも見たように、そこからはふたたび血が流れ出しておった。新しい血がだよ。なぜだろう？」

「ワイチェックさんが殴ったからじゃないですか？」カーステアーズが示唆した。

「デニスン自身が認めているように、ワイチェックのパンチはかすりもしていない。だがカーステアーズくん、髭剃りをしているときに切ってしまったら、きみならどうするね？」

「止血棒剤を使うでしょうね」

「だが、その切り傷が長くて深かったとしたら？」

「傷の上に絆創膏《ばんそうこう》を貼るでしょう」

「そうだよ。絆創膏だ。そしてデニスンが絆創膏を顔からはがしたばかりだったとしたら、長くて深い傷口がふたたび開いてしまったことだろう。違うかね？」

「たしかに」カーステアーズがいった。

「さあ、かくしてデニスンが絆創膏を持っていたことが明らかになった。くだんの絆創膏はどこにいってしまったんだろう？　そこで手がかりその二だ——部屋に戻るよう告げられたあと、彼はいったいどうしたか？　すぐ近くに便利なエレベーターがあるというのに、階段へと向かった。それは階段のいかなるところに惹かれてのことだろうか？」

「運動をしたかったんじゃろう」ワイチェックがいった。「さあ、さっさと要点に移らんか」

「重要なのは」アーサーがいった。「エレベーターの床がむき出しの木なのに対し、階段には絨毯が敷かれているという点さ。エレベーターを出て、ワイチェックの部屋のドアが開けっぱなしになっているのを目に留めると、デニスンはなかに入り——おそらく好奇心に駆られただけだろうが——金貨を目にした。それを持ち去るという誘惑に負け、廊下にふたたび出たところに、ワイチェックが戻ってくるのが聞こえた。そのため、ひとりになれば即座に取り出せ、なおかつ身体検査をされても見つからないようなところに、それを隠さねばならなくなった」

「どうもわからん」ワイチェックがうめいた。「どうしてやつはエレベーターで部屋に戻ろうとしなかったんじゃ?」

「音がするからさ」

「音がする?」

「ああ。論理的にいって、金貨はこの人物の、われわれが捜していないたったひとつのところに隠されているに違いない」

アーサーは廊下にいる面々が黙りこむのを心おきなく満喫した。いまのこのときこそが、八十歳になってようやく訪れた栄光の瞬間だった。

「そう、足の裏にとめてあるのが見つかるはずだ」

デニスンはただちに階段の最下段に腰かけさせられ、アーサー・ミンディーがまさしく推理したように、右足の指のつけ根の膨らみのところに金貨が細長い絆創膏でとめてあるのが判明した。デニスンの顔はいまや憎しみそのものだった。だが、やがてその表情も崩れた。

「ほんの出来心だったんだ!」彼は叫んだ。「ただ、ほかのみんなと共有じゃない、わたしだけのものが欲しかったんだよ。きみらには——ここに訪ねてきてくれる身寄りの者たちがいる。彼らは贈り物を持ってきては、家族の話を聞かせてくれる。そんなきみらには、天涯孤独がどういうものかわかるはずがないさ。わたしにはだれもいないし——なにもないんだ」デニスンのきゃしゃな身体はすすり泣きで震えていた。

グレゴリー・ワイチェックは階段の最下段に腰をおろすと、デニスンの肩を抱いた。「こうしようじゃないか」彼はなぐさめるようにいった。「これから、あんたとわしとはパートナーになる。そう、わしの金貨の半分はあんたのもんじゃ。一週間ごとにたがいにその持ち主になって——思う存分鑑賞すればいいさ」

老人ふたりが立ちあがって廊下を横切っていくあいだ、カーステアーズはアーサー・ミンディーを畏敬の目で見つめていた。

「ありがとうございます、クイーンさん」アーサー・ミンディーがそうつぶやくのが聞こえた。

レックス・スタウトを読んだ女

ガートルード・ジェリスンがレックス・スタウトのミステリに読みふけっているのを初めて目にしたとき、ぼくはお腹の皮がよじれるほど笑いころげてしまった。でも、彼女はこっちにまるで注意を払おうとせず、舞台の上にちょこんと座り、その本をむさぼるように読んでいた。それは『我が屍を乗り越えよ』なる題名の本で、胃腸の調子でも悪いのか、あの太っちょの巨漢ネロ・ウルフが苦虫を噛み潰したような顔をしているさまがカバーに描かれている。ぼくはガートに目をやったあと、ふたたび本のカバーに目を転じた。なんとも傑作な組み合わせというしかない。

というのも、ガート・ジェリスンは五百ポンド（約二百二十七キロ）を超す体重の持ち主だからだ。ガートとぼくは巡回ショーの余興をやるテン・イン・ワン一座でいっしょに働いている。ぼくの名前はロバート・カービー。ガートの相棒で、それはとりもなおさず、演《だ》し物のあいだじゅう舞台でただ彼女の脇に立っていればいいということだ。生計を立てるにはなんとも楽な方法だが、それ以外のことをする体力がぼくにはない。この働き口にありついたのは、ガートと同じくらい背丈がありながら体重が七十五ポンド（約三十四キロ）しかないということによる。そう、デブ女とやせ男というわけさ。

ネロ・ウルフの本に話を戻すと、そのアイディアを思いついたのはメル・ベントナーのやつだった。メルは一座の座長で、手品師兼呼びこみ係でもある。テントの前に立ち、なかでどんなにすばらしい光景が展開されているか、みんなに伝えるんだ。口上を述べ終わり、みんながなかに入ると、やつもなかにやってきて自分の演し物に取りかかる。メルはカバーにネロ・ウルフの姿が描かれた本を本屋で見つけ、ショーのあいだガートにそれを読ませておいたらさぞかし愉快な見世物になるだろうと考えた。

ガートはその最初の一冊を読み終えると、シリーズ第一作にあたる『毒蛇』を皮切りに、レックス・スタウトのネロ・ウルフ物全作の読破にかかった。その直後から、彼女はネロ・ウルフさながらの行動を見せるようになった。ウルフはビールに目がないので、ガートもピンクレモネードをたしなむようになった。蘭を育てているウルフに対し、ガートは自分のテントのなかをカーネーションでいっぱいにしたので、ろくに座る場所もないほどだった。彼女はそれらのミステリをひどく大まじめに受けとったが、それはべつだん驚くにはあたらない。読書となると、ガートはいつも真剣そのものだったからだ。デブではあるものの、頭の回転はものすごくいいのだ。大学で心理学を教える仕事に就こうとしたこともあったそうだ。ところが、教授連中が彼女の姿をひと目見るなり笑いだしたので、そそくさとそこを立ち去り、その日のうちに巡回ショーの一座に加わったのだという。

さっきもいったように、ぼくらはみんな、ガートがあの太っちょ探偵の本を読んでいるのは愉快な光景だと思っていた。でもそんな矢先にリリが殺され、もうそれ以降はガートのことを笑わなくなった。

いま思えば、なにかが起ころうとしていることに気づくべきだった。けちのつきはじめは、一座のトラックのうちの一台が故障したことだった。そのため、巡回ショーのほかの連中が次の目的地を目ざしているあいだも、テン・イン・ワンは足留めをくうことになってしまった。メルはトラックを直そうとして、はんだごてで片方の手をやけどし、傷口に軟膏を塗ったうえに包帯をぐるぐる巻くはめになった。おかげで、やつのマジックを少なくとも一週間は演し物にすることができなくなった。

二度あることは三度あるというが、三つ目の災いはリリの身にふりかかった。

リリは一座の蛇使いだった。昨シーズンのある日、彼女はぼくらの元に仕事はないかとふらりとやってきた。だったらひと晩の稼ぎを持ち逃げしたときに前の蛇使いの女が置いていった蛇の面倒を見てみろと、メルは彼女に冗談のつもりで告げた。ぼくらはみな彼女が悲鳴をあげるのを待っていたが、彼女は蛇たちをまるで庭用の散水ホースかなにかのように扱った。二週間もしないうちに彼女が演技を身につけると、ガートは衣裳を仕立ててやった。剛力男のファーディナンド・ハニーグは彼女にぞっこんになったが、ファーディにはライバルがいた。そう、剣呑み芸人のジーノもリリのことを憎からず思っていたのだ。

だが、ガートはどちらの男もリリに近づかせようとはしなかった。まるでリリの母親きどりで、衣裳を縫ってやり、彼女がきまった時間に寝床に就くようにした。巡回ショーのだれひとりとして香りをかぐことすら許されていないときに、カーネーションに水をやることさえリリに許可した。リリにちょっかいを出そうものなら、ふたりまとめてガートにこてんぱんにのされかねないというのは、ファーディにもジーノにもわかっていた。リリはいわば、ガートが望んでもけっして手に入れることのできない娘のような存在になったのだ。

　リリの死体を発見したのはメルだったが、やつが叫び声をあげ始めると、だれもがただちに彼女のトレーラーに駆けつけたように思う。もちろん、ガートをのぞいての話だが。ガートはそこまで歩いていくには太りすぎている。生活しているテントからこきたない舞台までよたよた歩いていくのが精一杯なのだ。そのため、なにが起こったかを彼女に伝えるのはぼくの役目だった。それもガートのきめたことのひとつで——要するにぼくは彼女の使い走りというわけだ。それもネロ・ウルフ物から得たアイディアだということで——そこでは〝アーチー〟とかいうやつがそれをやらされているらしい。

　ほかの連中をまだトレーラーに残したまま、ぼくは彼女のテントに入っていった。彼女はゆっくり顔を起こしてぼくを見てから、レモネードのおかわりをグラスに注いだ。「外のあの騒ぎはいったいなんだい？」彼女はぶつくさいった。「せっかくいい気持ちで寝てたのにさ」

　彼女がリリのことをどう思っているかは承知していたが、ぼくには事件のことを優しく伝えるすべがなかった。「リリなんだ」ぼくはいった。「死んでしまったんだよ」

「死んだだって？　ばかばかしい！　あの子なら、一時間かそこら前に見かけたばかりだよ。巡回ショーのほかの連中が出発するのを見送ってるのをね」

「ガート、彼女は——だれかに殺されたんだ」

　彼女は口をあんぐりと開けたまま、じっとぼくを見つめて座っていた。すると、ようやくことの重大さがわかったらしい。あんなふうに大きなレースのピンクのドレスを着たでっぷりと太った大女が座ったまま泣いているところは、できれば二度と見たくないものだ。彼女は両手で顔を覆って泣きじゃくり、全身を震わせた。

彼女はしまいに顔をあげてぼくを見た。表情からはもはや悲しみが消え、怒りがそれに取って代わっている。それは例の本のカバーでネロ・ウルフが見せているのと同じ表情だった。

「あの子はどんなふうに殺されたんだい、ボブ?」彼女はやがてそう訊いた。

「首を絞められたんだ。だれかがスカーフ——おそらくはリリ自身の——を拝借し、そいつを彼女の首に巻きつけた。それからテントの杭《くい》をスカーフの輪に通し、ねじったのさ。きみが彼女の顔を見ないですんでよかったよ、ガート。ひどいありさまだったからね」

「鉄環で首を絞めたようなものだね。いったい、どこのどいつがそんな殺しかたをしようだなんて思うだろう?」

「それがだれであるにせよ、最初に彼女を殴って気絶させたに違いないよ」ぼくは先を続けた。「メルの話では頭に傷があったそうだし、髪にも血がついている」

「だれが犯人なのか、心当たりのある人間は?」

「メルはまだトレーラーのところにいて、調べまわっている。ぼくはやつから、ここに来てきみに伝えるようにいいつかった。なにか手がかりがつかめたかどうかは、わからない」

「つかんだとも」ぼくの背後にあるテントの垂れ幕が開き、メルが入ってきた。「こいつがリリの死体の下にあった」彼は片方の手を開いてみせた。

ガートとぼくはメルの手のひらの上にあるものを見つめた。それは二インチ（約五センチ）ほどの長さの、平らな金属片だった。ほぼ半円形をしてはいるが、本来まっすぐであるべきところの断面がぎざぎざになっている。

「去年、輪投げをやってたじいさんが景品として配った安物の装身具の一部のようだね」ガートがいった。「巡回ショーを辞める前にあたしにもひとつくれたよ」

「ああ」とぼくはいった。「でも、そんなものはなんの証拠にもなりゃしないさ。ほら、ぼくだってひとつ持っていたことがあるし、じいさんはあのときショーにいたほぼ全員にやっていたからね」

「わたしには見覚えがないがな」メルがいった。

「これはそのうちの半分にすぎないんだよ」ガートがいった。「両方が合わさると、ちゃんとした円になるのさ。それぞれに名前を彫ってもらったうえで、男がその一方をもらい、もう一方は恋人にやったんだ」

メルはちゃかすような笑みを浮かべた。どうやら、リリのことからガートの心をそらすつもりらしい。「あんたのもう半分にはだれの名前を彫ってもらったのかね？」やつはガートに訊いた。

「こんなときにおふざけじゃないよ、メル」彼女はいった。「知りたいのなら教えてやるけど、じいさんはあたしの名前だけをメダル一面に彫ったのさ。このメダルについて、なにかほかに目を惹くようなところでもあるのかい？」

「リリを殺したのがだれであれ、頭のいかれた野郎に違いない。ほら、見てみろよ」

彼はその金属片を手の上でぽんとひっくり返した。よく磨かれた表面には、上下に二文字ずつ、四つの文字が彫られている。

Ｂ Ｙ

Ｂ Ｙ

「リリのような子を殺したあとにこんなメッセージを残すなんて、いったいどんないかれた野郎だろう？」ぼくは訊いた。

ガートはメダルを巨大な手のひらに載せ、それをじっくりとながめた。「あの輪投げのじいさんはどうなったんだい、メル？　まだこのあたりにいるのかい？」

「いいや、どこか南のほうのショーに出てる。ときどき便りがあるよ」

ガートはメダルを化粧台の上のカーネーションの入った花瓶のあいだに投げ出すと、特注の椅子にさらに深く身を沈めた。目を閉じたかと思うと、唇が――つき出され、またひっこめられてはつき出されるといったぐあいに――すぐさま動き始めた。ぼくらには彼女が頭を懸命に働かせているということがわかった。やがて彼女は頭をこちらに向けて、ぼくらのほうを見た。

「メル、警察には知らせたのかい？」と彼女は訊いた。

「いいや。だが、これからすぐにそうするつもりだ」

「まだ連中には知らせないでほしいんだよ」

「そうしないわけにはいかんのだ、ガート」メルがいった。「なにせ、ことは殺人だからな」

「いけないいよ！　あたしを信じとくれ、メル。この一座であたしほど殺人犯が捕まるのを見たいと願ってる人間はいないだろう。でも、やつはあたしのもんだよ、メル。捕まえたのはあたしだということを、そいつに思い知らせてやりたいんだ」

「なあ、ガート、あんたはネロ・ウルフ物を読みすぎたんだ」

「あたしはこれまで頼みごとなんかしたことがなかったけど」ガートがいった。「これだけは聞いとくれ。一時間以内にみんなをあたしのテントに集めてほしいんだ。そうすれば、だれがリリを殺したか、あんたの満足のいくように話してやるよ」

メルはしばらく考えたすえに、髪をかきむしりながらいった。「あんたならやってのけるだろうな、ガート。いいだろう、あんたのいうとおりにするよ」

やつはぼくのほうを向いた。「行こうぜ、やせっぽち《スキニー》。ほかの連中を集めようじゃないか」そういうと、やつはテントから出ていった。

やつが出ていくのを見送ったあと、拳でテーブルを思いきりぶったたいたので、あやうくガートの花のひとつをつぶしてしまうところだった。「どうしてあの野郎はいつもあんなふうにぼくを呼ぶんだ、ガート？」ぼくは叫んだ。「ああ呼ばれるのが大嫌いなことを知っているくせにさ！」

彼女はぼくの腕をその手でぐっと押さえた。「落ちつきなよ、ボビー」彼女はいった。「あいつもほかのみんなと同様、神経が立ってるのさ。たぶん、うっかりしたんだろうよ」

「うっかりなんかするもんか。ぼくがああ呼ばれるのを死ぬほど嫌っているのを知ったうえでのことさ」気を落ちつかせるために深呼吸をいくつかしたあと、いつまでたってもなくならないピンクレモネードをすっているガートをなかに残したまま、ぼくはテントの外に出た。

一座の全員を集めるのには一時間ちょっとかかってしまった。トラックの部品を手に入れるために、フラットブッシュ（ニューヨーク市ブルックリン地区の南に位置するエリア）生まれの似非《えせ》ヒンドゥー教徒のカル・リンは車で町に出かけており、サミー・マーシュも火を呑みこむ曲芸用の綿の塊を買いにそれに同行していた。だが、ぼくらはしまいにはガートのテントにみんなを詰めこむことに成功した。彼女がほんとうにリリの殺害犯人をつきとめられるとはだれも思っていなかったが、その機会は与えてやるべきだというのがみんなの意見だった。

彼女は椅子に座ったまま顔をあげて、ぼくらのほうを見た。顔にはまだ怒りのあまり、むっつりした表情が浮かんでいる。「いいかい、みんな」彼女はいった。「あたしらの仲間のひとりが殺されたんだ。しばらくあたしにつきあっとくれ。その間に、だれが殺人犯なのかをつきとめてみせるから。

あたしがこれから述べようとしてる推理は」彼女は先を続けた。「殺人犯があたしらのなかのひとりだという前提に基づいてる。けさ、巡回ショーのほかの連中が出発したとき、リリはまだぴんぴんしてた。そのあとここにいたのは、あたしらだけだ。ゆえに、あたしらのうちのだれかがリリを殺したということになる」

一同は離れて立っているファーディとジーノのほうをいっせいに見やった。

「証拠なしに疑いの目を向けても意味がないよ」彼女は片手を挙げてみなを制した。「でも、あたしは証拠を示してみせるつもりさ。手始めに、殺害方法を見てみようじゃないか——テントの杭を使って、スカーフをぎゅっとねじってある。でも、いいかい、いったいどうして杭が梃子《てこ》代わりに使われたんだろう？　このことは、なんらかの理由があって、殺人犯がここにいるほとんどの人間とは違い、そういった器具に頼らなければリリを絞殺することができなかったということを、明らかに示してる」

これにははっとさせられた。ガートが例のネロ・ウルフ物に夢中になったのも、あながちむだではなかった！　ざわめきが起こり、だれもが絆創膏を貼った手を後ろに隠そうとしているメル・ベントナーに視線を注いだ。

「まあ、待ってくれ！」メルがいった。「リリにじわじわ苦痛を与えて殺すために、犯人は梃子を用いたのかもしれんじゃないか」

「あんたの説には異を唱えざるをえないね、メル」ガートがいった。「リリは首を絞められる前に頭を殴られてたと、あんたもいったろ。つまり、殺人犯は意識のない女の首をさらに絞めたということになる」

「じゃあ、あのメダルはどうなんだ？　だれが死体のそばにあんなおかしなものを残そうと思うだろう？」

「残すだって？　やれやれ！　殺人犯がわざわざこのために彫らせたと、まさか本気でいってるんじゃないだろうね？」

ガートがそういうのを聞いていると、なるほどばかげたことのように思えてきた。

「だったら、どうしてあそこにあったんだ？」メルが尋ねた。

「むろん、犯人が過って落としていったのさ」

「過ってだと？　つまり、殺人犯はたまたま〝BY　BY〟と彫られた装身具を持ち歩いてたというのか？」

「ああ、そのとおりさ。あのメダルのもう半分になんて彫られてたか、もう考えるのをよしちまったのかい？」

メルがとまどいの表情を浮かべるのもおかまいなしに、ガートは先を続けた。「あたしはね、リリ、ファーディナンド、それからジーノの三角関係に、最近もうひとり加わったんだと思う。けさ、その四番目の人物はリリと密会して、愛を打ち明け——リリはそれを拒絶した。リリのいいかたがあまりにひどかったので、相手は激怒し、あの子を殴った。おそらく、スカーフをぎゅっと結ぶのに使った杭でもってだろうよ。そのあと、自分のしでかしたことをリリが告げるのをおそれ、口封じのためにあの子を殺したのさ」

ファーディ・ハニーグはガートの前に立ちはだかると、「どいつがやったんだ？」と答えを迫った。

「この一座のなかで、梃子の力を借りなければ首を絞めるのにスカーフを用いることもできないやつはだれだい？」ガートは尋ねた。「ほかの人間なら冗談ですますようなささいな言葉にも腹を立てるようなやつは？　それから最後に、その愛称をメダルの上に記したときに、右半分に

〝BY　BY〟という文字がくるのは？」
それで一巻の終わりだった。ガートがいったように、ほかの連中もなにが起きたのかをさとった。リリが〝やせっぽち〟とぼくのことを呼びさえしなければ、こんなことにはならなかったのだ。あるいは、ガートがレックス・スタウトのミステリにあんなにも夢中になりさえしなければ。あくまでも参考のためだけだといって、事件を担当した警官はこの紙の最後にぼくの名前を特別なやりかたで署名するよう求めてきた。そうすれば捜査の助けになるし、いわれたとおりにするのがこちらのためだと。

上記の告白は強いられることなく、わたしの自由意志で行なったものであり、そうするにあたって、いかなる類の約束も誘導も受けていないということを、わたしはここに認めるものであります。

署名
BOB-BY（ボビー）（ボビーはロバートの愛称）
KIR-BY（カービー）

アガサ・クリスティを読んだ少年

ラーキンズ・コーナーズでのあの狂気の沙汰ともいうべき月曜日のあと、ことの真相はなんだったのかをめぐり、さまざまな説が数週間にもわたって取りざたされてきた。とはいえ、村に頭のおかしな若者たちがやってきたときに彼らに最初に接したのがドラッグストアの店主ラッド・シンプソンだったというのは、衆目の一致するところであった。

それは朝の八時になったばかりのことで、ラッドもレジの錠をちょうど開けたところだった。表口のベルが鳴り、若者がふたり入ってきた。ラッドはこれ以上ないくらいの愛想笑いを浮かべた。ふたりはよそ者であり、身につけているものから察するに、金には不自由していないらしい。大学生だな、とラッドはひとりごちた。

「剃刀《かみそり》の刃はある?」若者のひとりが訊いた。「安全剃刀用の片刃が欲しいんだ」

「あるとも」ラッドはそう答えると、剃刀の刃の入ったケースをカウンターの上にぽんと置いた。「十枚一組で一ドルだ。今週は割引セール中なもんでね」

若者は無言のまま剃刀をポケットから取り出すと、ケースのなかから出した新しい刃をカチッとはめこんだ。それからカウンターの上に十セント白銅貨を放ると、「一枚でいい」といった。

「おいおい、待ってくれ!」ラッドは叫んだ。「十枚まとめて持ってけよ。箱に十枚入りと書いてあるのに九枚しかないんじゃ、このあと売り物にならんからな」

「でも、一枚しかいらないんだ」若者はくり返した。

「そんなことはおれの知ったこっちゃねえ」ラッドはカウンターの後ろから出てきた。「まとめて持ってくか、残りは置いてくかだ。いずれにせよ、おまえさんからはあと九十セントもらわにゃならん。残金を払わんのなら、警察を呼ぶからな」

すると若者の連れがラッドのほうに歩み寄り、おだやかな笑みを浮かべた。「どうでしょう、ぼくに安全剃刀用の片刃を九枚売ってもらえませんか？　ちょうどいま、九十セントしか手持ちがないもので――」

ラッドはただちに満面に笑みを浮かべた。なんだ、こいつらはおれのことをからかってただけか。彼がもうひとりの若者にケースを手渡すと、こちらも最初の若者のようにポケットから剃刀を取り出し、新しい刃をはめこんだ。それから店に入ってすぐのところにあるソーダファウンテン（ソーダ水やアイスクリーム、スナックなどを出すカウンター）へと向かい、ポケットから刷毛《はけ》のいらない髭剃り用クリームの入ったチューブを取り出すと、クリームをほほに塗りはじめた。しまいには大きな窓に顔を映し、髭を剃りだした。

ラッドは受話器を手に取ると、警察に通報した。

それとほぼ同じころ、通りの二軒先にあるアクメ金物店に別の若者が入ってきた。若者はモップとバケツを買うと、店主のラリー・ナッシュにバケツに水を入れてくれるよう頼んだ。店主がそうしてやると、若者は勝手に店の床にモップをひどくていねいにかけはじめた。

ラリーは受話器を手に取り、交換手に小声で話しかけた。

二十分もしないうちに、ラーキンズ・コーナーズの目抜き通りは上を下への騒ぎになっていた。たとえば――消防署では、大学生のうちのふたりが消防自動車のすでにぴかぴかの真鍮《しんちゅう》部分を磨きあげようとしていた。

たとえば――フェダー食料品店では、ひとりの青年がゼリー入りドーナッツの入った箱をダイエット食品コーナーに運び、その連れがそれを元あったところに戻すということが絶え間なくくり返され、大混乱に陥っていた。

たとえば――銀行では、ひとりの若者が窓口と窓口のあいだをぐるぐると回っていた。支店長が警察に通報することを決断するまで、五セント白銅貨を一セント銅貨五枚に両替したあと、隣の窓口でそれをふたたび五セント白銅貨に替えるという作業を、この若者は延々十五分にわたってくり返した。

村役場の奥にある執務室では、ラーキンズ・コーナーズの警察官であるマックス・コーリーが、これから洪水のように押し寄せようとしている通報の数々にまだ気づかずにいた。彼は自分を訪ねてきた少年に机の向こうからほほえみかけた。

ジャック・デュモンドは交換留学生のひとりとして六週間前に母国ベルギーからラーキンズ・コーナーズへやってきていた。英語を流暢《りゅうちょう》に話し、高校上級レベルの勉強も難なくこなしてはいたものの、教育委員会の面々はいざこの少年の姿を目にするとショックを隠し切れなかった。今後は地元の学校にやってくる交換留学生の年齢をあらかじめ知らせるようにいっておくべきだと、彼らはその場できめた。

というのも、ジャック・デュモンドはまだ十歳の少年にすぎなかったからだ。教育委員会から打診を受けると、マックスと妻のジーンは即座に少年を自宅に下宿させることに同意した。少年は少しも面倒をかけなかった。それどころか、ジャックが自分の部屋をいつもあまりにきちんと整理整頓しすぎているため、ときたま家事をさぼるきらいのあるジーン・コーリーはときおりばつの悪い思いをさせられた。少年の切手のコレクションはベテランの切手収集家も顔負けのもので、几帳面に切手帳に貼ったうえに目録を作成し、注釈も施してあった。食事や約束にも一度たりとも遅れたことはなかった。そう、秩序と几帳面さとが彼の信条であったのだ。

村の図書館係の女性もジャックに魅了された。最初のときに彼はダーウィンの『種の起源』を借りていき、一週間もしないうちにそれを返してきた。係の女性が本の感想を尋ねると、それをどのように発展させていけるかということも含め、ダーウィンの分類法に関する短い講義を聞かされるはめになった。ジャックは申し分ないほど礼儀正しかったが、彼女が望みうる以上のものをくだんの本から学びとってしまったことは明らかだった。

やがてジャックはアガサ・クリスティのエルキュール・ポアロ物と出会った。その小説のなかの母国人にジャックは親近感を抱いた。彼はそれらの物語をくり返し読んでは、マックスと推理法について語り合った。この日の早朝にマックスの執務室を訪ねてきたのも、そのためだった。

「ぼくはきのう『アクロイド殺し』を読み終わりました」ジャックがいった。「そうなんですよ、あなた《モナミ》。エルキュール・ポアロのように理路整然とした頭脳の持ち主にとっては、あれは一目瞭然だったに違いあり――」

「待ちなさい、ジャック」マックスが片手で制しながらいった。「ここでのわたしの主な仕事はスピード違反の切符を切ることだ。ラーキンズ・コーナーズでは凶悪犯罪などあったためしがない。それに、わたしはきみのいうその本とやらを読んでおらんのだよ」

マックスは向かいに座っている少年のほうを見やった。青い半ズボンは折り目がきちんとしていて、いつものようにシミひとつない。ワイシャツは光り輝かんばかりにまっ白で、ひざ丈まであるストッキングの下の先のとがったエナメル靴もぴかぴかだった。

それにしても、親指と人差し指で鼻の脇をいじる、あのおかしなしぐさはなんだろう？　それはまるでありもしない口髭のはしをひねっているように、マックスの目には映った。

するとそのとき、電話が鳴り始めた。

それからいくらもしないうちに、マックス・コーリーは頭がどうにかなりそうになっていた。ドラッグストア、金物店、消防署、食料品店、それに銀行からも似たような通報があった。まるでラーキンズ・コーナーズの目抜き通りがなんの前触れもなしにおかしくなってしまったかのようだった。

マックスは手帳にひとつひとつの訴えを書き留めた。席を立とうとして、いま一度手帳に目をやり、思いとどまる。それから彼は電話に手をのばした。

「ラッド」相手が出ると彼はいった。「あんたにやってもらいたいことがある……ああ、わたしにもなにがなんだかわからない……いいか、調べてはみるが、わたしなりのやりかたでやらせてほしいんだ。さあ、いまからいうとおりにしてくれ。店を閉めるんだ——そうすれば連中をしばらくは締め出しておけるだろう。それから消防署にいるラリー・ナッシュをつかまえて——やつの金物店も同じようにさせろ。そのあとアル・フェダーを食料品店から、サム・ドナヒューを銀行から、わたしのところに連れてくるんだ……商売にならんなどといいなさんな。どのみち月曜日には閑古鳥が鳴いてるんだろうが」

マックスは電話を切ると、ジャックのほうをふり向いた。「大学生どもが目抜き通りでなにやら騒ぎをひき起こしてるんだ。まったくばかげてる。訳がわからんとはこのことだ」

「お言葉ですが、ムッシュー」ジャックは答えた。「きっとなにか理由があるはずですよ。これらのひとたちが高等教育を受けたあとで頭がおかしくなってしまったなどと、信じろというのですか？　ぼくとしては商店主のかたがたのお話を聞いてみたいところですね。もちろん、あなたのお許しが出ればですが——」

「いいとも、ここに残ってたまえ。きょうびときたら、どこもかしこもおかしくなっちまってる。ちょっとくらい規則に反したところで、どうってことはあるまい」

十分後、四人の経営者たちがそのでっぷりした巨体を動かすことなく仕事をすませようとしている警察官に対する不満を口々にわめきたてながら、マックスの執務室にドカドカと入ってきた。

「静かにしたまえ！」マックスが大声をあげた。「わたしもきみらに負けず劣らずこれらのことには関心を持ってるさ。だが、ひとつ教えてもらいたいことがある。この連中はどんな凶悪犯罪を犯したのかね？」

彼らは黙ったまま、たがいに顔を見合わせた。マックスが小声で先を続ける。

「なあ、ラッド、そのあんちゃんはあんたの窓のところで髭を剃ったんだったよな。ここにはそれを取り締まる法はない」

それから彼はラリー・ナッシュのほうを向いた。

「ラリー、あんたのあの店は開店してからろくに掃除もしてなかったじゃないか。だから、あの若者は世のなかのためになることをしてたのさ。それから食料品に関していえば、アル、連中が品物をちゃんと元のところに戻してたといったのはあんた自身だったよな」

マックスは両手を広げた。「なあ、きみらが心配するのも無理ないとは思う。ただ、連中は逮捕されるべきことをなにひとつしでかしちゃいないんだ」

「ああ」アル・フェダーがうなった。「とにかくおかしな入学の儀式をするなら、どこかよそでやってもらいたいもんだな」

「いいや、その点はわたしも調べてみた」マックスが答えた。「車に貼られたステッカーからすると、連中はカットラー大学からやってきたらしい。それにカットラーでの入学式は秋ではなく春に行なわれるんだ」

「だったら、なんのためにあんなことを?」ラリー・ナッシュが訊いた。

「わからん。だが、こちらとしては連中から目を離さずにいることしかできん。まあ、気を楽に持つことだな――とにかく、だれひとり傷ついちゃおらんのだから」

電話がふたたび鳴った。それに出て、耳をかたむけているうちに、マックスの顔はだんだんと険しくなっていった。彼は電話を切ると、ほかの面々のほうを向いた。

「出かけよう」と彼はいった。「いまのは郵便局のレス・キンケイドからの電話だ。あの連中の何人かがニアリング老婦人に乱暴を働いたそうだ」

郵便局にマックスが到着すると、八人の若者が郵便局長のキンケイドに年代物のショットガンを向けられ、壁を背にするかっこうで立たされていた。どの目も恐怖で見開かれている。

ヴィクトリア・ニアリングは椅子に座って身体を震わせていた。「別にひどいことをされたわけじゃないのよ、マックス」彼女はいった。「ちょっと驚かされただけ。わたしのせいで面倒なことになってほしくないわ」

「いいや、わしはそうなることを望むね」キンケイドがとげとげしくいった。「マックス、この連中はここにぞろぞろと入ってきおったんだ――そう、八人そろってな。つっ立ったまま掲示板を見つめとるんで、なにかよからぬことを企んでおるに違いないと思い、いつでもショットガンを取り出せるようにしておいた。

そうこうするうちに連中のうちのひとりが窓口に歩み寄り、五セント切手を百二枚、注文しおった。そう、百と二枚だよ。そこでわしは百枚綴りのシートを渡し、さらに二枚を別のシートから切り取った。そいつがどくやいなや、今度はまた別のやつが同じものを欲しがった。なんで百二枚なんだ？　こちらの仕事の手間を増やすためだとしか思えん」

「わしらも同じような目に遭ってね」アル・フェダーはそういうと、けさの出来事を郵便局長に手短に話して聞かせた。

キンケイドはうなずいた。「要するに、厄介な連中ということだな。とにかく、二番目の男が注文したあと、ニアリング夫人が入ってきて、そいつのすぐ後ろに並んだんだ。切手を何枚か買って彼女がひきあげようとすると、与太者のうちのひとりが彼女の腕をつかみ、手から切手をはたき落とした。そのときだよ、わしがあんたに通報し、ショットガンを構えたのは」

「でも、怪我をさせられたわけじゃないのよ」ニアリング夫人がいった。「それどころか、このひとたちは買った切手を全部くれたわ。だから、わたしを傷つける気があったとは思えない」

「どうだ、マックス?」ラリー・ナッシュが訊いた。「これでこの連中を捕まえることはできるか?」

「少なくとも事情聴取をすることはできるだろう。逮捕うんぬんに関していえば、それはニアリング夫人しだいだな。いずれにせよ、わたしとしては、このことの理由を知りたいもんだ――」

「ムッシュー・キンケイド!」ざわざわしているなかを縫って、ジャックの小さな声がした。

「あなたにいくつかお尋ねしてもよろしいですか?」

キンケイドはジャックのほうに目をやり、ほほえんだ。「なあ、きみはマックスのところで暮らしとる少年じゃないかね? いいとも、なんなりと訊くがいい」

「けさより前にこのひとたちのうちのだれかをご覧になったことはありますか?」ジャックは壁際に並んだ怯えきった若者たちのほうに向かって手をふった。

「いいや」キンケイドが答えた。「見てはおらんと思う――いや、待てよ! そうだ、あの緑のキャップをかぶったやつだ。こいつは驚いた。土曜日、ここを閉める直前にやってきおったやつじゃないか」

「その間、あなたの小さな窓口の後ろに入ったりしたことはありましたか？」

「いいや――そいつは規則に反しておるからな」

「だったら、あなたが落とした切手を拾う手伝いをしたりはしませんでしたか？」

「ああ、しおったとも。切手シートを出しているときに、いくつか過って窓口の向こうに落としてしまったんだが、するとこの若造が――いや、待った！　わしが切手を落としたことがなんでわかったんだね？」

「ムッシュー・キンケイド、これらのかたがたがどうしてこんなおかしなふるまいに及んだのか、そうでなければ説明がつかないからですよ。彼らは頭がおかしい《ツン・イル・フ》のでしょうか？　ぼくにはとうていそうは思えません」

ジャックはマックスのほうを向いた。「ねえあなた《モナミ》、彼らの面倒を見ていていただけますか？その間、キンケイドさんともう少しお話をさせていただきます。それがすめば、おそらくこのささやかな謎を解くお手伝いができるでしょう」

こいつは驚いたというようにマックスは両手をあげたが、すなおに八人の囚人をひき連れて出ていった。それを見送って、ジャックはキンケイドのほうをふり向いた。

三十分後、ジャックはマックスの執務室へと戻ってきた。小さな部屋の両脇の床の上に、八人の大学生たちが並んで座らされていた。ジャックは先週の土曜日に郵便局にいたとキンケイドが指摘した青年のほうを向いた。

「どうしてこんなばかげたことをしたのか、ぼくにはわかっています」ジャックはいった。「それにぼくはここにいる警察官のコーリーさんの友人でもあります。もしもぼくがあなたがたのここでの仕事は終わったということを示すことができ、なおかつコーリーさんにもご異存がなければ、おとなしくかつ速やかにラーキンズ・コーナーズから立ち去り、大学のほうに戻っていただけますか？」

緑のキャップをかぶった若者は肩をすくめ、「いったいなんのことをいってるのか、さっぱりわからんね」ともぐもぐいった。

「あなたがたの計画はすべてお見通しだと、ご納得いただけるものと思いますけどね。でも、どう思われますか、ムッシュー・コーリー？　彼らが出ていくことにご異存はありませんか？」

「異存はないかだって？　こちらとしては、とっとと出ていってくれたらうれしいかぎりだ。だがその前に、この連中がなにをしてたのかを知りたい。それに、連中の仕事が終わったことを示すというのは、いったいどういう意味だね？」

「ちょっと待ってください《アンモマン》」ジャックはそういうと、マックスの机から太い鉛筆を取り、執務室の奥にある小さな洗面所に入っていった。ほどなくして戻ってくると、少年は若者たちのほうに顔を向けたが、相手はいちように驚きの目で彼のことを見つめ、やがて仲間同士たがいに顔を見合わせた。

ジャックの上唇のところには、鉛筆で太くてりっぱな口髭が描かれていた。

八人の大学生らは無言のまま立ちあがると、執務室を出ていった。目を丸くしてドアを見つめているマックスの耳に、村境へと向かう彼らの車の音が聞こえてきた。

「でも簡単そのものでしたよ、あなた《モナミ》」執務室でマックスとふたりきりになると、ジャックがいった。「エルキュール・ポアロ自身が教えてくれたように、どんなにばかげているように見えるものでも、人間の行動には一定のパターンがあるものなんです。それがいかなるパターンなのかをつきとめるには、小さな灰色の脳細胞をきちんと働かせさえすればいいんですよ。

この事件をふり返ってみましょう。くだんのよそ者たちはここにやってきて、意味のないことをいくつかしでかしました。しかし、そろって頭がおかしいのでないかぎりは、そのうちのひとつには必ずやなんらかの意味があるはずです。残りは、ひそかになしとげようと思っていたことを隠すためのものにすぎません。それらは――そう、いわば――〝めごまかし〟だったのです」

「それをいうなら〝めくらまし〟だな」マックスが笑みを浮かべながらいった。

ジャックはその言葉を無視した。「でも、意味のある行ないはいったいどれでしょう？」と先を続ける。「連中は最初、村のあちこちに分かれていきましたよね、ムッシュー・コーリー？それなのに、しまいにはある建物にひとり残らず集まりました――そう、郵便局にです。ゆえに、彼らにとってほんとうに関心のあったのは郵便局だと推測してもいいのではないでしょうか？

でも郵便局にあるもので、それほど重要なのはいったいなんでしょう？　それが切手だということは明らかです。ニアリング夫人が襲われたのも、あのひとたちが夫人の買った切手を見るためでした。この出来事からぼくには、彼らが現在流通しているジョージ・ワシントンの描かれた五セント切手のうちの特定のものを捜していることがわかりました。そしてそれこそが、あの若者たちがあんなふうなおかしな買いかたをして手に入れようとしたものにほかなりません」

「でも、あいつらのうちのひとりが前に郵便局に来たことがあると、どうしてわかったのかね？」

「あの八人の興味を惹いた一枚の切手の存在におそらく郵便局長は気づいていないだろうと、ぼくは推測しました。どうしてそんなことがありえるだろうと自問自答してみたところ、答えはひとつしかないように思われました。そう、切手シートがなんらかの形で窓口から外に落ち、またなかに戻ったのだと。そのようなことが起こりえた状況はひとつしか考えられなかったので、そう尋ねてみました。すると、キンケイドさんはびっくりされたというわけです」

「これまでのところはよくわかった」マックスがいった。「だが、あの連中はどうしてただ単に戻ってきて、目的の一枚が見つかるまで切手をシートごと買い続けなかったのかね？　なぜ、こらじゅうを混乱に陥れる必要があったんだ？」

「ああ、ムッシュー・コーリー、このことを理解するには、珍しい切手についてある程度の知識が必要なんです。アメリカ合衆国の切手を例にとると、おそらくもっとも有名なのは一九一八年の航空郵便切手でしょう。これには飛行機が逆さまになって飛んでいるエラー切手が存在するんですよ。こういったエラー切手にはどれでも数千ドルの値打ちがあるものなんです。

一九六三年の秋にも、ニュージャージーで似たような印刷ミスが発見されました。今度の場合は色が違っているというものでした。その切手を買った人物はそれが稀少だということに気づきましたが、みずからの発見を吹聴《ふいちょう》するという過ちを犯しました。その時点で政府はエラー切手と同じものを大量に印刷し、くだんの人物の発見品をほとんど無価値なものにしてしまったんです。

あの八人組が用心していたのもこのことでした。切手は欲しいが、注意を惹かないような方法でそれを手に入れたかったのです。同じ日におかしな出来事がいくつもあったとしたら、だれが切手の購入などを疑ったりするでしょう?」

「それで彼らがニアリング夫人につかみかかったことの説明がつくな。キンケイドが連中の欲しがってる切手シートを夫人に売ってないことを確認したかったんだろう」

「そのとおりです。印刷ミスのある切手をそれが存在するということを誰にもさとられることなく買うという目的だけのために、きょうの一連の出来事は仕組まれたんですよ。八人のうちのひとりが——おそらくはその切手の価値に気づかずに——土曜日にそれを目にしたんでしょう。そのことを大学で価値のわかる友人に話したところ、みんなでそれを買いに戻ってくることになったというわけです」

「なあ、ジャック」マックスがいった。「いったいその切手のどこがどうなって、そんなに価値のあるものになってるのかね?」

「切手を印刷するための版型はときおりすり減ったり、傷がついてしまうものなんです。こうしたことが起きると、通常は版型を取り替え、できそこないの切手は廃棄されます。でも、たぶん百万回に一回くらいは印刷ミスが検査係の目を逃れることがあるんですよ。キンケイドさんがご親切にも調べさせてくださった切手入れのなかで、ぼくはそういったエラー切手を見つけました。これですよ、ムッシュー!」

ジャックはジョージ・ワシントンの顔がそれぞれ描かれた五セント切手のシートを上に掲げた。最初のうちマックスはおかしなところを見つけることができなかった。

「二列目の下から三番目の切手ですよ、あなた《モナミ》」ジャックがいった。

そこにそれはあった。インクの加減のせいで、百枚綴りのシートのなかでその一枚にだけ、この国の父ともいうべき人物にりっぱな口髭があるように見えている。

「すると、連中がとっとと立ち去ったのは――」

「そうですよ。ぼくが彼らの秘密をつきとめたことがわかったからです。残念なことに、この切手シートはキンケイドさんに返さなくてはなりません。あのひとはそれをワシントンに送り返し、そこで廃棄されることになるでしょう。悲しいことじゃ、ありませんか《ネセパ》?」

「そうだな、ジャック。きみ自身のコレクションにとってもまたとない逸品だったろうに」

「たしかにそうですが、ぼくが悲しんでいるのはそのことじゃないんです」ジャックは一冊の本――アガサ・クリスティの『ヘラクレスの冒険』――を上に掲げたが、そのカバーには、エルキュール・ポアロのりっぱな口髭がはしからはしにわたって描かれていた。彼はその本を切手シートの隣りに置いた。エルキュール・ポアロとジョージ・ワシントンの口髭が似かよっているのには、マックスも吹き出してしまった。

ジャックはつるつるの上唇をなでた。「まったく残念なことですよ」とため息を漏らす。「こんなにも見た目がそっくりなのに、世に知らしめることができないなんて」

コナン・ドイルを読んだ男

ほとんどのひとにとって、ワシントンＤＣの消印付きの手紙はさほど興奮すべきものではないだろう。だが、小さな町の週刊新聞の社主と編集長と全スタッフをひとりで兼ねているとなれば、購読者数を増やすために、アップルパイのレシピやトウモロコシの価格以外になにか大衆の心をつかむネタはないかと必死になっているに違いない。

郵便局でわたし宛ての郵便物をもらい、メイン通りを通って木曜日ごとに《スパナーズバーグ・ヘラルド》を発行しているおんぼろの建物に戻る道すがら、わたしは封筒を開け、なかの紙に走り書きしてある文字を読み始めた。

親愛なるテレンス

大学時代の旧友がいま一度、きみのところの「定期購読者の身の上相談」の手助けをしてやろう。六月十八日付の質疑応答欄に、ニューヨーク市マーシュ通り七四〇番地のヴァージニア・デロングからの質問が載ってたよな。彼女に連絡をとり、思い出せずにいた一節は「ホームズに勝る警察はなし」（この原文There's no police like Holmesは、「わが家に勝るところなし」という意味の言い回しThere's no place like homeにかけてある）だと伝えてくれ。

いつでも喜んできみの手助けをさせてもらうよ。こちらがきみに助けてもらうこともあるだろうしな。

ダニー・ブラッシンゲーム

ごくあたりまえの編集長への手紙のようじゃないかって？　でも、わたしはくさいと思った――実をいえば、三つの点でだ。そしてバックナンバーのファイルを調べ終わったころには、第四のおかしな点が浮上していた。

その一――これまで《ヘラルド》をニューヨーク市のヴァージニア・デロングなどという人物が購読した事実はない。四百十八人の購読者のうちもっとも遠くにいるのは、スパナーズバーグから三マイルのところにある、舗装されていない道のはずれの住人だ。

その二――わたしの新聞にはいまだかつて質疑応答欄などあったことはない。

その三――わたしはたしかにダーラム大学のジャーナリズム学科で学んだことがあり、そこでダニー・ブラッシンゲームなる人物に会っているかもしれないが、おぼえていない。手紙の主が主張しているような〝大学時代の旧友〟でないことはたしかだ。

その四――わたしの新聞は週刊であって、日刊ではない。それに、ここ三年は六月十八日付で発行したことはない。

わたしはあらためて封筒を見なおした。たしかにわたしの名前――テレンス・ワトスン――が記されている。住所もまちがいない。わたしは机の後ろの書棚に手をのばし、古い卒業アルバムをひっぱり出した。ほどなくわたしは捜していたものを見つけた。ダーラムの最上級生だったとき、二年生にダニエル・ブラッシンゲームがいた。その顔にはおぼろげに記憶があるように思えたが、最後に会ったのがいつだったかは思い出せなかった。

わたしは手紙と封筒を上着のポケットに押しこんだ。それから衝動に駆られて、ふたたび手紙を取り出し、それに目を通した。電話をつかみ、交換手を呼び出し、ニューヨーク市の番号案内を申しこむ。

四十秒後、わたしはヴァージニア・デロングと話をしていた。彼女に手紙を読み聞かせたあと、わたしの頭のなかを駆けめぐっている疑問に対する答えをなにかお持ちではないですかと彼女に尋ねてみた。

彼女は電話を切ってしまった。

わたしは手のなかの反応のなくなった受話器を見つめたまましばらく座っていたが、やがて肩をすくめた。そう、うまくいかないこともあるさ。これ以上どうなるかわからない手がかりを追いかけてもしかたない。そんなことは大都市の日刊新聞にまかせておけばいい。こちらは地元の農作物の競売の記事に専念することにしよう。

わたしのオフィスのドアから見知らぬ男が顔をのぞかせたのは、同じ日の一時のことだった。歳のころは若く——おそらく二十代なかばだろう——わたしのところに来る大多数の人間とは違い、ぱりっとした背広を身につけ、しゃれた書類かばんを携行している。「ワトスンさんですか?」彼は感情のない事務的な口調で訊いた。

「そうですが」わたしは顔をあげ、男にほほえみかけた。

相手はほほえみ返してこなかった。

「いっしょに来ていただけますか？」

「いっしょに行く？　きみのことを知りもしないのにかい？　いったい、どこへ行くというのかね？」

「失礼しました。話をお聞きになっているものだとばかり――その、つまり、これがすべての説明になるのではないかと思います」

男は内ポケットに手をのばして革のホルダーを取り出すと、それをぱっと開いた。わたしは目を丸くして、ホルダーの透明なプラスティックの窓のなかの身分証明書を見つめた。これさえあれば、フォートノックス（ケンタッキー州にある軍用地。米国連邦金塊貯蔵所がある）だろうがどこだろうが、この国のいかなるところにも難なく入ることができる。

「なあ、いいかい」手の震えを抑えようとしながら、わたしはいった。「わたしはこの新聞のしがない発行人にすぎない。諜報部員なんかじゃないんだ。それに、所得税のことなら――」

ほほえみにきわめて近いものを男が浮かべるのを見たのは、それが最初で最後だった。「あなたはきょうダニエル・ブラッシンゲームからの手紙を受け取られましたね」そのいいかたは質問ではなく、断定だった。「その件について、だれかに話されましたか？」

「手紙にあったニューヨークの女性に電話をしただけだ。途中で切られちまったがね」

「ほかには？」

「いない。きみ以外にここにやってきた人間もおらんしな」

「そうですか」男は腕時計にちらりと目をやった。「そろそろ行きましょう、ワトスンさん。飛行機が待っていますから」

「飛行機だって？」わたしは訊いた。「わたしをどこに連れていくつもりだ？　これはいったい、どういうことなんだ？」

男はかぶりをふった。「あなたとは天気のこと以外、話し合ってはいけないことになっています。ただ、ワシントンへの出頭命令が出ているとは、申しあげてもいいでしょう」

「出頭命令？　このわたしが？　軍人じゃないんだから、だれからも命令を受けるいわれは――」

「国家保安に関する法令によれば――」

十五分後、わたしはロックトン空港で軍用ジェット機に乗りこもうとしていた。それから二時間のちには、ワシントンＤＣにあるオフィスのドアをくぐっていた。スパナーズバーグのだれもわたしが町を離れたことにさえ気づいていなかったろう。

オフィスのなかにはでかいオーク材の机があり、男がその後ろに、まるで鉄の棒を背骨に溶接されているかのように、まっすぐ背をのばして腰かけていた。握り拳のような険しい顔をしており、顔をあげてちらっとこちらを見ただけで、敵にするにはてごわい人物だというのがわかる。机の上の名札には、ジェームズ・ハーベルという名前が記載されていた。

「ごくろうだった、エイキンズ」ハーベルはわたしを同道してきた男にいった。「ここまで連れてくるのになにか面倒はなかったか？」

「いいえ。おとなしくついてきました。手紙と封筒は彼のポケットに入っています」

「けっこう。出ていくときにドアを閉めてくれ」

エイキンズが退室すると、机の脇の椅子に座るよう、ハーベルはわたしをうながした。わたしが腰かけると、相手は木の厚板のようにいかつい手をさし出した。「拝見できるかね、ワトスンくん?」そうおだやかにいう。

「なにをです?」

「手紙だよ。きみの電話のあと、デロング情報員がその内容を知らせてよこした。いまここで、彼女の報告と現物とを比べてみたいのだ」

「デロングですって? つまり、わたしが電話で話したあの若い女性は――」

「――われわれの仲間のひとりかというのかね? もちろんだ。彼女を通してわれわれはきみが手紙を受け取ったことを知り、エイキンズ情報員がただちにスパナーズバーグに送りこまれた。さあ、それではその手紙とやらを見せてもらおうか?」

「お断りします」わたしは椅子の背にもたれた。「そうするつもりはありません」ハーベルの目に浮かんだ表情を見て、そんなことをいわなければよかったと思ったが、それでも先を続けた。「あなたにその手紙を見せる前に――見せるとすればですが――いくつか質問に答えてもらいたい」

「質問に答える?」

「ええ。けさ、わたしはどうやら自分宛の手紙を開けるという重大な犯罪を犯したらしい。そのあとで、ニューヨークに電話をかけるという、やはり重大な犯罪を犯した。その結果、わたしは知りもしない男に職場から連れ出されてジェット機に乗せられ、歯ブラシや下着を詰める暇さえ与えられずに、数百マイルもの距離を連れてこられた。でも、もうたくさんです。そちらがそれを欲しがる理由を教えてくれないかぎりは、手紙を渡すつもりはありません」

「力ずくで奪うこともできるがね」ハーベルが声を荒げずにいった。

「そうでしょうね。でも、それならこっちは大声をあげますよ。あなたにとってそれが望ましいとは思えない。新聞に話して、大々的に書き立てさせるとなればなおさらでしょう。なにが起きているにせよ、あなたがそれを内密にしておきたいのはたしかだ。そして、それがなんであるかを教えてくれないかぎり、わたしは手紙を持ったままここを出ていくつもりですよ」

ハーベルの顔が紅潮するのが見えた。彼は深く息を吸ってから、ゆっくりと吐き出して、気持ちを落ちつかせた。ふたたび口を開いたときには、前のように表向きはおだやかな口調になっていた。

「いいだろう、ワトスンくん」彼はいった。「米国国民として、きみには権利がある。いまこの場でそれを頑強に行使してくれねばよかったとは思うがね。だが、手紙の受取人として、きみにはわれわれの手助けを願えるかもしれん。

とはいえ、これだけはぜひともはっきりさせておきたい。きみが新聞社の人間であるからなおさらだ。このオフィスで話されたことは、ここから外に出たら、口に出すことはおろかほのめかすことも許されない。新聞記事も、内輪話も――いっさい禁止だ！」

「了解しました」

「よろしい。それでは仮定的状況を聞かせよう」

わたしはにやりとした。だれかが新聞記者に〝仮定的状況〟という場合、それは実際には本当のことをいおうとしているということなのだ。ところが、記者があとからそれを持ち出したりすると、嘘つき呼ばわりされることになる。いいだろう、ジェームズ・ハーベル氏がそうしたいというなら、こちらも調子を合わせることにしよう。

「もっかの――あー――仮定的状況には」ハーベルは先を続けた。「ここワシントンにある、某国の大使館が関係している。その大使館が代表している国は冷戦において米国と共同歩調をとっているが、容易に反対陣営に寝返る可能性がある」彼は机の後ろにある東側を示す地図のほうを身ぶりで示した。

「その大使館の館員のなかに、われわれを困った状況に追いこむことで、彼らの宣伝工作に大いに役立てようと考えている連中がいる。この連中が、大使自身も知らないうちに、リストを手に入れたのだよ、ワトスンくん。そのリストには、彼らの国に暮らしていて、われわれにときおり情報を流してくれていた人々の名前が書かれているのだ。さほど重要なものではない。ただ、くだんの国の国民たちは警戒網が自分たちの周りにはりめぐらされていたことを知らされれば、こころよく思うまい」

「警戒網ですって?」わたしはいった。「つまり、スパイ網ということですか?」

「われわれはそういういいかたを好まん。いずれにせよ、問題のリストはまだ大使館から外に出ていない。法律上は外国の領土にあたるので、内部を捜索することはできない。だが、われわれの仲間のひとりを大使館職員としてもぐりこませることはできた。その男はリストを持っている連中に、われわれにひと泡ふかせる計画の仲間に加わりたがっているということを納得させた」

わたしはうなずいた。「その男の名前はひょっとしてダニー・ブラッシンゲームというんじゃありませんか？」

「なかなか鋭いな、ワトスンくん」ハーベルがいった。「新聞業界を離れることがあれば、ここでの仕事をお願いするかもしれん。まあとにかく、箱について探り出したのはその男だ」

「箱？」

「リストは金属の箱に入れられて、国外に送られる予定なのだよ、ワトスンくん。外交嚢《のう》（外交文書送達用の袋）による税関免除は受けられないかわりに、特使によって運ばれることになっている。われわれがやらねばならないのは、特使がこの国を離れる前にその箱を開け、リストを回収することなのだ」

「特使の身柄を拘束して、箱を奪えばすむだけの話では？」

「そんなことをしようものなら、大使館のその連中は大喜びだろうな。どんな見出しが躍るか、考えてもみたまえ――**政府情報部員、海外特使を襲撃**。彼らにしてみれば、リストを保持しているよりそのほうがいいかもしれん。そう、連中の最終的な目的は、わが国に対する自国民の反感をかきたてることにあるのだからな。

したがって、われわれが箱に手をふれることのできるのは、特使がニューヨークで船に乗りこむときをおいてほかにない。そのときであれば、税関で特使に箱を返すまでの約二分間、こっそりそれを開け、なかを調べることできる。

それではこの箱がどんなものか説明するとしよう、ワトスンくん。ごくふつうのクラッカーの箱とほぼ同じ大きさと形をしている。蓋のところに小さな掛け金と三つの組み合わせ式ダイヤル錠があって、それぞれのダイヤルにアルファベット二十六文字が付されている。三つのダイヤルの文字がきちんと合っていないかぎり、蓋を開けることはできん。

箱のなかはふたつの部分に分かれている。そのうちのひとつにリストが、もう一方には発煙弾が入っている」

「なにがですって？」

「発煙弾だよ。三つの文字をあらかじめ正しく組み合わせておかないかぎり——だれかが掛け金をはずし、蓋をあけようとすると、煙が発生する仕組みだ。

要するに、こういうことだ。二分間のうちに、正しい組み合わせをつきとめ、蓋を開け、リストを回収せねばならん。さもなければ、特使がリストを持ったまま船に乗るのを手をこまねいて見送るか、埠頭一帯を煙で満たし、大使館の特使を許可なく調べていることを世に知らしめるかだ。どちらにせよ、この国は困った立場に置かれ、東側の宣伝工作がまんまと成功したことになる」

「すると、ブラッシンゲームの役目は三つの組み合わせ文字を探り出すことだったんですね？」

「そうだ。そして、彼はわれわれの期待以上のことをやってくれた。ブラッシンゲームからの最後の連絡によれば、彼自身が箱の機能の最終的な調整——すなわち、くだんの三文字を選ぶ役を、任されたということだった」

「だったら、どうしてどの文字を選ぶかをいってよこさなかったんです?」

「土壇場になって連中の気が変わることを危惧したのだ。そのため、箱の準備が実際に整うまで連絡をのばすことにした。ところがそれ以降、大使館の警備が強化されてしまった。だれひとり出入りすることができず、ブラッシンゲームもう一週間以上われわれと連絡がとれずにいる。だが、ひとつのことだけはわかっている。ブラッシンゲームによれば、ダイヤルすべき三文字は、ABCやDEF、RSTといったように、連続したものだそうだ」

「つまり、考えられる組み合わせはほとんど無限だったのが、二十六通り――いや、二十四通りのうちのどれかにまで減ったというわけですね」

「そのとおり。最初のひと文字さえわかれば、あとのふたつはおのずときまる。そして、正しい組み合わせの手がかりはきみの受け取った手紙のなかにあると、われわれは考えている。ブラッシンゲームはわれわれに連絡をとることはできないが、こういったことには関わりがなさそうな大学時代の旧友に手紙を送ることは許されるだろう、という可能性に賭けたのだ。さあ、それでは手紙を見せてもらえるかね、ワトスンくん?」

わたしは手紙を机のほうに押しやった。

ハーベルはそれにじっくり目を通した。「〝ホームズに勝る警察はなし〟」彼はもの思いにふけるようにいった。「これが鍵に違いない。きみの名前はワトスンであることだしな。コナン・ドイルを読んだことはあるかね、ワトスンくん?」

「シャーロック・ホームズ物を何編か」わたしはいった。「それから、わたしのことはテリーと呼んでください。みんな、そうしてますから」

「いいとも、テリー。小説のなかのワトスン博士のように、きみの名前がジョンでないのは残念だ。そうであれば、すべてがぴったり合うのだが」

「ジョンなら、わたしの大学時代のルームメートの名前ですよ」わたしは答えた。

「なんだって？」

「うちの大学では、部屋をアルファベット順にあてがわれたんです。わたしと同室だったやつもワトスンといいました。そう、ジョン――ジョン・ハワード・ワトスンといいましたっけ。いまはフィラデルフィアで働いています」

「ジョン・H・ワトスンか、くそっ！」ハーベルがいった。

「は？」

「ブラッシンゲームがシャーロック・ホームズにわれわれの目を向けさせようとしているのだとしたら、どうしてやつはきみでなくこのジョン・ワトスンに連絡をとらなかったんだ？」ハーベルが訊いた。

「そこのところが重要なのかもしれませんよ。つまり、ブラッシンゲームは名字ではなくわたしの名前のほうに意味を持たせようとしていたのでは？」

「テリー――テレンス……いや、それでは漠然としすぎている。ホームズのほうに関係のあることに違いないんだ」

「だったら、どうします？」わたしは尋ねた。

「まあ、とにかく、ドイルのシャーロック・ホームズ物をひとつ残らず読み返してみることだ。そのうちのひとつにきっと手がかりが隠されているはずだよ」

ハーベルは電話をつかむと、受話器に向かっていくつか命令をがなりたてた。二十分もしないうちに、シャーロック・ホームズ全集が数巻届けられたばかりか、クラインとダイクマンというふたりの人物が案内されてきた。彼らに紹介される際、このふたりがベイカー・ストリート・イレギュラーズの地元支部の会員であり、ホームズ研究の権威としてもよく知られていることが判明した。

かくして、われわれは作業に取りかかった。『緋色の研究』では四十五分間にわたって〝Rache（復讐）〟なる言葉にふりまわされ、ついにはあきらめた。『四人の署名』を読み終わるころには、わたしはそこに含まれているかもしれない暗号よりも物語に魅了されていた。

「踊る人形」は有望なように思えたが、結局なにも見つからなかった。「五個のオレンジの種」も「赤輪党」も同じ結果に終わった。クラインは「マスグレーヴ家の儀式書」に大きな期待を抱いていたが、やはり失望を味わわされることになった。アルファベットの連続する三文字を示すようなものは、なにひとつ見つからなかった。

「あのホームズの名前による語呂合わせが、どうにもよくわからない」眉をひそめながら、ダイクマンがいった。「そう、あれはドイル自身の言葉ではないからね」

「たしかに。だが、ブラッシンゲームもなんの理由もなしにそれを書き添えたりはせんだろう。頭は回るが、ユーモアのかけらもない男だからな」ハーベルはそう補足した。

わたしは肩をすくめただけだった。ホームズとワトスンといっしょに、霧のなかから犬が飛び出してくるのをいまかいまかと待っていたからだ。

真夜中になるころには、部屋のなかの四人はたがいを名字ではなく名前で呼び合う仲になっていた。わたしもコカインの壜から、（これらの数字や文字を徹底的に検討したと思われないといけないのでいっておくが）ベイカー街二二一Bの壁に銃弾でつけられた〝V・R〟なる文字（「マスグレーヴ家の儀式書」の冒頭に、ヴィクトリア女王Victoria Reginaに敬意をはらってホームズがこれをつけたというエピソードが紹介されている）、セバスチアン・モーランの空気銃（「空家事件」参照）やサイドボードの上の炭酸水製造器（とかいう代物）（「ボヘミアの醜聞」参照。ただし、ここでは部屋の隅にあるという記述のみ）にいたるまで、ホームズ研究に関していっぱしの権威になっていた。

だが、手がかりはなにひとつつかめなかった。ブラッシンゲームがなぜジョン・ワトスンにではなくわたしに手紙を送ったのか、あの気のきいた語呂合わせをどうして書き添えたのか——どれもこれもはっきりしなかった。

ホームズ自身が書いたとされる数少ない物語のうちのひとつなので、手がかりが隠されているかもしれないと「ライオンのたてがみ」を途中まで読み進めたところで、わたしは本を部屋の隅に投げ出し、しょぼつく目でハーベルを見やった。

「なあ、ジム」声を震わせながら、わたしはいった。「わたしはスパイにはけっしてなれそうもないよ。メッセージを受け取った人間がさっぱりわかってくれなかったら、それを送る意味がどこにある？　われわれが目にしているのは、究極の暗号文だ——だれひとりとしてその意味をわからないんだからな。これがわたしの住むスパナーズバーグであり、ブラッシンゲームがこの情報を伝えたいのであれば、ただ路上のあんたに近寄っていって——そう——『ＩＪＫだよ、ジム・ハーベル』と告げさえすればいい——あるいは——」

クラインとダイクマンがいちどきに笑い出した。クラインがなにごとかをハーベルに耳打ちすると、相手もくすくす笑い始め、すぐにそれが大笑いへと変わった。わたしはしばらく狐につままれたような表情を浮かべて座っていたが、そのうちなにがおかしいのかを教えてもらって、大笑いの輪に加わることができた。クラインとダイクマンは帰宅を許され、わたしは睡眠をとるためにハーベルの家へ向かった。

ワシントンの某大使館のなかの何名かが好ましからざる人物として本国に強制送還された記事を新聞で読まれたおぼえが、おそらくおありのことと思う。だが、問題の箱やハーベルのところの情報部員がそのなかから見つけたリストに関しては、ひと言も載っていない——こちらが体面を守りたかったためもあるが、大使館の人間がダニー・ブラッシンゲームのことをまだ彼らの側についていると思い、今回のことはまぐれあたりにすぎないと思っていたからだ。だが、二分間の税関検査時に例の箱に手をかけたとき、こちら側の人間にはダイヤルのきちんとした組み合わせがわかっていた。

まあ、まぐれ当たりといえないこともないかもしれない。わたしがあの言葉を口にしていなければ、まだシャーロック・ホームズの物語に読みふけっていたことだろう。だが、語呂合わせとわたしに連絡をとった理由の説明が同時につくブラッシンゲームの暗号は、ホームズ物のなかでもっとも有名な一節に基づいていたのだ。おまけにそちらの語呂合わせは、ブラッシンゲームの手紙のなかのものより、さらに出来が悪かった。

ダイヤル錠の組み合わせはなんだったかって？　まあ、頭を働かせてみたまえ。「ＩＪＫだよ、ジム・ハーベル」とわたしがいったら、相手は当然どう切り返してくるだろう？

そう、「LMN《エルエムエヌ》だよ、テリー・ワトスン（LMN, Terry Watson）」さ。

初歩的《エレメンタリー》なことだよ、ワトスンくん（Elementary, Watson）。

G・K・チェスタトンを読んだ男

「オトゥール神父が青年部の遠足に同行し、サーミン夫人が休みをとっておるから、われわれふたりで司祭館を切り盛りせねばならんな、チャールズ」フランシス・ゴガティー尊師は長い食卓の上座の椅子にゆっくりと腰をおろし、十字を切ったのちに短い食前の感謝の祈りをつぶやいた。「冷たいハムとデビルドエッグ（固ゆで卵を半分に切り、黄身をマヨネーズなどであえてから白身に詰め直したもの）で辛抱してもらおうか」彼は先を続けた。「サーミン夫人がアイスボックスに入れておいてくれたのはそれだけだったものでな」

　チャールズ・ケニー神父はテーブルの向かいの席で、上役が〝アイスボックス〟なる言葉を用いるのを聞いてほほえんだ。七十二歳になるゴガティー尊師には、電気冷蔵庫《リフリジェレイター》といった今風の発明品でみずからの話しぶりを変えるつもりなどないのだ。

「きみはカラーをつけているだけでなく、正餐《せいさん》用の服装をして食卓についておるようだな、チャールズ」尊師はさらに続けた。「りっぱな心がけだ。だが、わたしがいくら口をすっぱくしていっても、きみとオトゥール神父はもっとくだけたかっこうをするのが常であるからして、なにか心に思うことがあり、それをわたしと話し合う前に機嫌をとっておこうという魂胆なのじゃないかね。さあいいたまえ、お若いの。それはいったいなんだ？」

　ケニー神父は短く刈られた髪をかきむしった。お若いのだと！　あとちょうどひと月で四十二になるというのに。だが尊師にとっては、年金を受け取る年齢に達していない者はだれであれ若造にすぎないのだ。

「ティム・ハリントンの件なんです」ケニー神父はもたもたと口を開いた。「けさの新聞で事件のことをじっくり読みました。そして、われわれには拒絶する権利はないものと――」

「ほう？」ゴガティー尊師の眉がつりあがった。「事件のことだと？　なあ、チャールズ、安っぽい探偵小説などに夢中にならんで、きみは聖書だけを読んでおればいいのだ」

「ギルバート・K・チェスタトンを安っぽい探偵小説の書き手としてかたづけるのは、いかがなものでしょうか」ケニー神父が反駁《はんばく》した。「というのも、その評論だけをとってみても、文学史のうえに確固たる地位を築いていますし、聖フランチェスコや聖トマス・アクィナスに関する研究もあります。さらには――」

「それに、探偵ごっこをするでしゃばりの僧侶も創っておったよな」ゴガティー尊師が口をはさんだ。「そう、きみの部屋じゅうに散乱しておる小説の主人公だ。たしか、ブラック神父といったかな？」

「ブラウン神父ですよ、尊師」

「ブラウンだろうがブラックだろうが、どちらでもかまわん。われわれにはみな職分というべきものがあり、聖職者のそれは警察の仕事にちょっかいを出そうとすることではないのだよ、チャールズ」

「お言葉ですが、ブラウン神父物のすばらしさは、神父がほかの登場人物たちを洞察するところにあります。「神の鉄槌」では実際、殺人犯にある種の同情をおぼえざるをえません。それから「通路の人影」では、何人かの人々が同じものを目撃したのちに、それぞれの人間性の新たな一面をさらけだし――」

「チャールズ、ブラウン神父の話はもうたくさんだ。だが、どうやらきみの頭のなかでは、ハリントンの自殺の件がこの神父となんらかの形で結びついておるようだな」

ケニー神父はくすくす笑いを漏らした。「ええ、おっしゃるとおりです。そう、わたしはティム・ハリントンをよく知っています――いや、知っていました。いくつかの委員会でいっしょになり、自宅へ何度か食事にも呼ばれました。彼には美しい奥さんと小さなかわいい娘さんがふたりいます。つまり――なんというか、自殺をするはずはないのです。まったく彼らしくありません」

「チャールズ、いいかね、その新聞とやらにはわたしも目を通した。セント・バーソロミューの教区民のひとりに関係のある記事となれば見逃すわけにはいかんからな。ハリントンの件に関する証拠はきわめて歴然としておる。そう、自殺以外のなにものでもない」

「しかし、証拠というものは――」

「証拠は証拠だ！」ゴガティー尊師が大声をあげた。「すまんなチャールズ、ついつい声を荒げてしまって。だが、新聞にすべて載っておったじゃないか。きのうの朝、ティモシー・ハリントンは九時にプロフェッショナル・ビルの最上階にある自分の事務所に入っていった。エレベーター係がその時刻をおぼえておった。それから三十分ほどして、銃声が聞こえてきた。ビルの警備係はあちこち調べたすえに、ノックになんら応答のないハリントンの事務所に親鍵で入った。するとハリントンが床の上に、頭を撃ち抜かれた状態で倒れていた。傷口の付近には火薬の焼け焦げたあとがあり、手には煙の出ている拳銃が握られていたという。さあ、これ以上なにが要るというのだ？　実際に引き金を引いているところを映した活動写真かね？」

「写真といえば、遺体の下で発見されたものがありましたね」ケニー神父がいった。「ティム・ハリントンはけっしてあのような――」

「その写真というのがこの一件の鍵だよ」歳上の男がいった。「新聞各紙は写真そのものを載せることはできなかったが、連中の説明を読めば、それがどんなものかは明らかだ。猥褻《わいせつ》で、汚らわしい代物だろう」

「ハードコアポルノであるのはまちがいありません。ですが、そこがわたしの申しあげたいところなんです。ティム・ハリントンは絶対にそのようなものに手を出すはずがありません」

「だが、現に彼の事務所にあったではないか。やつはそれを見ていたに違いない。きみの考えには反しておるが、やっこさんはそのろくでもない代物を罪のない人々に売っておったのだよ。金のために良心を売ったのさ。そして、ついに良心の呵責《かしゃく》に耐えきれなくなり、それ以上生きていることが嫌になったのだろう。それとも、こちらのほうがありそうだが、その件を明るみに出すとだれかから通告されたのかもしれん。いずれにせよ、自殺であることには疑問の余地はない」

「そうすると、あなたはいままでも――」

「ティモシー・ハリントンにカトリックの塗油《とゆ》（死にゆくカトリック信者に対して行なわれる秘跡）を施すのを拒否するつもり

でおると、いうのかね？　もちろん、そのつもりだ。そうするのは当然のことのように思うがね。たしかに、わたしより慣習にとらわれない人物であれば、自殺はすなわち精神錯乱の現れだという立場をとるだろう。だが、そんなことをいったら、個人としての責任はどうなる？　いいや、このわたしが主任司祭であるかぎりは、セント・バーソロミュー教会は自殺者に対し、弔いのミサも葬儀も執り行なうつもりはない」

「ですが尊師、故人の家族のこともお考えになってみてください。ただでさえ辛い思いをしているというのに、それではあんまりではありませんか」

「もちろん、家族のかたがたのことは気の毒に思う。だからといって、カトリックの教義をないがしろにするつもりはない。家族のことをだれより考えねばならなかったのは、ティモシー・ハリントンのほうだよ――そう、自殺をする前にな」

「わたしは異議を申し立てます。あなたには教会としての立場からティム・ハリントンを断罪する権利はありません。彼の妻や娘たちを傷つける権利も――」

ゴガティー尊師が拳で食卓をたたいたので、グラスや銀器がカチャカチャ音を立てた。「セント・バーソロミュー教区の主任司祭として、わたしにはそうするだけの権利がある！」彼はどなった。「運がよければ、チャールズ、きみもいつの日か自分の教区を持てるだろう。だがそれまでは、この教区のことはわたしに任せておいてもらおうか」

長い沈黙があり、その間、部屋の隅にある柱時計のチクタクいう音が聞こえてくるのみだった。主任司祭と真正面から議論することになったのはまちがいだったと、ケニー神父は痛感した。とはいえ、ティモシー・ハリントンと長年いっしょに働いてきた経験から、故人にキリスト教徒として葬られるだけのりっぱな権利があることも確信していた。ゴガティー尊師をどうにか納得させることさえできれば。いや、それとも、この自分が――

「尊師」彼はおだやかな口調でいった。「失礼な言葉づかいをしたことはお許しください」

「ああ？　ふーむ――まあ、よかろう」うなるような返答があった。

「ですが、あなたのご決断をお聞きになって、ダルトン司教はどうお思いになるでしょうか？」

ケニー神父はしれっと先を続けた。

「ダルトン司教が？　もちろん、賛成してくださるにきまっておる。そうでない理由があるかね？」

「いや、なに、つい昨年ティム・ハリントンを教区の特別管財人に任命されたのは、ほかならぬダルトン司教だったということですよ。なんら調査することなくハリントンにしかるべき葬儀を執り行なってやることをあなたが拒否されたと司教がお聞きになったら、どうお感じになるでしょう？」

ゴガティー尊師はそのことを真剣に検討した。司教のご機嫌を損じるのは好ましくない。そのときふいに別の考えがひらめき、彼はケニー神父を奇妙な目で見た。

「なるほど、そういうわけか？」と彼は訊いた。

「といいますと？」

「ふん、いまさらとぼけるつもりか。きみはブラウン神父のまねごとがしたいのだよ――探偵を演じた僧侶のな。違うかね？」

ケニー神父はこの最後のくだりにはっとした。自分は故ティム・ハリントンのこれからの運命のみに関心があるのだろうか？　それとも、チェスタトンの小柄な僧侶と実際にはり合って、事件を解決したいのだろうか？　部分的にせよ、後者の理由によってつき動かされているのだとすれば、とうてい神に仕える身にふさわしいとはいえまい。とはいえ正直なところ、主任司祭の質問に対する答えはケニー神父自身にもわからなかった。

「まあ、理由はなんであれ、きみのいうことにも一理あるな」ゴガティー尊師は先を続けた。「だったら、きみの気のすむように捜査をしてみるがいい。もっとも、警察が見つけた以上のものは捜し出せんと思うがね。それから、精神錯乱うんぬんというたわごとは認めんからな。ハリントンが自殺をしていないという確固たる証拠が見つからないかぎり、こちらとしてはこれまでの決断を変えるつもりはない」

「ありがとうございます」ケニー神父が答えた。「いつから始めさせていただけますか？」

「あすはきみの休日だ。この件に一日をあてるがいい。夕食の席できみの報告を聞かせてもらうよ」

「たった一日でやれということですか？」

「そうとも。週の後半には、結婚式やら九日間の祈り《ノーヴィナ》が控えておるからな。それに、ふだんの時間は仕事に精を出してもらわねば困る。したがって、あす一日がいいところだ。それから、もうひとつだけいっておくことがある」

「なんでしょう？」

「例のつばの広い帽子は、ブラウン神父にはたしかによく似合っておった。だが、きみがかぶろうものなら、まがぬけて見えるのがおちだ。自分が正真正銘の聖職者で、探偵小説の登場人物ではないということを肝に銘じておきたまえ、チャールズ」


翌朝、調査に着手した際、ケニー神父が過去六年間にわたって村の警察付きの司祭を務めてきたという事実が大いに役立ってくれた。ケニー神父のミサで寄付金を集める係のパトロール巡査ドム・ヴァージリオは、神父を即座に刑事部屋に招じ入れ、ハリントン事件を担当しているジョン・アンセル刑事を紹介してくれた。もじゃもじゃの金髪をした大男のアンセルは、報告書をタイプする手を休めて、不機嫌そうに顔をあげた。アンセルが神父と話したがっておらず、ヴァージリオの顔を立ててそうしていることは明らかだった。

「われわれのつかんでる事実のほとんどは、新聞を読めばわかるはずだ」ケニー神父が来訪の目的を告げると、アンセルはこう切り出した。「ハリントンは九時に自分の法律事務所に到着した。四十分後、頭を撃ち抜かれた状態で発見され、その手には三八口径の拳銃が握られてた。ついでながら、それはやっこさん自身の拳銃で、それを事務所に置いておく許可はとってあった。弾丸は頭蓋骨を貫通し、事務所の東側の壁の窓に穴を開けた。まあ、だいたいそんなところさ。自殺以外のなにが考えられる？」

「ほう？　すると、弾丸は回収されなかったんですね？」

「いいかい、ケニー神父、プロフェッショナル・ビルの五階といえば、あのあたりではもっとも高いところにあるんだ。問題の弾丸は周りの屋根を越え、商業地区の外まで飛んでいっちまったのさ。どこかの木にでもめりこんでるんだろうよ」

「ですが、窓の穴というのは？　つまり、その――」

アンセルはタバコを灰皿でもみ消し、すぐにまた次のタバコに火をつけた。「そんなことはあんたにいわれるまでもないさ、神父」彼はいった。「弾丸が窓ガラスにあたっても、ガラス全体が割れるわけじゃない。小さな穴がきれいにあくだけだ。それに鑑識の連中によれば、その穴はやや変型した三八口径の銃弾が内から外へと貫通したものと一致するそうだ」

ケニー神父はがっくりした。警察が自殺に見えるこの事件を額面どおりに受け取らなかったことは明らかだった。いま自分が捜査に乗り出したところで、すでに検討されたこと以上のものを見つけ出せるだろうか？

「死体が発見されたのは九時四十分だというお話でしたが」彼はいった。「新聞は銃声のしたのは九時半だったといっています。その点はどうなんです？」

アンセルは新しくつけたばかりのタバコを冷えたコーヒーの飲みかすが底にたまった紙コップに投げ入れ、ジューという音がするのに耳をかたむけた。「なあ、あんたは藁《わら》をもつかまんとしてるようだね、神父？」いらいらを口に出さないようにしながら、彼はいった。まるで知恵遅れの子どもになにかを説明しようとしているかのように、先を続ける。「銃声はたしかに九時半にした。だがその時点では、それがどこから聞こえてきたかはだれにもわからなかった。警備係と守衛たちで建物内の事務所をかたっぱしから見てまわらねばならず、連中が最上階にたどりつくまでには十分かかった。さあ、納得いったかね?

「それから、遺体の下で見つかった写真というのは?」ケニー神父の口調には必死さが感じられた。

「写真はスライド――そう、厚紙の枠のついた透明のやつだった。なにが映っていたかって? まあ、うす暗い路地であやしげな連中がこっそり売ってる品とだけいっておこう。そいつには男と女が映っており――とにかく、おれのガキどもには見せたくない代物であることはたしかだ」アンセルは報告書のほうにふたたび顔を向けた。

「すみません、あなたがお忙しいのは承知しておりますが」ケニー神父がいった。「これはわたしにとって、とても重要なことなのです。こういった透明なスライドには映写機のようなものが必要なのではありませんか?」

「必ずしも必要不可欠というわけではないが、実をいえば、ハリントンのとこにはそいつが一台あった。そう、机の上に据えつけられてたよ。リモコン式かなにかになってる――ひどく複雑な器械さ。それから部屋の奥にはスクリーンもあった」

ようやくなにかとっかかりがつかめたようだと、ケニー神父は思った。「いささか変だとは思いませんか、アンセル刑事」彼はおずおずといった。「弁護士が事務所にスライド映写機やスクリーンを置いておくというのは?」彼は期待しながら答えを待った。

「いいや」

「なんとおっしゃいました?」

「いいや、変だとは思わんね。ハリントンのやつは係争中の訴訟事件のために、しょっちゅう写真を撮ってた。映写機とスクリーンを置いてることは、ビルにいるほとんどの人間が知ってた。もっとも、猥褻な写真を映すためにそいつを使ってたことは、だれにも知られていなかったがね」

アンセルはふたたびタイプライターのほうを向くと、ひと文字ずつゆっくりとタイプを打ちはじめた。「まあ、そういったところだよ、神父さん」とうなるようにいう。「じゃあ、失礼させてもらうとしよう。この報告書をとっくに仕上げておかにゃあならんかったものでね」

ケニー神父はゆっくりと立ちあがった。もはや一巻の終わりだった。警察はすべての事実をつかんでいる。かたやこちらにあるのは、ティム・ハリントンがどんな状況であろうとけっして自殺するはずはないという、強い確信だけだった。だが、その人物の人間性うんぬんというのは確たる証拠とはいえなかった。

司祭館での夕食とゴガティー尊師から聞かされることになる揶揄《やゆ》を思うと、ケニー神父は気が重かった。尊師はブラウン神父のことをまた持ち出すに違いない。

だが、ブラウン神父でもこの状況では手の打ちようがないはずだ。

ほんとうにそうだろうか?

「そうだ!」刑事部屋のよどんだ空気のなかに神父の放ったひと言が、三人の刑事、制服姿のパトロール巡査、それに訊問するために連れてこられていたスリを、その場に凍りつかせた。タイプライターの上に人差し指をかけたまま、アンセルは驚いたように顔をあげ、ケニー神父を見た。

「なにがそうなんだね、神父さん?」彼は訊いた。

「ティム・ハリントンの死に自殺以外の説明があるということですよ」きびきびとした応答があった。「きょう一日かかろうと、わたしはそれをつきとめるつもりです。アンセルさん、彼が亡くなっていた事務所のなかを見せていただけますか?」

「かんべんしてくれよ、神父さん。あの事務所は立ち入り禁止になってて、正式な許可なしにはなんびとといえどもなかに入ることができないんだ」

「いいかね、アンセル」神父はぴしゃりといった。「きみはこのあたりに来てからまだ日が浅い——少なくとも、わたしとは初対面だ。だが、わたしは過去六年間にわたって警察付きの司祭をしている。そして、慈善協会の夕食会で講話をすることから、捜査中に殺されたり怪我を負ったりした者たちのためにミサを行なうことにいたるまで、この仕事に要されることのいっさいをやってきた。そのわたしが、ささやかなお願いをしようとしているんだ。それに、わたしはなんとしてもそれを聞いてもらうつもりだよ——さもなければ、わたしの替わりになる司祭を見つけたまえ!」

アンセルは神父を上から下まで見た。「ケニー神父」とわざとおだやかな口調で切り出す。「なんといわれようと——」そこでレイモンド・ケース刑事に肩をポンとたたかれ、横やりを入れられた。

「このひとは本気だよ、ジョニー」ケースはいった。「辞めるといったら、辞めるだろう。きみは腹を立てたときのチャック（チャールズの別称）神父を知らんからな」

「それがどうした？　おれはメソジスト教徒だぜ」

「ああ。だが、この警察署の連中はたいていセント・バーソロミュー教会に通ってる。それに、なあ、きみはおれたちとこれからも仲よくやっていきたいんだったよな？」

「でも、あの部屋は立ち入り禁止ということになってるんだ。それに、この報告書だって――」

「だったら、立ち入り禁止を解除すればいい。きみがこの事件の担当なんだからな。報告書はおれが仕上げといてやるよ。いいだろ？」

「ああ」アンセルはそのあとなにかいおうとしてケニー神父のほうを見やり、思いとどまった。帽子をわしづかみにし、いまやにこにこ顔をしている神父をひきつれ、ドアのほうにさっと向かう。「それじゃあ行くとしようか、神父さん」彼は憤懣《ふんまん》やるかたなくいった。


プロフェッショナル・ビルでもっとも広い部屋のひとつであるティモシー・ハリントンの事務所は、彼の死体が発見された二日前とできるかぎり同じ状況に置かれていた。死体が横たわっていたところを示すため、チョークで囲まれた部分が暗褐色の敷物の上にそのまま残されている。

「なんにも手をふれんでくれよ」アンセルが警告した。「鑑識の連中による指紋採取は終わってるが、また戻ってきて調べたがるかもしれんからな」

ケニー神父はポケットにしっかり両手を入れ、あたりをぐるりと見回した。事務所の東側の壁の大半を大きな窓が占め、その両脇には真鍮の棒からつるされた栗色のビロードのカーテンが太い紐でくくられてあった。紐はまるで黄金でできているかのように、きらきらと光り輝いている。窓の前の大きな机の上にはスライド映写機が置かれ、部屋の奥にあるスクリーンのほうを向いていた。ほかの壁面のうちふたつは書棚で占められ、四つ目の壁にはさまざまな資格免許状や額縁入りの賞状が飾ってある。その壁には小さなドアがあり、狭い洗面所と保管庫とに通じていた。

「どうかね、名探偵どの」アンセルは皮肉たっぷりにいった。「ここが事件のあった現場さ。ここでかすかだが採取できる指紋がくさるほど見つかり、いまその主をつきとめようとしてるところだよ。どうやらハリントンは町じゅうの人間をとっかえひっかえ依頼者にしてたようだな。それじゃあ、手がかりでも示してもらおうか。おれよりまともな仕事のできるところをせいぜい見せてくれ」

ケニー神父は机の周りを回っていき、窓にじっと目をやった。窓ガラスを上下に区切る桟のすぐ上に、小さな穴があいている。穴のところからガラスのはしに向かって、放射状のひびが三方向に走っていた。神父はたばねてあるカーテンに親指と人差し指をこすりつけたあと、穴にそっと手をふれた。

「おい、さわるんじゃない!」アンセルがどなった。「ガラスのかけらかなにかを落としちまうかもしれん。検死審問でこの穴が重要になってくる可能性だってないとはいえんからな」

神父の手は即座にひっこめられた。「アンセルさん」ケニー神父はおだやかにいった。「例の写真のことですが、ハリントンは自分で現像していたのでしょうか?」

「いいや。この通りを行ってすぐの、ベントン写真店に現像に出してた。実をいえば、ベントンはハリントンが拳銃自殺した朝も現像したばかりの写真を届けるところだった。ただ、配達係がここにやってきたのは警察が事務所を立ち入り禁止にしたあとだったので、それをそのまま持ってかえるはめになった。なんでそんなことを訊くんだ?」

「いえ、一枚の写真がこの事件にとって重要なのであれば、ほかの写真もそうではないかと思ったまでですよ」

「ハリントンにとってはそうだったかもしれんが、おれたちにとっちゃそうじゃない。やっこさんが手がけてた自動車事故の損害賠償請求に関係のある二十枚のスライド、というだけさ。それに、死体の下で見つかった例の写真は、ベントンの店で現像されたものじゃなかった」

「ほう? どうしてそれがわかりました?」

「スライドの周りの厚紙によってさ。ベントンの現像したものには、やつの店の小さな広告が必ず入ってる。だが、おれたちの見つけたスライドの厚紙にはなにも記載されてなかった」

「なるほど」ケニー神父は肩をがっくり落とした。「それから、ここにあるものはなにひとついじっていないのですね?」

「写真をとったあと、死体は移動したさ。それから、なめらかなところには指紋検出用の粉をふった。自殺の動機を調べるためにハリントンの書類をあさったあとは、なにもかも元あったところに戻すよう気をつけてた。さあ、それじゃあそろそろあんたを家に送って、仕事に戻ってもかまわんかな?」

ケニー神父はゆっくりとうなずいた。おのれが失敗したことには疑いの余地がなかった。こちらで思いつくようなことは、もう警察ですべて確認済みだった。自分の創造した神父がそれらを発見して推理できるように、作者が手がかりをあちこちばらまいておいてくれるのだから、なんとブラウン神父は幸運に恵まれているのだろうと考えながら、彼はアンセルより先に事務所を出た。G・K・チェスタトンにこの事件を扱わせてやりたいものだ、と彼は皮肉っぽく思った。

ふたりはビルを離れ、道路脇に駐めてあるアンセルの車のほうに大股で向かった。アンセルはなかに入るよう身ぶりで神父をうながし、外からドアを閉めると、運転席に乗りこんだ。キーを出そうとポケットを手探りしていたアンセルは、朝の日の光が車のボンネットや前部フェンダーにあたってきらめくさまにケニー神父が心を奪われているのに気づかなかった。

「アンセルさん」キーがイグニションにさしこまれると、神父はおだやかな口調でいった。「ハリントンが亡くなったのはどんな日でしたか?」

「はあ?」

「天気ですよ。どのような天気でしたか?」

「まさしくきょうのような、快晴だったよ。そう、晴れわたって、雲ひとつなかった。それがどうしたというんだ?」

エンジンがうなり始めた。「止めてくれ!」ふいにケニー神父が叫んだ。「エンジンを切るんだ。事務所に戻らなくては」

アンセルは深いため息をついた。「たったいまあそこに行ってきたばかりじゃないか」それはうめき声に近い言葉だった。

「ええ。でも、あのときにはなにを捜したらいいか、わからなかったんです。いまはもうわかっています」

「しかし――」

「いいですか、あと十分もすれば、ハリントンが自殺をしたのかどうか決定的なことをつかんでみせますよ。この二日間というもの、あなたがつきとめようとしていたのも、まさにそのことだったのではありませんか?」

「ああ、そうとも。いいだろう、ついてくるがいい。だが、おれがそうするのはただ、いっしょに働いてる連中と仲よくやっていきたいからだぞ」

ハリントンの事務所はふたりが出たときのままだった。アンセルは、興奮で目を輝かせながらこちらをふり返ったケニー神父を見やった。

「ハリントンの死体が発見されたあたりに立ってください」神父はいった。「そうです。さあ、アンセルさん、時刻は十時ちょっと前――おあつらえむきなことに、二日前にティム・ハリントンが拳銃自殺をしたとされているのと同じ時間です」

「次は?」刑事はあきらめたように訊いた。

「次は、しばらくあなたにハリントンの役をやっていただきます。あなたはスライドを映写しようとしているところです。さて、まっさきにやるのはなんでしょうか?」

「ふむ……映写機とスクリーンを準備することだろうな。いまあるみたいに、それらをしかるべきところに設置するだろう」

「けっこうです。その次には？」

「映写機の電源を入れ、スライドを映しはじめるんじゃないかな。なあ、神父、あんたがハリントンの自殺を信じてないのはわかるが、証拠によれば――」

「アンセル、あなたの想像力の欠如にも困ったものですね」ケニー神父がいった。「彼にはスライドを映写できなかったということがわからないんですか？」

「どうしてだ？」

「窓ですよ！　窓の外を見てごらんなさい」

アンセルは日ざしを手でさえぎりながら、ふり向いた。「こんなに高くては、ほとんどなにも見えん」彼はいった。「それに、こう日の光が目にあたるのでは」間があってから、刑事はうなずいた。「なるほど、それがあんたのいわんとしてたことか。日の光だ」

「そうですとも。この部屋は東に向いています。だから、朝の日の光があの窓から部屋のなかにさしこんで、スライドをはっきりと映し出すことなどとうていできなかったでしょう」

「そうだな」アンセルがつぶやいた。「たしかに一理ある。ハリントンがカーテンを閉めねばならなかったのはたしかだ。だが、おれたちがここに到着したとき、カーテンは開いてた。それに、ビルにいた連中でカーテンに手をふれたといったものもいない。だが、ハリントン自身がカーテンを開けたのかもしれん――そう、拳銃自殺をする前にだ」

「そうかもしれません」窓のほうに歩いていきながら、ケニー神父がいった。「さあ、カーテンを閉めてみましょう」彼は金色の止め飾りを解いて、厚いカーテンで窓を覆った。部屋はたちまちうす気味の悪い闇に包まれた。

「たったいま思いついたんですが」ケニー神父は先を続けた。「例のスライドを見たあとでハリントンが自殺をしようとしたとしたら、こんな雰囲気のなかでやったでしょう。日の光がはげしく照りつけているなかではなくて」

「それは推測にすぎんよ、神父。証拠とはいえん」

「おっしゃるとおりです、アンセルさん。それはそうと、小型の懐中電灯はお持ちですか?」

「ああ、キーホルダーの鎖についてる。ほら、こいつだ」

懐中電灯がケニー神父に手渡される際、鍵がカチャカチャ音を立てた。神父がスイッチを押すと、一ドル銀貨大の光の輪が栗色の布の上できらめいた。背後にはアンセルの息づかいが感じられる。

ポケットからボールペンを取り出すと、ケニー神父はカーテンの布地をじっくりと調べていった。すると突然、ペンの先が布をつき抜けた。

「カーテンのちょうどここのところに穴が開いています」彼はいった。「そう、ガラスに開いた穴の真上にあたるところです」

「ハリントンの命を奪ったのと同じ弾丸でつけられたものに違いない」アンセルがいった。「だが、撃たれたときにカーテンが閉まってたんだとしたら、いったいどこのどいつが――」

「これでもまだティム・ハリントンが〝自殺した〟という人間がいたら、わたしもそれとそっくり同じことをお訊きしますよ」ふたたび部屋が日の光であふれるようにカーテンをさっと開けながら、ケニー神父がいった。「ハリントンが床の上で息絶えたあと、カーテンを開けたのはだれでしょう?」

「ハリントンを撃ったやつだろうな」アンセルがいった。「死体を発見した警備係がわれわれに嘘をついてないかぎりは。まあ、そんなことはないと思うがね。だが、いったいだれの仕業だろうな、神父?」

「さきほどからいやになるほど聞かされてきたように、それはわたしではなくあなたのお仕事ですよ」神父は答えた。「ですが、捜査をするうえでの論理的な筋道はお教えできると思います。ベントン写真店からスライドを配達した人物が、例のポルノ写真の密売に関与していたのと同じ人物だと仮定しましょう。ハリントンが撃たれた日、この人物にはふたつ配達の予定がありました——そう、自動車事故の写真をハリントン氏に、ほかの写真の束を氏以外の人間にです。やつはまずハリントンの事務所へとやってきました。そうして、ハリントンにまちがった包みを渡してしまったとしたら?」

「なるほど」アンセルはいまや興奮していた。「そして配達係がまだいるあいだに、ハリントンはスライドを映写機にかけた。スライドになにが写ってるかを知ると、ハリントンはこのことを公にしてやると男に告げた——その際、男が事務所を逃げ出さないように拳銃を取り出したんだろう」

ケニー神父はうなずいた。「とっくみ合いになり、ハリントンは頭を撃ち抜かれてしまった。警備係がこの部屋にやってくるまでのわずかな時間で、その見知らぬ人物はハリントンの手に拳銃を握らせ、スライドを回収した。床にスライドが落ちていないかたしかめるために、おそらくカーテンを開けたのでしょう。しかし、ハリントンの死体の下にあった一枚は見逃してしまった」

ケニー神父は警告するようにふいに指をあげた。「殺人がどのように行なわれたか、われわれはあたかも承知しているかのように話しています。実際には、ひとかけらの証拠もありません」

「証拠なら見つけてみせるさ」アンセルがいった。

「うまくいくといいですね」神父がいった。「あなたが成功されることをお祈りしますよ。わたしにできるのはせいぜいそれくらいですから。ティム・ハリントンの死は自殺でなかったとあなたが認めた瞬間に、わたしの仕事は終わりました。でも、さしつかえなければ、ゴガティー尊師にそのことは伏せておいてください。わたし自身の口からお伝えしようと思っていますので」

その晩、ケニー神父はセント・バーソロミュー司祭館の夕食の席で、大きな食卓の上座にいるゴガティー尊師の横に座っていた。ケニー神父の向かいには若い助任司祭のオトゥール神父がおり、いま身につけている汚れたトレーナーを主任司祭がこころよく思っていないことにはまったく気づいていない。ゴガティー尊師は食前の感謝の祈りをぼそぼそ口にしたが、ケニー神父には最後の数語しか聞きとれなかった――「きょう一日の働きを祝福し、願わくは実りあらんことを」十字を切りながら、ケニー神父は「アーメン」と熱をこめていった。

「さて」腰をおろしながら、ゴガティー尊師がいった。「サーミン夫人が料理を持ってくるのを待っているあいだ、わたしはここにいるブラウン神父に訊きたいことがある」彼はいたずらっぽくほほえんだ。「失礼した。われらが売り出し中の探偵、ケニー神父というつもりだったのだが。さあ、どうだね？　そんなものがあるとすればの話だが、きみの捜査の成果を聞かせてもらおうか」

ケニー神父がそれに答えようとしたところにサーミン夫人が入ってきた。「シチューはもう少しお待ちくださいまし」彼女はいった。「電話に出てたものですから。あなたにかかってきたものでしたわ、ケニー神父――アンセルとかいうかたからでした。折り返し電話がほしいとのことです」

「ほかにはなにかいっていなかったかね？」ケニー神父が尋ねた。

「どこかの配達係の男を調べてたとかなんとか。コリン・パトンとかいうやからで、例の写真に写ってた若い女はその妹だと伝えてほしいと――どの写真のことか、あなたはご存じのはずだからと。事件の見通しはずいぶんと明るいそうです。それから、ティモシー・ハリントンの殺人は――そう、この〝殺人〟という言葉をえらく強調されておいででした――ここ一週間のうちに解決されるだろうと、アンセルさんはおっしゃいました」

「ありがとう」ケニー神父はいった。それから、サーミン夫人の最後の言葉を聞いて驚きのあまり口をあんぐりと開けたままのゴガティー尊師を見やった。

「さあて」ケニー神父はいった。「ブラウン神父とわたしについてお尋ねになろうとしておられたのは、どういうことでしたっけ？」

ダシール・ハメットを読んだ男

「プリチャード？　なあ、どこか近くにいることはわかっているんだ。またミステリにでも読みふけっているんだろう。さあ、とっとと出てきてくれ。きみに用があるんだ」

コールドウェル公立図書館の本棚がぎっしり並んだ小説の部屋に、ディーコン氏の鼻にかかったささやき声が奇妙なほどくぐもって響いた。クラレンス・プリチャードは年老いた関節をキーキーきしらせんばかりにして、いままで座っていた小さなスツールから重い腰をあげた。残念そうなため息を漏らしながら読みかけの本を閉じ、元あったところにさっと戻す。ニックとノラ・チャールズとのあいだに交わされる洗練されたおしゃべりは、それにふたたび取りかかれるようになるまで、とりあえずはおあずけだ。

「おお、そこにおったか、プリチャード」図書館長のディーコン氏は本棚と本棚のあいだの通路の角を曲がり、その老人の姿を目に留めた。「きみがどこにいるかを受付に伝えておいてほしいものだな。大都市の図書館ほど大きくないとはいっても、〝書架係の坊や〟を見つけるのにひと苦労のときもあるからね」

坊やだと？　プリチャードは聞こえよがしに鼻を鳴らした。彼の六十五回目の誕生日と簿記の仕事からの強制的な退職は、どちらも五年前の出来事だった。妻が長患いのすえに亡くなったことで、貯金は底をつき、毎月の国民年金だけではとてもやっていけなかった。図書館の本を所定の位置に戻すという仕事は、彼にとってはまさに願ったりかなったりで、ひどく単調ではあったが、そのかわりに大好きなミステリに読みふけることができた。そのため、どんなにディーコン氏に〝書架係の坊や〟と呼ばれようと、そんなことは屁でもなかった。それに、ほかにどんな呼び名があろう？　〝書架係の七十男〟か？

もちろん、ディーコンの仕立てのいい服と責任ある地位はうらやましかった。世間の人々の応対をし、図書館利用者たちの役に大いに立ち、「プリチャードさん」と呼ばれたら――さぞかしすてきなことだろう。だが、そんなのは夢にすぎない。ディーコン氏が図書館のありとあらゆる機能に精通しているのに対し、プリチャードがミステリに関していくら博覧強記だとはいっても、ここではそれは余計なものにすぎなかった。

「プリチャード、聞くところによれば、きみのミステリに関する蘊蓄《うんちく》は相当なものだということだが、それはほんとうかね？」

プリチャードはわが耳を疑った。それはあたかもディーコン氏が自分の心のなかを読んでいたかのようだった。

「ええ、ほんとうです」と彼は答えた。「この図書館にあるものはすべて読みましたし、自宅にもたくさん置いてあります。だからといって、仕事に支障をきたすことはありません、ディーコンさん。それは誓います」

ディーコンは首を横にふると、珍しくもプリチャードにほほえみかけた。「もっかのところ、きみの書庫での仕事ぶりに関心はない」

「では、いったい――」

「プリチャード、わたしには――」――言葉がしぶしぶ口をついて出る――「きみが必要なのだ。きみの日ごろの仕事とは関係がないが、われわれのスタッフのなかで探偵小説を愛読しているのはきみだけのようだからな。わたしが厚かましい頼みをしているとは思わんでほしいのだが――」

「めっそうもありません、ディーコンさん。なんなりとお手伝いさせていただきます」

「ありがたい。資料室でふたりのかたがお待ちだ。そのうちのおひとり――黒のスーツを着た、背の低いほうのかた――は、ファラガット氏。わたしもお会いするのは初めてだ。だが、もうおひとかたはアンドリュー・キング氏だよ。その名前に聞きおぼえはあるかね、プリチャード?」

「ええ、ありますとも。図書館局の局長をされているんじゃありませんか?」

ディーコンは陰気そうにうなずいた。「おふたりはミステリの愛読者と話をしたいといいはっておいでなのだ。うちのスタッフのなかにその資格のあるものはだれもいないと認めるわけにはいかなかった。だから、いやおうなしにきみにお鉢が回ってきたというわけだよ、プリチャード。せいぜいコールドウェル公立図書館の名を汚さぬようにしてくれたまえ」

ディーコンはヘンリー五世がアジャンクールでの戦い(百年戦争中にフランス北部の村で交わされた戦闘)に自軍を送り出したときさながらに、プリチャードを見送った。

資料室に到着したプリチャードには、ディーコンのいっていたとおりのファラガット氏がすぐにわかった。頭のはげかかった小男で、針金縁のメガネをかけ、しわの寄った黒いスーツを身につけているため、だらしない葬儀屋じみた印象を受ける。もうひとりの、がっちりした体格の、はでな赤と緑のチェックのジャケットをこれ見よがしに着ているほうが、キング氏に違いない。

プリチャードが自己紹介をすると、ひとしきり握手が交わされた。「座りたまえ、プリチャードさん！」

プリチャードさん！　いざ自分自身の名前がそう呼ばれると、なにやら奇妙な感じがした。老人は満足げにほほをやや紅潮させた。

「ディーコンの話によれば、きみはミステリにくわしいそうだが」とキングは先を続けた。「ダシール・ハメットの作品にも精通しておるかね？」

「はい。彼の書いたものはすべて読みました。『赤い収穫』や『デイン家の呪』など、ひとつ残らず」

「わたしは特に『マルタの鷹』のことを考えておったのだが」

「ええ、最高傑作のひとつですね。ですが、それをお望みなら、郡の貸し出しサービスに申しこむ必要があります。ここには置いてありませんものですから」

「いまは置いてあるさ」ファラガットはくっくっと意地の悪い笑いを漏らした。

「どういうことでしょうか？」

「そうとも、きみにわかるはずはない」ファラガットは笑みで顔をくしゃくしゃにした。「さあ要点に入りたまえ、アンドリュー」

「いいとも、エドマンド」キングはため息まじりにいうと、プリチャードのほうを向いた。「ファラガット氏とわたしは長年来の友人だ。彼は生涯を通じて探偵小説の初版本を収集してきた。そのほとんどがひどく稀少で価値のあるものばかりだ。そして、五百冊を優に超えるそのコレクションをこの図書館に寄贈するつもりだ、といってくれている」

「それはなんともいえんね」ファラガットはくすくす笑った。「それにはだよ、アンドリュー、まずはきみとこの図書館がそれにふさわしいことを証明せねばな」

プリチャードはとまどったように首を横にふった。

「テストだよ」ファラガットはそうつけ加えた。「テストのことを教えてやれ、アンドリュー」

「ああ、いいとも」キングはプリチャードのほうに身を乗り出した。「エドマンドもわたしもミステリの愛読者だ。そう、きみと同じくな。だが、おのおの得意分野は違う。わたしが好きなのはハードボイルド――いわゆる《ブラック・マスク》派の作品だ。サム・スペード、フィリップ・マーロウ、リュー・アーチャー、それにマイク・ハマーだって悪くない。タフな、一匹狼の探偵たちで、法律すれすれのところで仕事をし、場合によってはそれを犯すこともいとわない。ミステリの世界で真に魅力的なのは、この連中だけだよ。そしてそのなかでもっとも偉大なのはいうまでもなく、ハメットのサム・スペードさ」

「ばかばかしい！」ファラガットがぴしゃりといった。「マチルダ伯母さんが英国の田舎家で自分自身のスカーフで首を絞められ、マントルピースの上に飾ってあった時代物の剣で長椅子に串刺しにされているとしよう。さあ、ホームズ、ポアロ、フェル博士といった名探偵たちの出番だ。たっぷりとした食事やさらなる殺人がひとつふたつあって、じゃまが入るとき以外は、手がかりの選別、容疑者たちの訊問、それに論理に基づいた推理を展開することで、殺人犯は正義の裁きを受けることになる。もっとも、やっこさんが家名を守るために自殺をするだけの良識を持ち合わせていなければの話だが。とにかく、すべてが上品で洗練されている。だがなアンドリュー、おまえさんが愛読している、腕に自信のある、トレンチコートをかぶった乱暴者どもは、電話ボックスからの出かたすら見つけ出せんだろうよ」

「なにをいうんだ、エドマンド！　連中はきみのお気に入りの作品に出てくるような粘土細工の人形ではなく、本物の人間を相手にしているのさ。それに——」

「おふたりとも」プリチャードは指を唇にあてた。「声が少々大きすぎるようですよ」

「きみのいうとおりだ」ファラガットはおだやかにいった。「とにかく、わたしはアンドリュー・キング氏のためにささやかなテストを思いついた。そう、彼のばかげた小説が推理のやりかたを多少なりとも教えてくれたのかどうか、たしかめてみたいのさ。そこで、ちょっとした問題を用意したというわけだ。彼がそれを解決することができれば、わたしのコレクションはこの図書館のものだ。しくじった場合には、一流の探偵小説がしかるべき評価を受けるほかの場所へと持っていくつもりだよ」

「ですが、それとわたしとどういう関係が？」プリチャードが訊いた。

「シャーロック・ホームズにはワトスン、ポアロにはヘイスティングズ、それから他の探偵たちにもだれかしらいる。例のあきれはてたハメットの作品のなかでさえ、私立探偵どもには警察の捜査報告書に目を通すことのできる友人がいて、立ち入り禁止のところにも入れてくれる。だからこそ、図書館のスタッフのひとりにアンドリューの捜索の手伝いをさせることを認めたのだよ」

「捜索？」プリチャードが聞き返した。「いったいなんの捜索です？」

「それがさきほどから話題にしているテストというやつさ」ファラガットが答えた。「要するに、こういうことだ。この図書館のどこかに、わたしは自分のコレクションのなかから初版本を一冊選んで隠した。アンドリューのいまわしいミステリの好みに敬意を表して、その一冊はハメットの『マルタの鷹』にした」彼はコートのポケットから大きな懐中時計を取り出した。「三時になったところだ。一時間以内にくだんの本を見つけることができたら、わたしの初版本はすべて図書館に寄贈しよう。さもなければ――」ファラガットは肩をすくめると、両手を大きく広げてみせた。

プリチャードとキングはしばしたがいの顔を見つめ合っていた。「だが、これはとうていフェアとはいえんよ、エドマンド」しまいにキングが口を開いた。「たった一時間で、ありとあらゆる棚や荷箱をくまなくあたれというつもりかね。できっこない」

「ごもっとも」ファラガットが小声でいった。「だが、本は書棚にある――本が本来あるべきところにな」

「うーむ」キングは拳で鼻をこすった。「なあ、そいつは犯人を群衆のなかにまぎれこませるトリックだな。葉っぱを隠すには森のなか、というわけか？」彼はプリチャードのほうを向いた。「なあ、どう思う？　一時間のあいだにすべての書棚を調べることは可能かね？」

「ええ、かろうじて可能だとは思います」プリチャードが答えた。「問題の本がすぐにわかるところにあるのはたしかですか、ファラガットさん？」

「そうはいっておらんよ。書棚のどれかにあるといっただけだ」

「とにかく、後ろになにか隠されていないかたしかめるために本を一冊残らずひっぱり出すのは不可能です。すべてを元に戻すだけで、それこそ何日もかかるでしょう」

「そんな必要はない。本は書棚の最前列にある。それから、手当たりしだいに本をつかむというのもなしだ。本の背はいくらながめてもらっていいが、書棚から最初にひっぱり出した本がすなわち最終的な選択になる。その正否にかかわらず、そちらに許されたチャンスは一度だけだ」

しばらく沈黙があり、キングは拳を噛んだ。本のコレクションを手に入れそこなうことより、ファラガットにしてやられることのほうが気にくわないのだろうと、プリチャードは思ったが、まさしくそのとおりだった。

「なあ」やがてキングはいった。「どう考えてもフェアとはいえんよ、エドマンド。つまり、どんな探偵であろうと、手がかりを入手する時間が与えられているじゃないか。それがきみのテストとやらに欠けているものだ――そう、手がかりだよ。きみがいつここにやってきて、本かなにかを隠したかさえ知らないのに」――彼の声はだんだんと弱々しくなっていった――「全館をくまなく捜し回れというんだからな」

「きみがいつそのことを持ち出すかと思っていたよ」ファラガットが答えた。「手がかりがあればいいんだな」彼はコートのポケットに手を入れると、白い封筒を取り出した。「さあ、ここになにもかも揃っている」

彼は便箋大の白い封筒をテーブルの上に放った。裏には〝3.14〟なる数字が走り書きしてある。

プリチャードは数字にさっと目を走らせたのち、「失礼します」といって、立ちあがった。資料室の隅まで足早に歩いていき、そこで一瞬立ちどまってから、部屋の外に出ていった。

十分ちょっとしてから、彼はむっつりと首をふりながら戻ってきた。

「いったい全体、どこに行っておったんだ？」キングがとがめた。「おかげで、あと四十五分ほどになってしまったじゃないか」

「この番号がデューイ（メルヴィル・デューイ。十進分類法を考案した、米国の図書館学者）の分類法と関係があるかもしれないと思ったものですから」プリチャードは息を整えながらいった。「でも、違っていました。〝3.14〟という番号のふられている本はここにはありません。蔵書カードのなかにあったそれにもっとも近いものは、政府機関を一覧できる小冊子でした。でも、そのあとで小数点はめくらましかもしれないと思い、今度は〝314〟を調べてみました」

「その結果――」キングは期待をこめていった。

「だめでした。教育統計学の本が該当しただけです」

「それに十分も費やしたというのか？」

プリチャードは首を横にふった。「別の考えが浮かんだんです。つまり、その番号――3.14――は数学でいうところの円周率《パイ》ではないかと」

「パイ？」

「ええ。なにやら円と関係のあるやつです。そこでわたしは蔵書目録に記載されている基礎科学と応用化学、なかでも数学の項目を調べてみました。カードはかなりの数にのぼりましたよ。そのあとパイ違いではないかと思い、料理本を記載してあるカードにもすべて目を通したというしだいです」

「本棚から本を抜き出したりはしなかったろうな?」ファラガットが鋭い口調で訊いた。

「ええ」

「とはいえ、どれもなかなかの推理だった」キングがいった。「わたしは感銘を受けたよ――ディーコンがきみを推薦してくれたのはまちがいではなかったようだ。このパイに関する件は、ひとりでは思いつきもしなかったろう。さあ、四時きっかりまで――あとまだ四十五分近くある。それにあとふたつ、手がかりもあるじゃないか」

彼は封筒のなかに指を入れ、そこから小さな白い紙を取り出すと、それをプリチャードのほうにはじいてよこした。片面にはなにも書かれておらず、もう一方の面には鉛筆で「二重の十二(double dozen)」ときちんと記されていた。

プリチャードがまだカードを調べているあいだに、キングは二枚目の紙を渡してよこした。それは最初のものと似かよっていたが、記載されている言葉だけが違っていた――「マルタの鷹(Maltese falcon)」

プリチャードはこれまでに耳にしたおぼえのある〝二重〟や〝十二〟が表題に入っている本をすべて思い浮かべようとした。キングがそれらひとつひとつを蔵書カードであたった。その間、プリチャードはマルタか鷹狩りに関係のあるものを一通りざっと調べてみた。三十分後、なんの成果も得られぬまま、ふたりはファラガットが——にやにやしながら——待っているテーブルへと戻ってきた。

「汗をかいているじゃないか、アンドリュー」彼はくっくっと笑いながらいった。「そいつははげしい運動をしたためかね、それともわたしに負けるのがただくやしくてかい？」

「エドマンド、きみはそんなふうにわたしのことを五十年近くもこけにしてきた。だが、今回はわたしの勝つ番だ。必ずやそうしてみせる」

「残すところ、あと十五分だ」

「ああ——」キングはうなだれながら、プリチャードのほうに顔を向けた。「どうだ？　これらの手がかりとやらから、なにかつかめたかね？」

「わ、わたしが思いますに、三つの手がかりをそれぞれ別々に検討しようとしたのがそもそものまちがいだったのではないでしょうか」プリチャードはいった。「なんらかの形で、たがいに関係があるに違いないんです。まやかしの手がかりふたつに本物の手がかりがひとつというのでは、あまりに公正を欠きますから」

「なるほど」キングはカードと封筒を目の前に並べた。「パイ、それから二重の十二、最後にマルタの鷹だ。これらがどう結びつくのか、さっぱり見当もつかん」

「降参かね、アンドリュー？」ファラガットが訊いた。

「そんなことをするくらいなら——」

「ちょっと待ってください」プリチャードはテーブルに手をのばすと、手がかりを自分のほうにさっとひき寄せた。「いいですか、これらはなにもその順に並べておく必要はありません」彼はカードや封筒をさまざまに並び替えては、首を横にふった。

「なあ、わたしはきみのやりかたよりプリチャード氏のやりかたのほうが気に入ったよ、アンドリュー」ファラガットがいった。「少なくとも、彼はまだあきらめてはおらん。こんなふうにきみがお手上げになっているのを見たら、きみの好きなハードボイルド探偵どもはどう思うだろうな? いいかね、プリチャードくん、ものごとは見かけどおりとはかぎらないとだけいっておこう」

うわのそらで聞いていたプリチャードはふいに顔をあげると、ファラガットをまじまじと見つめた。ファラガットのいったなにかが気になり始めていた。彼はキングのほうをふり向くと、「あとどれくらいありますか?」と尋ねた。

「七分ほどだ。どうしてだね?」

プリチャードは封筒を指さした。「〝3.14〟は円周率《パイ》を表しています。それでは、二重の十二というのは?」

「二十四だな」キングが答えた。「それがどうした?」

「トンネルの出口付近で、ほのかな光明が見えてきたような気がします」プリチャードがいった。「ファラガット氏はたったいま、ものごとは見かけどおりとはかぎらないとおっしゃいました。こんなことをいってもどうせわからないだろうと、ご自分の頭のいいところをひけらかすために口にされたのでしょうが、そこには新しい手がかりが含まれていました。そうじゃありませんか、ファラガットさん?」

黒い服の小男は初めてやや自信なげに映った。

「ここに三つの手がかりがあります」プリチャードは先を続けた。「どれもあることを別のいいかたで表しています。3.14はパイ。二重の十二は二十四。だとすれば、二枚目のカードにも同じことが当てはまるのではないでしょうか?」

「マルタの鷹か」キングがつぶやいた。「本の題名にすぎんじゃないか」

「そうじゃありませんよ、キングさん」興奮のあまり声がうわずる。「ほら、〝鷹(falcon)〟の頭文字が小文字のままです。したがって、ファラガットさんが書き誤ったか——それはどうも疑わしいです——書名ではなく、鳥そのものが念頭にあったかです」

「いわれてみればそうだ」キングがいった。「さあ、先を続けたまえ」

「あまりお気に召さなかったとはいえ、ファラガット氏は『マルタの鷹』をお読みになったことがあるに違いありません。そもそもご自分のコレクションのなかにあるくらいですから。違いますか?」

「ああ、読んだとも」ファラガットはしぶしぶ認めた。

「そうでしょう。だとすれば、〝マルタの鷹〟のカードはなんらかの形であの物語と関係があるに違いありません。さて、わたしはハメットの本に出てくる、小文字で始まる鷹はどんなものだったろうと考えてみました。それはカスパー・ガトマンとヨエル・カイロがサム・スペードに捜す手伝いをさせようとした金の鷹の彫像のことで、宝石がちりばめられています。太ったガトマンの話では、マルタ島に住まわせてもらう見返りとして、十五世紀のいずれかの年にロードス島騎士団がスペイン国王に献上するために造らせたものだとか。ところが、国王に献上する途中でその鳥は海賊にさらわれてしまいました。数百年のあいだ、それはひとからひとの手へと渡り、その間にその本来の価値を隠すために黒く塗られたというわけです」

「なかなかやるじゃないか」ファラガットがキングに向かっていった。

「黒く塗られているせいで」プリチャードは先を続けた。「スペードやほかの連中はそれにあだ名めいたものをつけます」

「ああ」キングがいった。「〝黒つぐみ《ブラック・バード》〟だ」

プリチャードはふたたびカードと封筒を並び替えた。ようやく満足すると、ポケットから鉛筆を取り出し、封筒と二枚のカードに順ぐりに走り書きをしていった。それからおもむろに椅子から立ちあがった。

「さあ、おふたかた」彼はいった。「その本がどこにあるか、わかりましたよ」

その二分後、彼らは地階に通じる階段のいちばん下に来ていた。「だが、ここは児童書のコーナーじゃないか」キングがいった。「いくらファラガットでも、ハメットの著書のひとつをここに隠そうとはせんだろう。なにせ、ひどく目立ってしまうからな」

「そうでしょうか?」プリチャードはファラガットのほうをあごでしゃくってみせた。「そういうことをいわれるのは、このかたの顔をご覧になってからにしてください。まるで扁平足《へんぺいそく》のバセットハウンド（脚が短く、胴と耳が長い、黒色・黄褐色・白色のまだらの猟犬）のように自信なげな顔をしておいでじゃないですか」

プリチャードは並んでいる本をじっくりと見やりながら、本棚に沿って歩いた。「『マルタの鷹』は本棚にあるということでしたよね」彼はキングにいった。「とはいえ、すぐにわかるところにあるとはおっしゃいませんでした。したがって、なにかほかの本のカバーがかかっているに違いありません」

彼は本の列に沿って指を走らせた。一冊をのぞいてはカバーがついておらず、彼は最終的にその青い紙のカバーのかかった本を指さした。カバーの背にはハンプティ・ダンプティの絵が描かれている。本の上部を調べるために、彼は慎重に身を前に乗り出した。

「このカバーにはちょっと小さすぎるようですね」プリチャードはいった。「サイズが合っていないといってもいいでしょう」彼は手をのばしてその本をつかむと、本棚からさっとひき抜いた。

「さあ、ファラガットさん。これがあなたのお隠しになった本です」

壁の時計が大きな音を立て、長針が真上をさした。四時だった。

キングは震える手でくだんの本をつかみ、童謡に出てくる登場人物たちの描かれた、サイズの合わないカバーをさっとはずした。ページを繰ったのち、プリチャードをまじまじと見つめる。

「きみのいうとおりだ！」彼は感嘆したようにささやいた。「『マルタの鷹』の初版本だよ」そういって、ファラガットのほうをふり向く。

「わたしの勝ちだな、エドマンド」キングの声は興奮のあまり震えた。「きみのコレクションはこの図書館のものだ。ついに、してやったぞ」

「ああ、そのようだな」ファラガットがつっけんどんにいった。「だが、きみの探偵小説の好みについての前言を撤回するつもりはない。どのみち、謎を解いたのはここにいるプリチャード氏だしな」

「いいえ、わたしなぞ――」プリチャードはそういいかけた。

「いや、彼のいうとおりだよ、プリチャードさん」キングがいった。「それにわたしはきみにたいそう感謝している。だが、どうやってつきとめたのか、教えてもらえんかね？　どうしてこの児童書コーナーにあるとわかったんだ？」

「そのことは三つの手がかりに示されていました」プリチャードはほほえんだ。「3.14はパイを表しています。マルタの鷹は黒つぐみを。それから二重の十二は二十四をです」

彼はポケットから封筒とカードを取り出すと、テーブルの上に並べた。プリチャードが書き直したものを、キングは声を出して読んだ。

「二十四――黒つぐみ――パイ」

「正確にはそうじゃありません」プリチャードがいった。「〝パイ〟が封筒に書かれていたことを思い出してください。それから、カードは封筒のなかに入っていたことを」

「なるほど、だとすると、〝二十四――つぐみ――パイのなか〟だな。わかったぞ！　古い伝承童謡だ。『歌えや歌え、六ペンスの歌を、ポケットにライ麦つめて。二十四羽のつぐみ、焼かれてしまってパイのなか』」

プリチャードはまがいもののカバーを本からはずすまねをすると、その続きを口にした。「『パイをあけたらそのとたん、小鳥どもが歌いだす』」彼はアンドリュー・キングの手のなかにある本を指さしながら、童謡をしめくくった。

「『王《キング》の前に置かれしは、さてもりっぱな料理ではあるまいか？』」

アンドリュー・キングは心から拍手喝采した。ファラガットのほうは黙りこくっていた。

「この本のカバーを目に留めたとき、わたしは当然ながら捜していたものを見つけたと思いました」とプリチャードはつけ加えた。「本がカバーに合っていないとわかってからはなおさらです」

「『六ペンスの歌、その他の童謡』」キングはカバーに記された表題を読みあげた。「そう、これに違いない——カバー付きの伝承童謡の本はこれだけだからな。みごとな推理だったよ、プリチャードさん」

「アンドリュー」ファラガットはそっけなくいった。「きみがわたしのミステリのコレクションを手に入れるのに、もうひとつ条件をつけ加えておこう」

「ずるいぞ、エドマンド」キングはいさめるように指をふった。

「いいや、これはきみも気に入るはずだ。わたしのものくらい貴重なコレクションには、だれかそれを管理してくれる人間がいる。わたしはここにいるプリチャード氏をその役に任命することを要求するよ。もちろん、たっぷりと昇給させたうえでだ。彼のような才能の持ち主を、本を書棚に戻す単調な仕事に埋没させておくのはもったいなさすぎる。それに、そう、きみのことを目ざめさせてくれるかもしれんからな。ドイルやクリスティ、セイヤーズといった、真に偉大な探偵作家たちの面白さに――」

「それをいうなら、ハメット、チャンドラー、マクドナルドだろう」キングがいい返した。

名前のいい合いが続くなか、プリチャードはそっと部屋をあとにした。ハードボイルド作品と、古典的な名探偵物――そのどちらが優れているか？　彼にはそんなことはどうでもよかった。

そう、どちらも好きだったから。

ジョルジュ・シムノンを読んだ男

ブレーキの音をさせながら、貨物車《トレーラー》をつけた大型トラックが狭い道の端に停まった。側面にはあざやかな橙色《だいだい》で〈リンテン・ヴァン運送会社〉と派手に記されている。運転手はずんぐりした大男で、中身の乏しいお手玉のような、いかにも鈍重そうな醜い顔をしていた。大男はたばこを一服し終えると、吸い殻を窓の外に放った。

「どうやらここが指定された場所のようだぜ、バーニー」と彼はいった。「だけど、家らしきものは見えねえな。私道の脇の柱にバナリングというおかしな表札がかかってるだけだ」

小柄で痩せぎすの、大男の連れは、読んでいた本を閉じた。小男はもじゃもじゃの燃えるような赤い髪をブラシで後ろになでつけ、うるんだような青い瞳で運転手のほうを見やった。

「ここいらからは屋敷なんぞ見えやしないさ、ハロルド」と彼はいった。「このあたりは金持ちの住んでる一帯だからな。金持ち連中というのは、屋敷を道路からずっと離れたところに建てるものさ。そうすれば、車が行き来するのを気にしなくてすむ。さあ、その私道をひたすら進むんだ。おれのほうは読書に戻らせてもらうよ」

ハロルドはギアをきしらせてローに入れた。「バーニー」エンジンをふたたびかけながらいう。「運転してねえときには、どうしていつもいつもそんな本に読みふけってやがるんだ？　ほかの連中は走行中に女やスポーツなんかの話をするのに大忙しってのに。おまえときたら、おれが運転してるときにはいつだって、そういったくだらん本に夢中ときてる」

バーニーは初めてそれを見るというように、本の表紙に目をやった。「くだらなくなどないさ」と彼は反論した。「これはひどく頭のいいやつについて書かれたものだ。そう、メグレという名前の探偵が主人公だよ」

「メグレだと？　探偵にしちゃあ、ずいぶんとおかしな名前だな」

「ばかいえ、フランス人だからだよ。それにたいした頭の持ち主だ。もちろん、ときには彼に同情したくなることもあるがね。足はいつでも棒のようになってるし、雨のなかで立ちっぱなしのため、ずぶ濡れのときもある。スーパーマン並みの活躍を見せる、そこらの本の探偵たちとは違うんだ。とにかく、人間というものがなににつき動かされるか、知りつくしてる。手がかりを集めるのではなく、人々の行動を見通すことによって、数多くの事件を解決するのさ」

「数多くの事件だと？」ハロルドはバーニーをちらっと見やった。「こいつの出てくる本はいったいどれくらいあるんだ？」

「わからん。もうすでに数十冊は読んでる。おまえが運転に専念してくれさえしたら、この積み荷をおろして、ニュージャージーへの帰途につくころには、この本を読み終えることができるんだがなあ。『メグレの幼な友達』という、かなり出来のいいやつさ。まあ、子どものころのことが出てくるのは、おれの知るかぎりではメグレくらいのものだな。ほかの探偵連中ときたら――」

「あれがその屋敷だな」ハロルドが口をはさんだ。「まるで木々のあいだからそびえ立ってる城のようじゃねえか」

「ああ。こんな代物を買う金を手に入れるには、いったいどうすりゃいいんだろうな」バーニーは本を閉じ、それを座席の後ろの寝床の上に置いた。

ハロルドはあざやかなハンドルさばきで、貨物車の後部扉が屋敷の大理石の踏み段と接するように車を停めた。「ここでおち合うことになってるこのライトフット・ラリーとかいうやつがいるかどうか、ちょっくら見てこよう」バーニーはドアを開け、車からおりた。「不在なら、荷物はそっくりそのまま持ってかえらにゃならんぞ。なにせ、貨物車の扉についた南京錠の鍵はやっこさんしか持ってないんだからな」

彼は踏み段をあがり、呼び鈴を鳴らした。なかでチャイムの鳴るのが聞こえた。ほどなくして、広い肩とひきしまった尻をしたたくましい男がドアを開けた。男は大きなポケットのついた緑のコール天のジャケットと、ぴっちりした茶色のズボンを身につけていた。ズボンのすそは真っ赤な特大のカウボーイブーツのなかにたくしこまれている。黄色やオレンジ、淡い青みをおびた緑色やさえた青色など、さまざまな色のいびつな形の革切れが縫いつけられたブーツの側面は、ど派手そのものだった。

ここらのほかのものと同じように、これまた高価な代物だな、とバーニーは思った。

「あんたがライトフット・ラリー・スコフィールドかい」バーニーは大きな声でいった。「バナリングさんの話では、カウボーイブーツが目印ということだったが」

「ああ、おれがそのスコフィールドだよ」男はいった。「おれもちょっと前に着いたばかりでね。

バスが遅れてたうえに、町ではタクシーを拾うこともできなかった。おかげで、ここまで二マイル近くを歩きどおしさ」

「まあ、この世はつらいことだらけさ」バーニーは肩をすくめた。「銃を持ち歩いてるのかい?」

彼はスコフィールドのジャケットの左ポケットをじっと見つめてから、けげんそうに訊いた。

「もちろんんだ。おまえらのトラックにはモーリス・バナリングの美術コレクションがすべて収まってる。バナリング氏はこの屋敷を買うと、おれにひと足先に来て、それらが無事に到着するのを確認し、なにごとも起こらないよう見張っておけと命じた。美術品が届いたあとで、だれかがここに押し入ったとしたらどうだ? おれの受けた指示というのは、バナリング氏が到着するまで、それらを死守せよというものさ。おれはそうするつもりだよ」

「ようくわかったとも、スコフィールド」たてつくつもりはないというように両手をあげながら、バーニーがいった。「まあ、そうかっかしなさんな。おれたちも運転手として雇われただけだし、荷物には保険がきっちりかかってる。こっちは配達をしてるだけで、なにかを盗もうなんて気はないんだ。さあ、外に来て、貨物車の錠をはずしてくれないか?」

スコフィールドはポケットのなかに手をつっこんで鍵を取り出し、それをバーニーのほうに放ってよこした。「さあ、おまえらでやりな。荷おろしを依頼されたのはおれじゃなく、おまえらだからな。それから、家のなかに入る前に靴をふくのを忘れるなよ。高い絨毯を家じゅうに敷きつめたばかりだし、荷物の搬入が終わったら、おまえらの汚い足跡がついてた、なんてのはごめんだからな」

バーニーはトラックのところに戻り、ハロルドに車からおりるよう合図した。「あのスコフィールドとかいうやつは、ほんとにいけすかない野郎だぜ」後部扉の厳重な南京錠をはずしながら、彼はいった。「おれに向かって『靴をふけ』とぬかしやがった。まるでこのおれが、いままでだれかの家に荷物を運び入れたことがないみたいにな。まあ、おれたちの持ってきた高価な絵やら彫刻やらろくでもないものいっさいの面倒をひとりで見なきゃならんので、神経質になってるだけなんだろうが」

ハロルドが家内に最初に運び入れたのは厳重に梱包した平べったい品物だった。屋敷に足を踏み入れた際、外箱が戸口の脇に勢いよくぶつかった。

「このばか野郎！」スコフィールドがどなった。「傷がついてないかたしかめるから、そいつを取り出してみろ」

ハロルドは運転席の下の道具箱から金槌を持ってくると、釘をひっこ抜き、詰めものをどけて、木箱のなかのものを取り出した。

「そら、傷ひとつついてないぜ」ハロルドはいった。「それにたいして出来のよくない、ちんけな絵じゃないか。あちこちに線の乱れや絵の具のむらが見える。おれのガキのほうがよっぽどうまい絵を描くよ」

「それは正真正銘のミロ（スペインのシュールレアリズム画家）だ」スコフィールドが反論した。「それに傷をつけようものなら、一生ただ働きするはめに陥るところだったぞ。さあ、もう少し慎重にやってくれ。特に翡翠《ひすい》細工はひどく壊れやすいからな」

次の品物は大ぶりの絵画で、バーニーとハロルドが両脇に抱えて、なにごともなく運びこんだ。

「大きな品はあっちに入れてくれ」豪華な玄関ホールの脇の部屋を指さしながら、スコフィールドがいった。「ペンキ屋がついさっきまで仕事をしてたところだから、ペンキ缶をひっくり返すんじゃないぞ」

活字にできないようなことを小声でつぶやきながら、バーニーはハロルドを後ろにしたがえて指示された部屋に入っていった。ふたりは木箱をそっと床の上に置き、ひりひりする指を曲げのばしした。

「重いな」ハロルドがいった。

「まったくだ」バーニーは部屋の向こう側の壁をじっと見つめた。壁の前には、掛け布やペンキ缶や汚れた布きれが散乱している。「なあ、見てみろよ。なんだかおかしいとは思わないか?」

「いいや。おれは黄色が好きだからな」

「そうじゃない。おれのいってるのはペンキ屋の塗りかたのことだ。壁のどまんなかでやめちまってるじゃないか」

スコフィールドが戸口に現れた。「おまえらは外にあるトラックの積み荷をおろすのに雇われてるんだ」と彼はいった。「この部屋の装飾のことはほっておけ」

「おれがバナリングさんなら、この部屋をほかの人間にまかせるがね」バーニーがいった。「まともなペンキ屋なら、壁のはしか一番下のどこかで手を休めるだろう。作業を再開して、前のところの上から新しいペンキを塗ると、乾いたときにむらができちまうからな」

「そんなのはおまえらの知ったこっちゃない。さあ、トラックの荷おろしにとっとと戻るんだ」

「いいだろう。だが、バナリングさんがここに到着したら、ペンキ屋にだまされてるとバーニー・ジョプリンがいってたと伝えてくれ」

部屋を離れる際、ハロルドは子どもが足もとの砂の感触を初めてたしかめるときのように、ふかふかの絨毯をおおげさに踏みしめた。「ひゅー、まるでスポンジの上を歩いてるみてえだぜ」彼はにんまりとした。「こんなふうな家にするにはいったいどれくらいかかるんだろうな、バーニー?」

「どのみち、おまえには払えんよ」というのが相手の答えだった。「こいつは金持ちの絨毯さ。さあ、行こうぜ」

それからの二時間というもの、ふたりはトラックの荷おろしにはげんだ。スコフィールドは書類をたくさんはさんだクリップボードを片手に玄関を入ってすぐのところに立ち、木箱が家のなかに運びこまれるたびに、ひとつひとつチェックしていった。しまいには小さな家ほどもある大トラックも空になった。

「それじゃあ、配達伝票にサインするとしようか」スコフィールドは汗だくのバーニーに向かっていった。「それがすんだら、帰ってもらってけっこうだ」

「おいおい待ってくれ」バーニーがいった。「たぶんあんたは知らないだろうが、おれとハロルドがこれらの品物をここに運びこむのはたいへんな重労働だった。あんたは紙の束を手にただうろちょろしてるだけで、たいして役立ってくれなかったしな。ビールの一杯でも出してくれて、柔らかなソファの上で少しくらい休ませてくれても、ばちはあたらないんじゃないのかい?」彼はトラックから運びこんだ木箱以外はがらんとしている部屋を見渡した。

「家具はまだ届いていないようだから、このふかふかの絨毯の上に横にならせてくれりゃあいい」と彼はしめくくった。

「なあ、おい――」スコフィールドは言葉をつまらせた。やがて肩をすくめて、「ビールは出せん」といった。「そもそもここにはないからだ。だが、前の持ち主が残していったはんぱな家具が小部屋にある。そこでなら休んでてもかまわんだろう。もっとも、おまえらから目を離すつもりはないがね」

「いいとも。行こうぜ、ハロルド。幹線に出るまでビールはおあずけだ」

スコフィールドはふたりを小部屋へと案内した。ハロルドは古ぼけた革の長椅子にどさりと腰をおろし、バーニーのほうは安楽椅子に腰かけて、満足げなため息を漏らしながら足をのばした。スコフィールド自身はかつて玉座だったといってもおかしくないほど大きな布張りの椅子に背筋をのばして座った。バーニーは足台を蹴ってやったが、スコフィールドはそれを無視した。

「バナリングのような人間に雇われて、こういった品物の警備につくには、いったいどういった訓練を受けりゃいいんだい?」バーニーが訊いた。

「おれには素手で難なくおまえさんを殺すことができるとだけいっておこう」スコフィールドが答えた。「それに、おまえの連れがなにかおかしなことをしようとしたら、長椅子から床に足をおろすまもなく、眉間に弾を撃ちこまれてくたばることになる」

「たしかに、バナリングさんもあんたはちょっかいを出せるような人間じゃないといってたよ」バーニーがいった。「まあ、おれたちにはやっこさんの貴重な絵やなんやらを盗もうという気はない。だから楽にしてもらっていいぜ、スコフィールドさんよ。台に足を載せて、あんたがいつもはいてる例のカウボーイブーツでもじっくり見せてくれ」

スコフィールドは足をしっかり床の上に置いたまま、首を横にふった。

「ぼちぼち出発したほうがいいんじゃねえか、バーニー」ハロルドがいった。「あすの晩までにニュージャージーに着くつもりなら、ここでそんなに長居はしてられんぜ」

「まあ、もう少しぐらいはいいだろう」バーニーがいった。「おれは小説のなかのメグレのように感じ始めてるところなんだ」

「メグレだと？　そいつはだれだ?」スコフィールドが訊いた。

「パリ司法警察の警視さ」バーニーが答えた。「ジョルジュ・シムノンってやつが、この男のことを小説にしてる。おれはそれらを――そう、フランスだのなんだのについて書かれてるので、読み始めたのさ。おれにいわせりゃ、おれの出身地のブロンクス（ニューヨーク市マンハッタン北方の区）はおせじにも異国情緒のあるところとはいえないからな」

「でも、そいつのように感じ始めてるといったよな」ハロルドがいった。「それはどういう意味だい?」

「つまり、起こったように見えることは実際にあったことと必ずしも一致しないと、メグレは考えてるってことさ。そのあたりを知るには『メグレと殺人予告状』や『メグレ間違う』を読みゃいい。だが、おれにはなんだか、いますぐこの家を出てくのはとんでもないまちがいだという気がしてるのさ」

「心配無用だ」スコフィールドがいった。「バナリング氏の一行がやってくるまで、ひとりでここを警備することぐらいできるさ」

「そうだろうな。なあ、少しは楽にしたらどうだい、スコフィールドさん。おれたちがここに座ってからというもの、ずっとその姿勢のままじゃないか」

「いってくれりゃ、いつでも玄関までお見送りするぜ。それとも、まだこのメグレとやらの話を続けるつもりか?」

「ああ、そのつもりさ」足を組みながら、バーニーがいった。彼は椅子の横にある箱に手をのばして、きらきらする石のはめこまれた文鎮を取り出した。「おれが野球チームでピッチャーをやったことがあるって話はしたかい、スコフィールドさん? まあ、セミプロにすぎなかったけど、それでもなかなかのもんだったよ。おれがいいたいのは、あんたがジャケットのポケットのなかの拳銃に手をのばす前に、これをあんたの頭にぶつけることができるということさ。ハロルド、やつのところに行って、暴発して怪我人が出る前にそいつを取りあげちまえ」

ハロルドは長椅子から立ちあがると、バーニーにいぶかしげな視線をくれてから、スコフィールドの椅子に近寄った。抵抗するとなかば予想していたものの、目に怒りの色を浮かべただけで、相手はおとなしくしていた。ハロルドは三八口径のリボルバーを慎重に抜きとった。

「よくやった、ハロルド。さあ、お次はその代物をやつに向けるんだ。スコフィールド氏は自分でいってるほどけんかが得意だとは思えないが、用心に越したことはないからな。おれがあんただったら、その椅子から身動きしようとはしないぜ。ハロルドは銃器の扱いがへたくそで、興奮したらなにをしでかすかわからないからな」

「身動きするつもりはない」スコフィールドはいった。「絵を盗むつもりなら、好きにするがいい。もっとも、おまえらがそれをトラックに積んだままどうして持ち去らなかったのか、理解に苦しむが――」

「余計な心配はしなさんな、スコフィールド。おれたちにはなにも盗む気はない。なあ、メグレ警視について話してたところだったよな?」

「ああ、それがどうした?」

「メグレはシャーロック・ホームズやほかの探偵どものように、年がら年じゅう手がかりを苦労して小さな封筒にかき集めて回ったりなんてことはしないと、さっきもハロルドにいってたところさ。やっこさんは人間というものを理解してて、彼らがなにを思い、どう感じてるかをわかってるんだ。そうやって事件を解決するんだよ。スコフィールドさんよ、いまのあんたも玉のような汗をかいてるじゃないか。そのことから、あんたが怯えてるのがわかる。なあ、おれのいいたいことがわかるかい? そう、『メグレと消えた死体』のなかで――」

「たわごとはもうたくさんだ。拳銃を向けられれば、だれだって怯えるさ。それに、絵が目的でないなら、この犯罪や探偵に関するおしゃべりがなんのためなのか、教えてくれんかね?」

「いいとも。二日前、絵画やもろもろの美術品をあずける前に、モーリス・バナリングはおれたちとじきじきに話をした。そのときの話では、ここでライトフット・ラリー・スコフィールドという男と会う手はずになってるということだった。ひどく目立つカウボーイブーツをはいてるからひと目でわかる、ともいわれた。つまり、それがその男のトレードマークのようなものなんだと」

「ああ、まさしくおれのことさ。それがどうした?」

「問題なのは、バナリングがライトフット・ラリーの写真をぜんぜん見せてくれなかったことさ。頼りになるのはブーツしかなかった」

「なあ、二、三日もらえれば、写真をいくらだって送ってやるよ。そのひとつひとつに署名をしてな」

「だが、おれの考えてることが正しければ、いくら写真写りがよくても、あんたは自分とは違う名前を署名することになる。あんたがだれなのか、おれにはわからん。だが、ライトフット・ラリー・スコフィールドでないことだけはたしかだ」

ハロルドは思わず拳銃を落としそうになった。「おい、バーニー、頭でもいかれちまったんじゃないか?」

「そんなことはないさ、ハロルド。ほら、こいつの呼び名だよ。そう、〝ライトフット・ラリー(軽足のラリー)〟さ。だが、あんたの足はボートみたいに大きいじゃないか、スコフィールドさんとやら。おれにはあんたの足が軽いようには見えないけどな」

「ライトフットという異名はおれの足ではなく、ブーツのことをさしてるんだ。明るい色の革

——だから〝明《ライトフット》るい足〟というわけだ」

「なるほど、よく頭の回る野郎だぜ」バーニーがいった。「そんなことは考えてもみなかったよ。でも、だったら、向こうの部屋のペンキ塗りの件はどうなんだ？」

「それがどうした？」

「まともなペンキ屋なら、あんなふうに壁のまんなかで作業をやめたりしないさ。でも、それをやったのがペンキ屋ではなく、本物のライトフット・ラリーがいるあいだにこの屋敷に入りこもうとしたものだったとしたらどうだ？　ひとりではここに押し入るのは不可能だったろう。バナリング氏の話からするに、スコフィールドはそいつをこてんぱんにのしちまったに違いない。だが、バケツや掛け布一式を持った〝ペンキ屋〟が、まだそれの持ち主が引っ越してきさえしていない屋敷の玄関のところにやってきたのであれば、スコフィールドは少しも疑いを抱くことなく男をなかに入れただろう。その変装を本物らしく見せるために、いうまでもなく、男はペンキを塗り始める。だが、スコフィールドがよそ見をして、後頭部を殴りつける機会が訪れた瞬間に、男はペンキ塗りをやめるだろう。

　さて、そういうあんばいに進んだのであれば、〝ペンキ屋〟が本物のスコフィールドを縛りあげ、押し入れかどこかに放りこむのは造作なかったはずだ。それからスコフィールドの服を身につけ、おれたちまのぬけた運転手らが絵を運んできたら、それらがすべて搬入されるのを見届け、トラックが帰ったあとは、好きなように時間を使ってもう一度ここから運び出せばいいだけの話さ」

「おまえの推理は的はずれもいいとこだ」というのがそれに対する反応だった。「おれが無実であることを証明するには、おれがなりすましているとかいう男をあんたに見つけさせるために家捜しをさせるか、バナリング氏がはるばるここまでやってきておれを確認してくれるまで、このままあと数日はおとなしく拳銃を向けられてなきゃならんということかい。そんなのはばかげてるぜ、バーニー・ジョプリンさんよ。さあ、あんたの連れに拳銃を返すようにいって、とっとと出ていってくれ。さもなければ、ただちに警察に通報し、おまえらが精神病院に連れていかれるのを高笑いで見物させてもらうからな」

バーニーは首を横にふった。「あんたをこんなふうに扱うのは、たしかにやりすぎかもしれん。おれの推理がはずれてるのであれば、あんたがひどく腹を立てるのも無理はない。だが、おれもメグレも、人間がある種の行動をとる理由に関して、一家言《いっかげん》を有してるんだ。たったいまだって、あんたがあまり身動きしないのはなぜだろうといぶかしんでる。あんたは足を組みもしなければ、台の上に載せもしない。安楽椅子が招いてるっていうのに、まるで背中に火かき棒でも入れられてるように、ただそこにしゃっちょこばって座ってる。それにあんたはハロルドが拳銃を奪う前からそうしてた。だから、そいつが原因でないことはたしかだ。なあ、なにかほかの理由があるんじゃないのか?」

「なあ、おい——」

「あんたがこのささやかな計画を練りあげたとしても、本物のライトフット・ラリー・スコフィールドのもので身につけることのできなかったものがおそらくひとつだけあった。そう、ブーツだよ。あんたみたいな大足はそうざらにはいないからな。あんたの計画を遂行するために、あんたはやっこさんのと似たブーツを買い、それに派手な刺繍をほどこさなきゃならなかった。それをペンキ屋の道具の下に忍ばせておき、本物のスコフィールドを殴り倒したあとではくのは造作もないことだったろうよ。

だが、くだんのブーツが新品で——このためだけに買って保管しておいたものであれば、この屋敷のなかであんたがそれをはいて歩いたのは絨毯の上だけだろう。あんたはトラックの積み荷をおろす手伝いに出てきもしなかった。だから、ブーツの底革はまだぴかぴかのはずだ。それとも、あんたが自分でいったように町から数マイル歩いてきたのなら、ブーツの底革は多少はこすれて、すり減ってるだろう。

まあ、そういうわけだ、スコフィールドさんとやら。あんたが絨毯の上にブーツの底をつけたままなのは、おれたちにそれを見られて、ぴかぴかなのがばれるのを恐れてのことだろう。台の上に足を載せたり、少しでも足を組んだりしてたら、すべてがだいなしになってたはずだ。したがって、いまここであんたが本物かどうかをたしかめることができるのさ。あんたにただ台の上に足を載せてもらい、ブーツの底を一瞥しさえすればいいんだから。もしもすり減ってたら、おれたちはおとなしくひきあげるよ。だが、ぴかぴかのままなら、あんたはさぞかし説明に窮するだろうな」

バーニーは足台を腰かけている男のほうに押しやった。「さあ、足をあげるんだ」と彼はいった。「ハロルド、もしもこいつがおかしな動きをしたら、どこでもいいから撃っちまえ」

ゆっくりと片方のブーツが、そしてもう一方のブーツが足台の上におさまった。ハロルドは姿勢を正して、二度まばたきをした。

ブーツの底は顔が映りそうなくらい、ぴかぴかだった。

それから数時間のち、警察は各方面に電話をかけたあとで、偽者のスコフィールドの正体が、ちっぽけな金を使いこんで首になったバナリングの元従業員、ウィリー・ニードルマンであることをつきとめた。本物のスコフィールドは縛りあげられた状態で、二階の押し入れのなかにいるのが見つかった。バナリング自身が警備の手配をし終えるまで、警官がふたり残って美術品の番をすることになった。そして貨物車をつけた大型トラックは、ハロルドの運転でニュージャージーへの帰路についていた。

ハロルドはメグレの探偵譚にふたたび読みふけっているバーニーのほうをちらちらと見やった。だがバーニーは今回、あいているほうの手で、どう控えめにいってもおかしな動きを見せていた。そう、頭になにもかぶらず、口にもなにもくわえていないのに、帽子をかぶりなおし、パイプの火皿をなで回しているように見えたのだ。

ジョン・クリーシーを読んだ少女

エミール・プラットは足をひきずりながら車をおりると、自宅の側面にある踏み段をとぼとぼとあがった。頭はもうふらふらで、一歩進むごとに足がずきずき痛んだ。ふだんの倍の勤務時間がかなりこたえ始めていた。そうだ、ドーキンズの事件が解決したら、警部に頼んで内勤の仕事に変えてもらおう。

解決しさえすればの話だが。

彼は勝手口を開けると、キッチンに入っていった。ぬくもりが感じられ、鶏肉の唐揚げの匂いがする。小さなため息を漏らすと、彼は椅子にへたりこんだ。

「ねえ、エミール、なんだかとても疲れてるようね」ストーブの脇に立っている妻のドロシーがいった。「じきに夕飯のしたくができるわ。マリリー、ここに来て、おとうさまのコートを掛けてちょうだい」

「ちょっと待って、ママ」居間から声がした。

「とっととやりなさい、マリリー。その本を読むのは夕食のあとでもいいでしょ」

「わかったわ、ママ。いわれたとおりにすればいいんでしょ」十五歳のマリリー・プラットはすり足でキッチンにやってきた。父親のお古のワイシャツを身につけ、色の褪せた青いジーンズをぴっちりはいている。ジーンズの片方のひざには継ぎが当ててあり、そこには「一回で成功しても――なにごともなかったような顔をしろ」と書かれていた。足には白い毛だらけのスリッパをはいていたが、父親の目からは二羽の死んだウサギのようにしか見えなかった。開いた本を片手で顔の前に持ち、もう一方の手にはリンゴを握っている。そのリンゴがときおり本の後ろに消えたかと思うと、むしゃむしゃという音が聞こえてきた。

エミールはコートを脱ぎ捨てると、それを娘の腕にひっかけた。「ねえ、拳銃も預かりましょうか?」エミールのベルトにつるしたホルスターのほうをあごでしゃくりながら、マリリーが尋ねた。

「いや、いい。飯を食って、あとはひと眠りするだけだ」エミールがいった。「あすの朝いちばんで署に戻らにゃならんからな」

「ここ一週間というもの、ほとんど家にいないじゃないの」ドロシー・プラットの瞳には夫の身体を気づかう色が浮かんでいた。「いったい、いつまでこんなことを続けるつもり?」

「ドーキンズ事件が解決するまでさ」エミールが答えた。「それに、しんどい思いをしてるのはわれわれ分署の人間だけじゃないんだ。本署の殺人課の連中もきょうは、英国領事館から来たとかいうやつに捜査状況の説明をするのに四苦八苦してた。くそっ!　フレッド・ドーキンズがせめてこの国の人間であってくれりゃな」

「夕食ですよ、マリリー!」ドロシーが呼んだ。「さあ、いらっしゃい。いつまでもおとうさまを待たせるんじゃありません」

マリリーが本を手に持ったまま、キッチンに戻ってきた。「じゃあ、こうしましょう」ドロシーがいった。「夕食のあいだそれを読まずにいたら、あとかたづけはしなくてもいいわ」

「でも、ママ、ちょうどいいとこなのよ。それに、どのみちあとかたづけをする時間なんてないもの。学校の宿題のために、これを読み終わらなくちゃならないんだから。舞台が重要になってるものをなにか読んで、そこに出てきた都市についてまとめなさいっていうのよ」

「それにいつものように、ぎりぎりになるまで手をつけなかったんだろ？」エミールはにやりとした。

「実をいうと」マリリーはしぶしぶ認めた。「けさまでにやらなきゃいけなかったの。でも、バドウィック先生にいって提出期限を一日のばしてもらったから、だいじょうぶよ。わたしのことはかまわずに、おしゃべりしてて。こっちは本を読みながら聞いてるから」

「そんな理屈でこられちゃかなわんよな？」彼女の父親は思わず笑った。

「でも、せっかくあなたが久しぶりに夕食に帰ってこられたのにね、エミール」ドロシーがいった。

「まあ、読ませてやりなさい。どのみち疲れすぎていて、いまのわたしにはどうする気力もない」彼は本のカバーを見つめ、「『ギデオン警視と部下たち（Gideon's Staff）』」とゆっくり読みあげた。「J・J・マリック作。なあ、なにか聖書と関係のある本かい？（原題の意味を、聖書頒布の国際的団体である〈ギデオン協会〉の人々、と取り違えての発言）」

「違うわ、パパ。友人たちには〝G・G〟で通ってる、ジョージ・ギデオンという名の探偵についての本よ。ロンドンにあるスコットランド・ヤードの犯罪捜査部長をしてるの。ほんと、いかしてるんだから。いまだって、四つの殺人——そのうちふたつは警官殺しなのよ——と、ニトログリセリンで自爆しようとしてる男の事件の指揮にあたってるのよ。現実の探偵の仕事よりもずっとわくわくさせられること請け合いだわ」

「ほお？」エミールは自嘲ぎみに驚きを口にした。「だったら、このわたしはどうなっちまうんだ？」

マリリーの瞳に涙が浮かんだ。「ねえ、パパ、そんなつもりでいったんじゃ——」

「気にしなさんな」エミールがなだめるようにいった。「たしかに、われわれが分署でやる仕事のほとんどは地味そのものだからな。しかし、マリックとかいうその作者は、ヨーロッパ大陸の人間のようだが。なんでまた、ロンドンについて書いてるんだ？」

「だって、マリックというのはただのペンネームだからよ。ほんとの名前はジョン・クリーシーといって、やまほど本を書いてるわ。いろんな名前を使ってね」彼女はそういうと、間をおいた。見れば、下唇が震えている。「パパの仕事について、けっしてあんなことをいうつもりじゃなかったの」と彼女は先を続けた。「ただ、その——なんていうか、ひとの父親が刑事をしてることがわかると、相手はなにかわくわくするような話をせがむものなのよ。でも実情は、事情聴取をしたり報告書をまとめたりするのに忙殺されてしまってるみたいなんだもの」

「おいおい、わたしはもっか、おまえの友だちがひどくわくわくさせられると思うような事件を扱ってるんだぞ」エミールがいった。「そう、殺しだよ。おまえもこのフレッド・ドーキンズの事件のことは、新聞で読んだことがあるんじゃないかな」

「殺しですって？」マリリー・プラットは大喜びしているように見えた。「ねえパパ、聞かせてちょうだい」

「おやおや、宿題はいいのかい？」

「だって、背景になってるロンドンについてはもう調査済みだもの」

「マリリー、おとうさまはお疲れなんですよ」ドロシーがいった。

「いやいや、かまわんよ」エミールが鷹揚《おうよう》にいった。「だが、おまえのお気に入りのギデオンがこの件の捜査にあたってくれてたら、どんなにいいだろう。なにせ、このフレッド・ドーキンズとやらは英国人だからな。ロンドン市内、それも英国銀行から目と鼻の先で生まれたらしい」

「だったら、生粋のロンドン子《コックニー》なのね」とマリリー。

「はあ？」

「セントメアリ・ル・ボウ教会がロンドンのそのあたりにあるのよ」少女はいった。「このドーキンズという男のように、ボウ教会の鐘が聞こえるところで生まれたら、生粋のロンドン子ってわけ」

「ほう？　そんなことをどこで知ったんだ？」

「宿題でギデオン警視のことをまとめるのに調べたのよ。そう、ロンドンについてはかなり調べたわ。でも先を続けてちょうだい、パパ。その殺しとやらのことを聞かせて」

「ドーキンズは数週間前、英国でサッカーくじを当てたらしい。その結果、相当な大金を手に入れた。約千二百ポンドだそうだ。ドルだといくらになるのか、見当もつかんがね」

「三千ドルあまりよ」マリリーが手助けした。

「なるほど。とにかく、やっこさんは独身で身よりもなかったので、米国旅行を思い立った。最初に立ち寄ったのがニューヨークさ。街の中心部にあるパークレイ・ホテルに宿泊し、そこでとんだしくじりをやらかした」

「エミール、自分の娘の前でなんて言葉づかいをするの！」ドロシーがいった。

「別にかまわないわよ、ママ。さあ教えて、パパ。ドーキンズさんはいったいどんなしくじりをやらかしたの？」

「賞金をすべて現金――米ドルに替えたのさ」

「どうしてそんなことを？」ドロシーが訊いた。

「どうやら金を預けておくほどには銀行を信用してなかったらしい。くじに当たるまでは、預金口座を開くだけの金を持ったこともなかったしな。そしてひとたびニューヨークに到着するや、獲得賞金をすべて現金にしたいという衝動に駆られたというわけだ」

「どうしてそれがわかったの？」マリリーが訊いた。「だって、ドーキンズは殺されてしまったんだし――」

「ドーキンズの部屋係だったベルボーイが教えてくれたのさ。ポール・キップスという名の小さな老いぼれで――やはり英国の出身だ。キップスが同じ国の人間で、英国の本物のスタウトビールを飲みたいときにはいつでも調達してくれるので、このふたりはすぐに親しくなった。ニューヨークに着いた最初の日に、ドーキンズはキップスに身の上話をして聞かせたぐらいさ」

エミールはフォークに山盛りのサラダを平らげるあいだ、無言でいた。「哀れなやつさ」ややあってから彼は先を続けた。「ドーキンズの死体を見つけたのはこのキップスだった。死体はナイフがつき刺さったまま、ベッドの脇に倒れてた。キップスを最初に見たとき、やっこさんはいまにも泣き出しそうな感じだった。もちろん、ドーキンズと多額のチップをもらえなくなることのどちらをよけいに悲しんでるのかは、わからなかったがね」

「ねえ、エミール」ドロシーがいった。「食事をしてるあいだは殺人の話は遠慮してほしいものだわ」

「続けて、パパ」マリリーがいった。「お願い」

「とにかく、キップスが死体を発見したことを告げたパトロール中の巡査から、わたしのところに通報があった。パークレイに着くと、キップスとくだんの巡査が玄関のところで待っていた」

「死体をめぐってさぞかし大騒ぎになったんでしょうね」マリリーがいった。

「おまえはニューヨークのホテルというものを知らんのだ」エミールはほほえんだ。「連中はなにより悪評を嫌ってる。キップスが平静を装ったことで、ほかの宿泊客たちは死体のあることにも気づかなかった。巡査も部屋のなかを一瞥しただけで、わたしに連絡してよこした。だが、われわれ三人――それにもちろん、ホテルの支配人――をのぞけば、パークレイの営業はふだんとなんら変わりがなかった。いっさいが伏せられていたのさ。そうしたのはいささか早急すぎたことが判明したがね」

「どういうこと、パパ？」

「わたしが部屋に足を踏み入れたときには、被害者は完全に事切れてるように見えた。だが、間近で見てみると、ドーキンズにはまだかろうじて息があったんだ」

「つまり、まだ生きてたってこと?」ドロシーがはっと息を飲んだ。「ナイフがつき刺さった状態で?」

「そう、かろうじてだ」エミールはうなずいた。「どうやら、キップスは部屋のなかを一瞥しただけで――夜間で、明かりがひとつしかついていなかったものだから――ドーキンズは死んでるものと思いこんでしまったらしい。巡査のほうはもっと注意深く調べるべきだったが、実際にはそうしなかった。世間には死体に近寄りたがらない連中がいて、警官といえども例外じゃないのさ」

やや青ざめたドロシーは、視線を上にそらした。マリリーはじれったそうに父親に先を続けるよう身ぶりでうながした。

「とにかく、わたしがそばに寄ったときには、ドーキンズは瀕死の状態だった。隣には錠のこじ開けられた空の書類かばんが転がってた。殺人犯に持ち去られるまで、ドーキンズはそこに自分の金を保管してたんだろう」

「被害者はなにかいった?」マリリーが尋ねた。

「ああ。やつはひどくゆっくりとまぶたを開けると、わたしがかかみこんでるのに気づいた。すると、〝釣り《フィッシン》(fishin')〟とかなんとか口にした」

「釣り?」

「そうさ。そのあとむせ、もう二言三言しぼりだした。『こんな目に遭わせたのは、〝釣りのやつ《オル・フィッシン》(ol' fishin')〟だ』と。少なくとも、わたしにはそのように聞こえた。だが、しゃべるだけで精一杯だったんだろう。口から血を吐くと、だらんとなってしまった。わたしは巡査に医者を連れてくるよう叫んだが、ドーキンズはわたしの腕のなかで息をひきとってしまった」

「ダイイング・メッセージだわ！」うれしそうに手と手をぎゅっと握りしめながら、マリリーが叫んだ。

「ああ、まさしくダイイング・メッセージだよ。それを耳にしたおかげで、さんざん悩まされることになった」

「どういうこと？」

「ひとたび殺人が起きると、捜査を始めるために数多くの人間が必要となる。そう、検死医、鑑識係、殺人課の刑事、などなどだ。この連中はできるだけ音を立てないようにしていたものの、それでもホテルのその階の客の目をほとんど覚まさせてしまった。そいつらがどのみち廊下に出てくるので、わたしはその間を利用して彼らに質問をいくつか試みた。どうやら、ドーキンズはほかの宿泊客三人と仲よくなったらしい。実をいえば、その日の晩もドーキンズの部屋で四人でポーカーをやったそうだ」

「それで、そのうちのひとりが殺したと考えてるのね？」マリリーが訊いた。

「そのはずだ。部屋に入ったことがあり、そこに大金があるのを知ってたのはそいつらだけだからな」

「だったら、そのうちのひとりを〝釣り〟と結びつけることさえできたら――」

「いいかい、そんなに簡単なことじゃないんだよ。わたしが最初に話を聞いたのは、ルドルフ・スタインマンという男だった。七十歳くらいで、厚いメガネをかけ、頭はほとんどはげあがってる。ニューヨークへはクロイスターズ（メトロポリタン美術館の分館）を訪れるためにやってきたそうだ。中世のつづれ織りに興味があるらしい」

「その男が〝釣り〟といったいどういう関係が――」

「スタインマンはカナダかどこかで物理学の教授をしてる。第二次大戦中にはマンハッタン計画――そう、原爆がらみのやつだ――に関わった人間のひとりだった。ドーキンズにその話をしたのはまちがいないだろう」

「核分裂《ニュークリア・フィッション》（nuclear fission）ね」マリリーはすかさずいった。「つまり、ドーキンズは〝釣り《フィッシン》〟ではなく――〝分裂《フィッション》〟といったと。そうよ、スタインマンが犯人だわ」

「そうかな？」エミールは鳥の足にかぶりついた。「わたしも最初はそう思った。だが、スタインマンはドーキンズのほかのふたりの友人についても話をした。そのうちのひとりがジョン・ラングワーシーだ。六十二歳で、オペラに目がない。ニューヨークに来てからというもの、リンカーンセンター（音楽と芸術のための総合施設）にほとんど入りびたってる。セントポールで工場を経営してるそうだ。なにを製造してると思う？　そう、釣り竿とリールさ」

「でも、核分裂とはなんの関係もないじゃない」マリリーが異を唱えた。

「被害者の低く不明瞭な言葉は」エミールがいった。「〝釣り《フィッシン》〟と〝分裂《フィッション》〟のどちらともとれる。

工場で造ってるもののことを指して、ラングワーシーを〝釣りのやつ《オル・フィッシン》〟とかなんとかいったのかもしれん」

マリリーはうなずいた。「でも、パパ、たったふたりのことじゃないの。ふたりのどちらかがドーキンズを殺したことがたしかなら、ふたりとも調べてみればすむ話じゃない？」

「ことはそれほど簡単なじゃないのさ。ひとりの人間を調べあげるのにも何人かが必要だというのに、それがふたりとなれば、その倍の人数がいるんだ。そこに三人目が加われば――」

「エミール」と彼の妻がいった。「そろそろご飯をすませて、寝床に入ったほうがいいんじゃない？　殺人についてのこんな話がマリリーのためになるとは思えないもの」

「あら、ママ」少女はいった。「わたしのことならご心配なく。さあ、パパ、三人目の男のことを聞かせて」

「なにがしかの調査研究をするために、ニュージャージーからやってきた学校教師だ。四十二丁目と五番街のあいだの公立図書館に毎日のように入りびたってる」

「少なくとも、今度は疑うことはできないわ」マリリーがいった。

「そうかな？　この男の名前はバス――リーランド・バスというんだ。そしてバスというのは魚の名前でもある。したがって、ドーキンズがこの男のことを〝釣りのやつ〟といった可能性はある。さあ、これがわたしの抱えてる難題だよ。三人のうちだれにねらいをしぼるべきかがわかれば、すぐにでも証拠固めに入れるんだが。ところが、三人全員の素性や行動を確認しなければならないので、いまの陣容ではとてもとても手が回らない状態なんだよ。しまいには絶対に犯人をつかまえてみせる。だが、もっかのところ、英国政府はやいのやいのいってきてるし、ラングワーシーの家族はやつが予定された日に戻ってこなかったことで騒ぎ立て、バスも悪評が立って失職するのを恐れてる。この事件の捜査にも平然としてるのは、スタインマンのやつだけだよ」

エミールは疲れはてたように娘の前にある本を指さした。「ギデオン警視が捜査の手助けをしてくれればいいんだが」

「だれかほかより容疑の濃いひとはいる？」マリリーが訊いた。

「われわれは当初、学校教師のバスが犯人《ホシ》だと確信してた。スタインマンもラングワーシーもかなりの資産家だからな。三千ドルといえばたしかに大金だが、このふたりにとっては殺人をしてまで手に入れるべきもんじゃない」

「いま〝当初〟といったわよね」マリリーがいった。「なんだか、もうバスが犯人だと確信が持てないでいるように聞こえたけど」

エミールはむっつりとうなずいた。「バスが副業で本を書いてることが判明したんだ。ベストセラーではないが、教師の給料と併せれば、金には困らない。それに、スタインマンもラングワーシーも口をそろえて、被害者はバスのことを〝釣りのやつ〟と呼んだりはしなかったろうといってる。被害者は学校教師に別のあだ名をつけてたそうだ。どうしてそんなものにしたのかは見当もつかんがね」

「なんてあだ名なの？」死体の話があまり出てこなくなったので、やや気分のよくなったドロシーが尋ねた。

彼女の夫は満面に笑みを浮かべ、その奇妙な選択がどうにもわからないというように、首を横にふった。「ボニーさ」と声に出して笑う（ナポレオン・ボナパルトの愛称が「ボニー」）。

「ボニー？」

「そうとも。なあ、よりにもよって――」

「まさか！」エミールとドロシーは同時にふり向くと、娘のことを見つめた。マリリーは椅子に座ったまま硬直していた。口を両手で覆い、目は大きく見開かれている。

「おい、だいじょうぶか？」エミールが訊いた。「なにか喉につまりでもしたのか？」

ゆっくりとマリリーはかぶりをふった。

「だったら、どうしたというんだ？」

「だれがドーキンズさんを殺したかわかったような気がするのよ、パパ」

エミールは大笑いをした。「すると、おまえはニューヨークのどんな警官よりも上手《うわて》だというわけだな」とはやし立てる。

「わたしがじゃないわ、パパ。ギデオン警視がよ」

「え？」

「いいえ、それもちょっと語弊があるわ。でも、わたしが『ギデオン警視と部下たち』をレポートにまとめるために、ロンドンについて調べなきゃならなかったことはおぼえてるでしょ？」

「ああ」エミールはふいにまじめな口調になった。「それがなにか？」

「だって、ドーキンズさんはロンドン子だったって、いったじゃない」

「実際にそういったのはおまえのほうだがな。まあ、先を続けなさい」

「ねえパパ、十九世紀のロンドンのスリたちは警察にわからないような符牒《ふちょう》を考え出したってことは、知ってた？」

「いいや。だが、いまは十九世紀じゃないし、われわれはロンドンの話をしてるんでもない」

「でも、そうなのよ。ロンドン子たちの多くはいまだにそうした俗語を使ってるんだもの。〝リンゴとナシ〟《アップルズ・アンド・ピアーズ》は階段《ステアーズ》だし、〝ミンスミートのパイ〟《ミンス・パイ》は目《アイ》を表してるのよ。それから〝ロケット花火〟《スカイ・ロケット》は——」

「ポケットのことだろう？」エミールが訊いた。

「そのとおりよ、パパ。だから、もしもわたしが『チョークの塊をカエルやヒキガエルのとこに持っていくつもり（I'm taking a ball of chalk up the frog and toad）』っていったら、散歩に行くつもり（I'm taking a walk up the road）ってことよ（押韻俗語の一例。ここではwalkとroadを韻を踏む別の言葉に置き換え、ナンセンスな文章に仕立て上げている）。ね？」

「マリリー」ドロシーがいった。「おとうさまはそんな講義になんか関心がおありにならないと思うわ——」

「待ちなさい」エミールは手ぶりで妻に黙るよう命じた。「続けてくれ、マリリー」

「ロンドン子たちはしまいには俗語に慣れきって、それを短縮することもできるようになったのよ。つまり、『塊をカエルのとこに持っていく（I'm taking a ball up the frog）』でも、散歩（a walk up the road）になるってわけ」

「だが、それとわたしの手がけてる事件とどういう関係がある？」

「だってパパ、ドーキンズさんもロンドン子だったじゃない。バスさんのことを〝ボニー〟って呼んでたのよね。それはなんていう押韻俗語からかしら?」

「さっぱり見当もつかん」

「〝かわいこちゃん《ボニー・ラス》〟からにきまってるわ。ドーキンズさんはバスと韻を踏むかわいこちゃん《ボニー・ラス》って、その先生のことを呼んだのよ」

「なるほど」エミールがいった。「だが、それとドーキンズがわたしにいった言葉――〝釣りのやつ《オル・フィッシン》〟――とどういう関係がある?」

「ねえパパ、〝オル(oldの短縮形)〟ってことは、疑うべきは歳をとった人間ということになるわよね?」

「たぶんな。だが、それは三人ともに当てはまる」

「そうね。でも、犯人はドーキンズのホテルの部屋に入ってお金を見たことのある人間でもある。殺人も辞さないほど、そのお金を必要としてる人間よ」

「ごもっともだが、三人ともあの日の晩は被害者の部屋に入ってる。それから最後におまえのいったことからすると、犯人の可能性のあるものはだれもいないということになるじゃないか」

「いいえ、そんなことはないわ」マリリーの瞳は興奮できらきら輝いた。「〝オル・フィッシン〟のあとに、ドーキンズさんはさらに言葉をつけ加えようとしてたのかもしれない」

「というと?」

マリリーは芝居けたっぷりに間をとった。「フィッシュ・アンド――」

エミール・プラットは一瞬、考えをめぐらすように眉間にしわを寄せたあと、ふいにマリリーのことを見つめた。椅子からぱっと立ちあがり、テーブルの周りを回って、大きな腕で娘を抱きしめる。「でかしたぞ！」彼は叫んだ。「おまえも、おまえの宿題も、それからギデオン警視だって、なんてすばらしいんだ！」

自分の娘と夫とのあいだのやりとりをまるで理解できなかったドロシー・プラットは、テーブルから皿をどかして、それらを流しのところに重ね始めた。「うちのひとたちはたしかにすばらしいけど」彼女はきっぱりといった。「それでもなんのことなのか、さっぱりわからないわ」

「ドーキンズがいおうとしたのは、核分裂のことでも釣りのことでもない」エミールは叫びとも笑いともつかぬ声をあげた。「マリリーがいうところの、押韻俗語を使ったのさ。そう、わたしに殺人犯につけたあだ名を告げようとしてたんだ。ロンドン子ならだれでも知ってる言葉を使ってね」

「そう？」ドロシーはとまどったようにいった。「それはなに？」

「チップスだよ！　フィッシュ・アンド・チップス（魚のフライにポテトフライをつけ合わせにした、英国の代表的な大衆料理）さ！　なあ、まだわからんのかい？　ドーキンズを刺したのは三人の宿泊客のうちのだれでもない。それはドーキンズの死体を見つけたと告げた、小さな老いぼれのベルボーイ——ポール・キップスだよ！」

アイザック・アシモフを読んだ男たち

「きょう諸君らに来てもらったのは、五つの数字からなる、ある一連の番号について、なんらかの共通した見解に達することができるのではないかと思ってのことだ」

椅子でメリー・ティンカー亭のむきだしの床板をこすりながら、地元で歴史の教師をしているポール・ハスキルが立ちあがった。「だが、今夜のゲストを正式に紹介する前に、このささやかな集まりの唯一の目的が、アイザック・アシモフ博士の想像と作品のなかにのみ存在する連中とできるかぎり張り合うことにあるということを、わたしの口から彼に説明しておいたほうがいいだろう」

自分のところの〈タイムズ・ヘラルド〉紙の取材のためにホルコム・ミルズにやってきたエドガー・ヴァーゼーは、いぶかしむようにハスキルを見上げた。居酒屋とそこにいる人々に関する印象を書き留めていた手帳の上で、鉛筆がとまっている。

「だれですって?」記者は聞き返した。

「アシモフだよ。ありとあらゆるものを書きまくってる、科学者先生さ」ホルコム・ミルズ電話会社の架線工事人をしているジャスパー・ツィマーマンの声は、ヴァーゼーにはリスがキーキーいっているように聞こえた。だが、テーブルについているほかのふたりには少しもリスを思わせるところはなかった。鍛冶屋のゲイブリエル・ドゥーンは巨漢で、汗まみれの作業着の下では隆々たる筋肉が波打っている。それからでっぷりしたシドニー・ウォーリックは、ホルコム・ミルズ・ナショナル銀行頭取というみずからの地位にふさわしい、田舎町の名士そのものの姿をしていた。

「アシモフの著作の多くは科学に関するものだ」ハスキルがいった。「そのうちの何冊かは、うちの高校で必読の参考書に指定されている」

「歴史についても書いてるぜ」ツィマーマンが口をはさむ。

「数学についてもだ」数字、なかでもお金に関係のあるものは、銀行家であるウォーリックの頭からかたときも離れたことがなかった。

「小説もたいしたもんさ」ドゥーンが低く重々しい声でいった。「ロケットだのロボットだの、なんだかんだわくわくさせられるものが出てきて、テレビよりよっぽど面白いぜ」

詩、神話学、聖書……ヴァーゼーが驚きに目を瞠《みは》るなか、会話という内野のなかで言葉のキャッチボールが次々と交わされた。記者はしまいにやれやれというように首を横にふった。「するとつまり、たったひとりの人間がそれらすべてをやってのけたということですか?」

ハスキルはうなずいた。「そう、アシモフの多作ぶりはとうてい人間業とは思えん」

「そうでもないさ」ツィマーマンがにやりとした。「両手両足で四台のタイプを一度にたたき続けることさえできりゃ、だれにだってできることさ」

「だが、われわれがとりわけ興味を抱いているのは、〈黒後家蜘蛛の会《ブラック・ウィドワーズ》〉のシリーズだ」ハスキルは順ぐりに、ドゥーン、ウォーリック、ツィマーマン、それに彼自身を示していった。

「黒《ブラック》……なんですって？」ヴァーゼーが聞き返した。

「ほかの著作に加えて」ハスキルが説明する。「アシモフ博士は短編ミステリの連作を発表している。それは〈黒後家蜘蛛の会〉と呼ばれる、そのほとんどがちょっと変わった職業に就いている男たちからなる、月に一度の集まり――に関するものだ。例会のたびに、招待されたゲストは問題を提示するよう求められる。〈黒後家蜘蛛の会〉の会員たちは食後の飲み物が供されているあいだにああでもないこうでもないといい合って、それを解こうとするのさ」

彼は部屋の奥にあるバーのほうをふり向いた。「飲み物といえば、もうだいぶん日もかたむいてきたことだし、ここらで一杯やりたいところだ。諸君らはどうかね？」

テーブルのあちこちから賛成の声があがった。

「フィンドレー！」ハスキルが叫んだ。「みんなに一杯ずつだ。こういったときにはバーボンときまっているが、ヴァーゼーさん、それでかまわんかな？」

記者はうなずいた。「〈黒後家蜘蛛の会〉とあなたがた四人についてもう少し聞かせてください」

「フィンドレーを入れて五人だ」ハスキルがいった。「まあ、とにかく、ある日ここで話をしていて、そろって〈黒後家蜘蛛の会〉物の愛読者だということがわかった。そこで、ときおりここに集まって、連中のように謎を解いてみようと思い立ったというわけさ」

「それで、これまでにいくつ謎を解決されたんですか？」ヴァーゼーが尋ねた。

テーブルはふいに沈黙に包まれた。ややしてから、ドゥーンが咳払いをした。「あんたのが第一号さ、ヴァーゼーさん」

「ホルコム・ミルズのような片田舎ではそうそう事件も起こらんのだよ」ウォーリックが補足した。

「そうであればどんなにいいだろう」ツィマーマンがつぶやく。

黒に身を包んだ驚くほど身の軽い老人が飲み物を運んできた。その姿を見て、ヴァーゼーはコオロギを思い浮かべた。「これがフィンドレー」ウォーリックがいった。「メリー・ティンカーの主人であり、われわれのささやかな会の特別会員だ。めったに意見を口にせんが、いざそうすると、実に気のきいたことをいいおる」

「そいつぁどうも恐れ入ります、ウォーリックさん」ちゃめっけのあるフィンドレーは格子縞のキルト、バグパイプ、それにヒースを思い起こさせる口調でいった。それから手をさっと動かして飲み物を配ったあと、バーの奥のいつもの場所にひっこんだ。

ポール・ハスキルは酒をひと口すすってから、期待するように手をこすり合わせた。「さあ、ヴァーゼーさん。きみのほうの準備がよければ、その謎とやらを聞こうか」

ヴァーゼーは手帳をポケットにしまうと、立ちあがった。「この件の背景になっている経緯に関しておおよそのところはすでにご存じだとは思います」と切り出す。

「まあ、とにかくもう一度、聞かせてもらうとしようか」ツィマーマンがうながした。「そう、最初からな。〈黒後家蜘蛛の会〉みたいにするんなら、きちんとやる必要がある」

ヴァーゼーは悪気なく肩をすくめた。「いいでしょう。ホルコム・ミルズの、この通りのちょっと先で、この国の小売業界の一大革命ともいうべきものがもっか進行しています。そう、ヴァリュー・トゥデー百貨店ですよ。ぼくが新聞記事にしようとしているのは、その百貨店のことなんです」

「ヴァリュー・トゥデーがこれ以上大きくなろうもんなら」ドゥーンがぶつくさいった。「この町で昼間、車を駐められるところがなくなっちまう」

「かつてはデイヴィッド・ロトセットといったデイヴィー・ロータスが、そこのオーナーです」記者は先を続けた。「彼はここホルコム・ミルズで生まれ、育ちました。子どものころはふだつきの悪ガキで、ろくなものにならないとみなからいわれていました。ところが二十二歳のときに、賭けポーカーで大もうけしたんです」

「あの日のことはまざまざとおぼえている」ウォーリックがため息をついた。「あいつは三千ドル近くを手に、ひきあげた──そのうちかなりの額がわたしの懐から出たものなんだがね」

「ええ、でも町の人々の驚いたことに、ロータスはその勝ち分を浪費するかわりに、それでかつて農協の本部だった古い建物を借りたんです。ひと月としないうちに、その建物の正面に〈ヴァリュー・トゥデー〉という看板を掲げ、ショーウィンドウをいくつかしつらえ、そのほとんどを信用借りによって調達した商品で店内をいっぱいにしました。彼は小さな町ではふだん手に入らないような──最新流行の洋服、高級スポーツ用品、舶来の香水といった──品々を売り出しました。要するに、ロータスはこのような規模の田舎町にはいくらなんでも大きすぎる巨大デパートを造ったんです。

人々はそれを見て笑いました。一年もしないうちに倒産するだろうと。ところが、最後に笑ったのはロータスのほうでした。そうです、彼の推し進めた販売戦略によって、いくらもしないうちに、郡のあちらこちらから、やがては州のいたるところから、客が押し寄せるようになったんです」

「客どもに店員たちと値引き交渉をさせたのさ」ツィマーマンがかん高い声でいった。「あれは楽しかったよ。しばらくのあいだは、デイヴィーのやつの裏をかいてるつもりでいた。だが、やっこさんのほうが一枚上手だった」

「ええ、そうです」ヴァーゼーがうなずいた。「店内のすべての商品には正札が付いていました。ところが、〝七ドル、VUY〟といったぐあいに、価格のあとに文字がいくつか記載されていたんです。ほとんどの客はそれを商品管理コードかなにかだと思いました。すると何ヶ月かして、店員のひとりがそれらの文字の意味するところを暴露したんです。でも、そのころにはロータスはもう億万長者の仲間入りをしかかっていました」

「それらの文字は実際には数字を表したものだった」ドゥーンがいった。

「そのとおりです。デイヴィー・ロータス（Davey Lotus）は自分自身の名前に使われているアルファベットのそれぞれに数字をふりました。Dが1、Aが2、Vが3といったぐあいに、0に該当するおしまいのSまでこれが続きます。〝七ドル、VUY〟というのはつまり、その品物の仕入れ原価が三ドル九十五セントで、三ドル九十五セントから七ドルまでのあいだであれば、店員は多少値引きをしてもいいということだったんです。ロータスはそのアイディアが彼自身の考案によるものだとはけっして主張しませんでしたが、それで大いに稼ぎました。

やがて、当然のことながら、人々はそのからくりに気づきました。そのことが国じゅうに知れわたっても、ヴァリュー・トゥデーはびくともしませんでした。そのころには、ロータスは次なる販売戦略を展開していたからです――そう、店内のひどく目につくところに珍しい金貨が隠されているという、例のやつですよ。人々は何週間にもわたってそのありかを捜し求め、しまいにそれは、派手なラベルに見せかけて香水のサンプル瓶に貼りつけてあるのが判明しました。その間、この連中が押し寄せてきたことによって、レジは休む暇もないほどでした。

高齢者たちの美人コンテスト、ゲーム大会、くじびきなどによって、ロータスはヴァリュー・トゥデーに次から次へと客を呼び、店はますます繁盛していきました。でも、もっか行なわれている販売促進キャンペーンほど大がかりなものはありません」

「金庫がらみのやつだな」ハスキルがうなずいた。

「ええ」ヴァーゼーがいった。「建物の地下でロータスが見つけた、古い金庫がらみのものです。金庫には〇から九十九までの数字の記載されたダイヤル錠がついています。ロータスは数字の組み合わせをきめたのち、金庫をウィンドウに飾りました。そうしたうえで、五つの数字からなる正しい組み合わせをつきとめ、ダイヤル錠を回してみるよう、挑戦したんです。金庫の扉を開けることのできた人間は、ロータスがなかに入れておいた千ドル紙幣をもらうことができるというわけですよ」

「ふん」ウォーリックが鼻を鳴らした。「ダイヤルに百もの数字が付いているとなると、その組み合わせはほとんどきりがないな」

「自分たちの運を試すために押しかけてくる連中はそうは思っていないようですが」ヴァーゼーがいった。「彼らの来店の目的が金庫を開けるためなのはいうまでもありませんが、ついでに買い物もしていくんです。そう、たんまりとね」

「すると、そいつがあんたのいう謎とやらなんだな?」ツィマーマンが尋ねた。「おれたちに正しい数字の組み合わせをつきとめてほしいというわけか」

「そういうことです。ロータスに関する特集記事を載せるために、ぼくは社にいわれてやってきました。そして最初に接触したひとたちのおひとりが、ここにおいでのハスキルさんでした。学校で歴史を教えておられるのみならず、このあたりの在家の歴史家でもいらっしゃるので、背景となるようなことをよくご存じのはずだと思ったからです」

「わたしのほうからも、ここにいるわれわれがダイヤル錠の組み合わせをつきとめることができれば、さらに読者の興味を惹くだろうともちかけたんだ」ハスキルがいった。

「ちょっと待ってくれ」銀行家のウォーリックが口をはさんだ。「それは少々難題だな。〈黒後家蜘蛛の会〉が謎を解く場合には、手がかりやヒントや推理の材料になるものがある。だが、いまのわれわれに与えられたものといえば、百個の数字の記されたダイヤルだけで、しかもそのなかから数字を五つも選ばねばならんときてる。そんなのはフェアとはいえんよ、ヴァーゼーさん」

「あなたの思っていらっしゃるほどアンフェアではありませんよ」ヴァーゼーが反論した。「店の前でロータスと出くわしたときにぼくが持ち出したのも、まさにそのことでした」

「で、やつはなんといった?」鍛治屋のドゥーンが訊いた。

「番号はでたらめに選んだのではない、ということでした。手がかりがあるそうです」

「手がかりだと?」ツィマーマンは椅子の上で居ずまいを正した。「どこにだ?」

記者は手を大きくふった。「ロータスは店のショーウィンドウをさし示し、『ほら、そこにある』といいました。そのウィンドウの写真をとってきましたよ。ここにあるのがそれです」

記者はポケットのなかから二枚のカラー写真を取り出した。「こっちが左のウィンドウのです」片方の写真を上に掲げながら、彼はそういった。「ほら金庫と、列をなす人々が写っています。扉に刻まれているメイプスという名前は、おそらく製造元のものでしょう。それから金庫の前には、お宝を象徴するために、まがいものの紙幣や硬貨が置かれています」

続けて二枚目の写真を上に掲げる。「それから、ここに写っているのが右側のウィンドウです。大きな電話のダイヤルと、その穴から絹のスカーフが五枚、真下にたれさがっているのが見えるでしょう。その上には〈白からあざやかな色へ、ファッションは招く〉と宣伝文句が記されています」

「ウィンドウの向こうの奥にあるのはなにかね?」ウォーリックが訊いた。

「文具売り場で売られている、何種類かのポスターですよ。米国の歴史を語るうえで不可欠な場面を表したものです。独立戦争は三人の男が行進しているさまを描いた絵で表現されています。それからウッドロー・ウィルソン大統領、砂金を捜している試掘人たち、チャールズ・リンドバーグを描いたものもあり、最後がベイブ・ルースです」

ヴァーゼーは両方の写真をテーブルの上に置いた。「さあ、ご覧ください。これらの写真のどちらかあるいは両方に写っている、数字の正しい組み合わせを教えてくれるものとはいったいなんですか？」

ドゥーンとウォーリックは金庫の写真を手にとり、じっくりと調べた。ツィマーマンとハスキルも、スカーフやポスターの写真のほうにそれと劣らぬ関心を見せた。

飲み物のお代わりを持ってきたフィンドレーはほとんど黙殺された。頃合いを見て、ヴァーゼーが沈黙を破った。

「なにか思い浮かびましたか？」

肯定のつぶやきが口々に起こった。四人の男たちはそれぞれ自信たっぷりにほほえみながら、椅子にもたれかかった。

「きみから始めたまえ、ゲイブリエル」ハスキルがうながした。

鍛冶屋はよっこらしょっと立ちあがった。「この金庫とやらはなかなかどうして、たいした代物だな」反論があるなら受けて立とうといわんばかりに、彼はあたりを見回した。

「その点に関してはきみの意見にすなおにしたがうよ、ゲイブリエル」ウォーリックがいった。

「それより、きみの推理とやらを聞かせてくれ」

「この古金庫を造った連中は自分たちの仕事に誇りを抱いてたと見える」ドゥーンは先を続けた。「扉の鋼鉄の部分に社名を刻みこんでるくらいだからな。ペンキで書いたんでもなければ、きょうびの製品のように、紙のラベルに書いて貼りつけたんでもない。メイプス（Mapes）か——いい名前だ。いかにも信頼できそうな響きがする」

「ああ、ああ、ごもっとも」電話会社で架線工事人をしているツィマーマンがうなずいた。「だが、いったいなんでそんなに回りくどいいいかたをするんだ？」

「デイヴィー・ロータスは金庫を店のショーウィンドウに飾ってる。だとすれば、金庫自身に組み合わせの手がかりがあったって不思議じゃない。そう、扉そのものにだ。組み合わせは五つの数字からなり、メイプスという名前もアルファベット五文字でできている」

「でも、それがどう――」ウォーリックが横やりを入れた。

「彼に先を続けさせてやりたまえよ、シドニー」ハスキルが相手を制した。「なにをいわんとしているのか、どうやらわかりかけてきたぞ」

「五つの文字がそれぞれアルファベットの何番目にあたるかをつきとめれば、五つの数字が得られる」ドゥーンはなにかを書きつけておいた汚れた紙に目をやった。「Mは十三番目、Aは一番目にあたるといったぐあいにだ。なあ、単純明快だろ？」

ヴァーゼーは手帳を取り出すと、期待のこもったまなざしでドゥーンを見た。「つまり、あなたがお考えの組み合わせというのは――」

彼は鍛冶屋の解答をさっと書き留めた。

13-1-16-5-19

「次はどなたの番ですか？」記者が尋ねた。

「よければ、わたしが行こう」ウォーリックが名乗りをあげた。「ゲイブリエル同様、わたしも金庫が置かれているほうのウィンドウに興味を持った。だが彼とは違い、金庫そのものよりも飾られているお金のほうに目を惹かれたよ」

「あんたは寝言でも銀行のことをいってるんだろうな、シドニー」ツィマーマンが茶々を入れた。

ウォーリックはそんなからかいなどには耳を貸さずにいった。「飾られているお金は紙幣と硬貨の両方だ。だが、なかに入っているお金は千ドル紙幣だという話なのに、なんで硬貨が必要なんだろう？　硬貨になにか隠された意味でもあるのか？　ぞんざいに積みあげてあるだけだから、飾りかたが関係しているのでないことはたしかだ」彼は芝居気たっぷりに言葉を切った。

ツィマーマンはうなり声をあげた。「あんたはおれの知ってるほかのだれよりも言葉を弄《ろう》するくせに、肝心なことはこれっぽっちも口にしないんだからな」

「ひやかしたければひやかすがいいさ、ジャスパー。だが、それらの硬貨を目にしたとたん、この国には額面が一ドルよりも小さな硬貨がちょうど五枚あるということが即座にひらめいた――一セント銅貨《ペニー》、五セント白銅貨《ニッケル》、十セント白銅貨《ダイム》、二十五セント銀貨《クウォーター》、それに五十セント貨だ。五つの硬貨だよ、諸君――それぞれが組み合わせ数字のひとつひとつに該当する。そしてそれぞれに定められた価値がある。わたしの推理が正しいことはあまりにも明らかだよ」

エドガー・ヴァーゼーはウォーリックの解答をドゥーンの解答のすぐ下に書き留めた。

1-5-10-25-50

それからちょっとためらってから、こう書き足した。

または、50-25-10-5-1

「ツィマーマンさん」数字を書き終えると、彼はいった。「あなたはドゥーンさんかウォーリックさんのどちらかに賛成なさいますか?」

「どちらにも賛成できんね」ツィマーマンがいった。「それどころか、おれにいわせりゃ、見るほうのウィンドウだってまちがってる。両方のウィンドウで実際に数字があるとこは一ヶ所しかない。そう、スカーフのたれさがっている、電話のばかでかいダイヤルのとこさ」

「おやおや、仕事のことばかり考えていると、わたしのことをいえた義理じゃないな」ウォーリックが非難するようにいった。「さだめし、そのばかでかいダイヤルに電話線をつなげることでも考えていたんだろう」

「おれの数字で金庫が開いたら、そんな口もきけなくなるさ」ツィマーマンがいった。

「それでその番号というのは、ジャスパー?」ハスキルが訊いた。

「なあ、スカーフはダイヤルの上半分の五つの穴を通ってる。そう、一から五までのダイヤルの穴だよ。そこから垂直にたれさがってるため、スカーフはその下にある番号のついた別の穴にかかってる。こうして一は〇と、二は九と結ばれ、ほかも同様だ。それから、いちばん右のスカーフは白だ。そこから左に行けば行くほどスカーフの色は派手になり、最後の五と六にかかってるやつは赤だ」

「ああ、そいつは写真で見てとれる。でも、だからどうだっていうんだ、ジャスパー？」ドゥーンが尋ねた。

「宣伝文句だよ、ゲイブリエル。宣伝文句をもう一度、見てみろ――〈白からあざやかな色へ〉だ。つまり、そいつが数字の並び順を表してるというわけさ。白いスカーフは一と〇にかかってるから十で、それが組み合わせの最初の数字ということになる――」

ヴァーゼーは以下の数字をふたたび手帳に書きこんだ。

10-29-38-47-56

「さて、いよいよあなたの出番ですよ、ポール」ヴァーゼーはハスキルに向かってうなずいてみせた。

「わたしもほかのみんなと同様、推理をする際にみずからの職業から離れられなかった」学校教師はいった。「ジャスパーと同じウィンドウが推理の出発点だった。とはいえ、わたしの着目したのは例の米国の歴史に関する五枚のポスターのほうだ。それにいいかね、それぞれに特定の番号をあてはめるのはさほどむずかしくはなかったよ」

「ほう、というと？」ウォーリックが訊いた。

「最初の一枚――このポスターの絵を取りあげてみよう。〝七六年の精神〟と題されている。次に描かれているのはウッドロー・ウィルソンだ。彼が唱えた平和原則の十四ヶ条――それが参戦のねらいでもあったわけだが――のことは、どんな高校生だって知っている。いや、そうでなければならないはずだ」

ヴァーゼーは学校教師の厳格さに忍び笑いを漏らした。「続けてください」と先をうながす。

「砂金を捜している試掘人たちは」ハスキルは先を続けた。「もちろん〝フォーティナイナー〟と呼ばれた連中にきまっているさ――そう、カリフォルニアでゴールドラッシュの起こった、一八四九年にちなんでだ」彼が『いとしのクレメンタイン』（金鉱を捜す娘を歌った、米国西部のフォークソング）を鼻歌で歌うと、ほかのものたちはなるほどというようにうなずいた。

「それからリンドバーグ。大西洋横断無着陸飛行に単独で初めて成功した、〝孤高の鷹《ローン・イーグル》〟となると、これは数字の一以外には考えられない。

最後がベーブ・ルース。後に破られてしまったとはいえ、彼が達成したホームラン記録のことをだれが忘れられよう」

「六十本だ！」ウォーリックとツィマーマンが同時に叫んだ。

「さあ以上だよ、エドガー。ほかの連中のといっしょに、わたしの数字もきみの手帳に書き留めておいてくれたまえ」

ヴァーゼーはいわれたとおりにした。

76-14-49-1-60

「さあ」グラスの中身を飲み干し、立ちあがりながら記者がいった。「これからさっそくあの列に加わって、金庫が開くかどうか試してみようじゃありませんか。あなたがたの推理のどれが当たっているのか、じきにわかりますよ」

二時間後、一同はメリー・ティンカーの元のテーブルに戻ってきていた。なみなみと酒のつがれたグラスに、みなの意気消沈した顔が映っている。

彼らの考えたどの数字の組み合わせをもってしても、金庫の扉を開けることはできなかった。

「これで〈黒後家蜘蛛の会〉と張り合おうなんざ、おこがましいぜ」ツィマーマンがうめくようにいった。「きょうの集まりにあのアシモフの野郎がいなくて幸いだった。合わせる顔がないからな」

「しくじった」ウォーリックがいった。「まったくいいとこなしだ」

「名探偵きどりのぼんくらどもの集まり」ドゥーンがつぶやいた。「それがいまのおれたちさ」

「まあまあ、そんなに自分たちを責めるもんじゃない」ポール・ハスキルはかろうじて力のない笑みを浮かべた。「精一杯やってはみたんだから。それだけでもきみのところの新聞で紹介してもらう価値があるんじゃないかね、エドガー?」

ヴァーゼーは首を横にふった。「世間の人々は敗者ではなく、勝者のことを読みたがるものなんですよ」

記者は椅子を後ろに引いた。「まあ、とにかく楽しませてもらいました。でも、ぼちぼちおいとましないと――」

「まあまあ、もう少しお待ちください」すぐ脇でかん高い声がした。ヴァーゼーがそちらを向くと、しわくちゃの顔をしたメリー・ティンカーの主人兼バーテンのフィンドレーが自分のほうを見つめていた。

「全員の話を聞いたあとでなければ、お帰しするわけにはまいりませんので」フィンドレーがいった。「そうじゃありませんか、ヴァーゼーさま?」

「でも、みながひととおり推理を披露し合ったじゃないか」

「わたしはまだです。いいですか、このかたがたの困ったところは、〈黒後家蜘蛛の会〉の物語をちゃんと読んでいない点ですよ」

「というと?」記者がいった。

「〈黒後家蜘蛛の会〉の会員たちのほとんどが食事の席についているかたわらで忙しく立ち働いている人間がいるということを、すっかり忘れているのですよ」

「給仕のヘンリーだ」ハスキルがはっとしたようにいった。「いわれてみればそうだ」

「そうですとも」フィンドレーがいった。「ヘンリーです。そして、ほかの面々が――あなたがたがまさにされたように――ああでもないこうでもないと的はずれの推理を披露しているあいだに、ヘンリーはあざやかに真相をつきとめてしまうのです。謎解きの際、くだんの給仕は一風変わったきわめて独特のやりかたを用います。かくいうわたしも、突拍子もない考えかたをすると非難されてきました」

「するとなにかい」ヴァーゼーはフィンドレーをまじまじと見つめた。「どちらかのウィンドウのなかにある、ほかのだれも気づかなかったものに気づいたというのかい?」

「いいえ、めっそうもありません」フィンドレーは勢いよくかぶりをふった。「と申しますのも、あなたがたがひどく念入りにお調べになっていたウィンドウには、デイヴィー・ロータスが与えようとした数字の組み合わせについての手がかりなど、はなから含まれていないからですよ」

「でも、そんなはずはない! ロータスはたしかにぼくに――」記者はそういいかけた。

「座りたまえ、ヘンリー――いや――フィンドレー」隣のテーブルから椅子をひっぱってきながら、ハスキルが口をはさんだ。「つまり、正しい答えを見つけたというのかね? 数字はなんだったんだ? どうやってそれをつきとめた? それから、さっきの発言はいったいどういう意味――」

「まあまあ落ちついてくださいませ、ハスキルさま。まず最初に、みなさんが明らかにそろって見落とされた数字の組み合わせがあるということに注意を喚起いたしたいと思います。わたしが申しあげているのは、いうまでもなく、デイヴィー・ロータスがヴァリュー・トゥデー百貨店を開店したときにみずからの名前に割りあてた数字のことです。その話はだれもが知っております」

「ああ、そうとも」ツィマーマンがいらだたしげにいった。「Dが1、Aが2といったぐあいに、0に該当するおしまいのSまでそれが続くというやつだな。だが、12、34、56といったふうにそれらを組み合わせたとしても、その思いつきはロータスがウィンドウに金庫を飾った最初の日にだれかがもう試してる」

「それに、ロータスはウィンドウのなかに手がかりがあるといった」ヴァーゼーはテーブルをコツコツたたいた。「店の前で話をしたときにね」

「そうでしょうか?」フィンドレーが異を唱えた。「そんなにはっきりしたことをいいましたか? あなたのお口からやりとりのことをお聞きしたかぎりでは、そうは思えませんでしたが」

ヴァーゼーは思案げに眉をひそめ、「そういえば」としぶしぶ認めた。「手がかりはどこにあるのかとぼくが訊くと、『すぐそこに』といっただけだった。でも、たしかにウィンドウを指さしたんだ」

「ほんとにそうでしょうか?」フィンドレーが訊いた。「いえ、こんなぐあいに手をふっただけなのではありませんか?」小男のバーテンはあいまいな手の動きで部屋の隅を示した。「さきほどお話しになった際には、このようにしておいででしたが」

「ああ――いわれてみれば、そんな動作をしたな」記者は認めた。「だが、ウィンドウをのぞけば、あの古い建物には特にさし示すようなものはなにもないはずだ」

「お言葉ですが」フィンドレーが反論した。「それがあるのですよ、ヴァーゼーさま。そう、おふたりが立っていらっしゃったところから見逃しようのないものがです」

「なあ、フィンドレー」ウォーリックがいった。「ロータスが実際にはほかのなにかをさし示していたというのに、われわれはあのいまいましいウィンドウのことばかり考えていたというのかね？　やつはいったいなにを指さしていたんだ？」

「それは文字――もっと正確に申しあげますと、十の文字です。少なくとも一フィートの高さがあり、デイヴィー・ロータスの店の名前――ヴァリュー・トゥデー（Value Today）を綴ったものです」

「つ、つまり、店の名前そのものに手がかりが隠されているというのかね、フィンドレー？だが、いったいそのどこに？」

「ヴァリュー・トゥデーを綴った十文字がひとつ残らずデイヴィー・ロータス自身の名前のどこかに含まれているのを、奇異にお感じにはなりませんか？　偶然の一致なのでしょうか？　わたしはけっしてそうは思いません。金庫を見つけ、百貨店を開いたときから、デイヴィーはこのささやかな計画が頭のなかにあったのでしょう。だからこそ、店にこのような名前をつけたのですよ」

「ヴァリュー・トゥデーか」ほかのみなが興奮してざわめくなか、ハスキルは静かに考えをめぐらせた。「たしかに十文字だ。さて、これをふたつずつに分け――」

「そうそうそのやりかたです、ハスキルさま」フィンドレーはにこりとした。「ＶＡを例にとりましょう。さあ、最初のときにデイヴィーが自分の名前を用いて原価をこっそり記したやりかたでもって、これらの文字に番号を割りふってみることにします。すると、ＶＡは32になります」

「Ｌはデイヴィー・ロータスの名前では六番目、Ｕは九番目にあたるから、ＬＵは69だな」ヴァーゼーがつけ加えた。

「もう、おわかりでしょう」フィンドレーはテーブル越しに手をのばして、ヴァーゼーの手帳から紙を一枚破りとった。「わたしが見当違いをしていないかぎりは、これらの数字で金庫は開くはずです」

彼はちびた鉛筆で数字を書き留めた。

32-69-48-71-25

ウォーリックはぱっと立ちあがった。「さあ、ちょっくら行って、試してみようじゃないか」

彼がそういい終わらないうちに、ドアが開き、またバタンと閉まる音がした。細身で元気のいい女が部屋に勢いよく飛びこんでくるや、あたりをさっと見渡した。彼女はフィンドレーの姿を認めると、そちらに駆け寄った。

「やったわ、フィンドレー！　手に入れたのよ！」彼女は興奮ぎみに叫んだ。「ほら！」

彼女は大きなハンドバッグの底に手をつっこむと、長方形をした緑の紙切れを取り出した。そこにはグローヴァー・クリーヴランド大統領の顔が描かれ、四隅に千という数字が入っていた。

「みなさま」フィンドレーがいった。「妻のドリーをご紹介いたしましょう。前もってわたしの推理をたしかめに行かせておいたのです」

彼はテーブルの一団をずる賢く見やった。「みなさんの関心はお金ではなく、謎そのものにおありですから、お気になさらないものと存じますが」

ほかのものたちはたがいに顔を陰気そうに見合わせ、やれやれというように首をふった。

「ですが、ひとつお願いがありまして、ハスキルさま」

「なんなりといいたまえ、フィンドレー」学校教師はいった。

「わたしのために偉大なるアシモフ博士のご住所を調べていただけますか？　あのかたにお手紙をさしあげて、〈黒後家蜘蛛の会〉のおひとりおひとりにわたしの感謝の言葉を伝えていただきたいと申しあげるつもりでおりますので」

読まなかった男

緑のステーションワゴンが埃を巻きあげつつ長い車道を自宅のほうへとやってくるのをじっと見つめながら、モンティは服からセメントの粉をはらい落とし、ひたいをぬぐった。車はよろよろしながら大きなレンガ造りの家の前を通過し、木の切り株にあやうくぶつかりそうになったあと、ブレーキをきしらせながら、建築資材を積んでおいた場所にお尻を向けて停まった。

「頼まれたようにコンクリートブロックを持ってきてやったぞ、モンティ」運転手がいった。「ここにある代物とあわせれば、これでじゅうぶんだろう」

「ありがとうよ、フォード」モンティが応じた。「幹線から離れて暮らしてると、重たいものを運ぶのはひと苦労でね。うちのような小さな車ではなおさらだ。それから、手助けしてくれてありがたいよ。なにせ、セメントをこね、ブロックを積むことには、不慣れなものだから」

「気にしなさんな」フォードがいった。「実をいうとな、モンティ、あんたが声をかけてくれてうれしいくらいなんだ。あんたがおれに対していい感情を抱いていないと思ってたもんでね——そう、あんなことがあったあとでは」

モンティはしばらく押し黙っていた。目に涙が光る。やがて彼は片方の腕で顔を乱暴にぬぐった。「あれは事故だったんだよ、フォード。審問会でもそういう結論になった。あんたに対して腹を立てたところで、ヘレンは戻ってきやしないんだから、忘れるしかない。これからも生きていかなきゃならないんだから」

「そういうふうに思ってくれてありがたいよ」フォードがいった。「おれがあのことをどんなに申しわけなく思ってるか、わかるだろ。みんながあんたのように道理をわきまえてくれればいいんだが」彼はコンクリートブロックの山、セメント袋、こね鉢に目をやった。「なにをするつもりだ、モンティ?」

モンティは窓のない小部屋をさし示した。それは家の裏手につき出していて、その後ろの深い森に接していた。「先週これを造らせたんだ」と彼はいった。「暗室にするつもりで。職人がブロックを積みにやってきたとき、ぼくはここを留守にしてたんだが、戻ってきてみると、こちらの希望に反して余計なドアをつけてたというわけさ」

彼はフォードを部屋の裏の壁の長方形をした出入り口まで連れていくと、そろってうす暗い部屋のなかをのぞきこんだ。

モンティは部屋の奥にある木造のドアを指さした。「あっちは家のなかに通じてる」と彼はいった。「でも、いまぼくらが前に立ってる出入り口は、ここにあってはならないんだ。ここにドアがあると、うっかり錠をかけ忘れ、写真の現像をしてる最中にだれかが開けてしまうかもしれない。だから安全を期すために、ふさいでおきたいのさ」

「いいかい、おれはあんたみたいに暇な時間を読書ばかりしてすごしたりはせんが」フォードがいった。「そう、レンガ積みにかけては知らないことはないといってもいいくらいだ」

「そいつはありがたい。でも、作業にとりかかる前に一杯どうだい?」

「そういってくれるのを待ってたよ」

「バーボンでいいかな?」

「ああ。ロックで頼む」

モンティは家の脇のドアへと回り、キッチンに入っていったあと、中身の半分入ったボトル、グラス、それに角氷をたっぷり持って戻ってきた。フォードはボトルの首のところをつかんで、上に掲げた。

「コニッサーズ・チョイスか。おれのお気に入りの銘柄だ。だが、こいつをどこで手に入れたんだね? このあたりでも売ってるとは知らなかったよ」

「売ってやしないさ。知り合いがここを訪ねてきたときに持ってきてくれたのさ」

「あんたは飲まんのかい?」

「ああ。ヘレンの葬式のあと、浴びるほど飲んだからね」

フォードは酒をグラスに半分ほどつぎ、角氷をひとつ落とすと、冷えるのを待たずにいっきに飲みほした。「ふうっ」とため息を漏らす。「午後の仕事を始める前にはこいつにかぎる」

「ボトルを渡しておくから」モンティがいった。「あとは好きにやりたまえ」

フォードはモンティにこね鉢のなかでセメントと砂をどのように混ぜるかをやってみせ、水の加えかたを指示した。モンティが鍬《くわ》でそれらの入り混じったものをこねているあいだ、フォードはチョークで戸口に線を引いた。こてで湿ったセメントを塗ったブロックをその線に沿って横に並べると、水準器を用いてそれらが水平になっていることを確認した。

「最初はまっすぐにしておかなきゃならんのだ」彼はいった。「さもなけりゃ、ずれが生じちまうからな」

ブロックの列はみるみるうちに腰のあたりまで積みあがっていった。フォードはまたセメントの用意をすると、ボトルに手を伸ばした。それを口元に持っていき、ラッパ飲みする。

「ああ、いけるぜ」彼はにやりとした。「作業が終わるまでなくならなきゃいいんだがな」

「それのあったところに行けば、まだあるよ」フォードの緑のステーションワゴンのところまで行き、車の周りを回りながら、モンティがいった。彼は右前面のフェンダーの脇で止まった。埃にまみれてはいるが、その部分は明らかに車のほかのところより新しくて光沢があった。

「ヘレンをはねたのはここのとこかい?」フェンダーを指さしながら、モンティはいった。

「そうさ、モンティ。おかげで新品と取り替えなきゃならんかった」

「そんなに簡単に取り替えがきくとは、なんとも幸運なことだな」モンティは遠くを見るような目をして思いをめぐらせた。

「なあ、モンティ」話題を変えようとしてフォードがいった。「このブロックを積むのに、手を貸してくれんか。ひとりが部屋のなかに入って、両側から作業を進めていったほうが楽だからな」

「いいとも。だったら、あんたがなかに入ったらどうだい? そっちのほうが、日があたらなくて涼しいからね」

「そうしよう。でも、こいつは持ってくぜ」彼はボトルを握りしめた。

「ひっかかってブロックを落としちまわないよう、壁をまたぎ越すときには気をつけろよ」

「もう固まってるさ。どこでこのセメントを買ったのかは知らんが、すぐに固まるタイプのもののようだな」

フォードが壁を越えて部屋のなかに入ると、モンティはバケツ一杯のセメントを渡した。それからモンティは壁の向こう側にいる男のことをしばらくじっと見つめた。

「なあ、フォード?」

「なんだ?」

「あれはどういうふうに起きたんだ?」

「事故のことか?」

「ああ。あんたはそれについて一度も教えてくれなかった――審問会での証言をのぞいてね」

地下貯蔵室のような部屋でごくごくいう音がしたあと、ボトルを下に置く音が聞こえた。「あれは日が暮れた直後のことだった」フォードがいった。「おれがあんたの家の前の道を走ってて、あんたのところの車回しにさしかかったときに、奥さんがふいにおれの車のまん前に飛び出してきたんだ」

「よけることはできなかったんだね?」

「彼女の遺体が横たわってたところをあんたも見たろ、モンティ。道のどまんなか近くだったじゃないか」

「警察官はあんたが酒を飲んでたと証言したが」

「ピートの酒場で一杯やっただけさ。バーテンもおれが一杯しか飲んでないと証言した――やつがそういったのをおぼえてるだろ？　おれは酔っぱらってはいなかった——あれはただの事故だったんだよ、モンティ」

「わかったよ、フォード。ただ訊いてみたかっただけさ」

午後が深まるにつれ、壁はレンガを残すところあと二段というところまで来た。モンティはフォードにまたセメントの入ったバケツを手渡したが、相手はそれをあやうく落としそうになった。そのころになると、ボトルはほぼ空きかかっていた。

「フォード？」モンティが声をかけた。

「なんだ、モンティ？　今度はどうした？」

「外に出て、壁を仕上げたらどうだ？」

「いいや。部屋の両側からやったほうがはるかに楽さ。そうしたほうがブロックもきちんとおさまる。ひょい！——といったぐあいにな」

「だったら、作業が終わったら、家のなかを通ってく必要がある」

「いいともさ。家のなかで落ちあって、一杯やろうじゃないか。なあ、ここには明かりはないのか？」

「ああ、まだ電気を引いてないんだ」

「そうかい。まあいい、ブロックをくれ」

そうこうするうちに、ブロックをあと一個はめれば完成というところまでたどりついた。モンティがひと休みしているあいだにフォードはボトルを飲みほし、それをすきまから外に放った。

「あとブロック一個で完成だ、モンティ」彼はもぐもぐいった。「さあ、そいつをよこせ。あとはおれが仕上げてやるから」

「フォード?」

「おい、今度はなんだ?」

「事故の翌日、ぼくはそれが起きた現場に行ってみた。ただなにかせずにはいられなかったからだ」

「それがどうしたい、モンティ坊や?」

「道のすぐ脇に立ってるうちの郵便受けの支柱に塗料がついてるのを、ぼくは見つけた。そいつは緑色の塗料だったよ、フォード。そう、あんたのステーションワゴンに塗られてるようなやつさ。それに、その二日前に水漆喰を塗ったときには、支柱にはついちゃいなかった」

「それがおれとなんの関係がある?」

「とにかくそれによって、あんたがいうように道のまんなかを走行してたのなら、どうして支柱に塗料がついたんだろうという疑問がわいてくる。そうじゃないか、フォード?」

「あんたの郵便受けのほうに車を寄せ、おれはなにをしてたというんだ?」

「あんたは酔っぱらってたんだよ、フォード」

「いいか、モンティ、ピートの店のバーテンはおれが一杯しか――たったの一杯しか飲んでないと証言してる。たったの一杯でどうして酔っぱらうというんだ?」

「車にボトルがあったのさ」

「警察は車のなかを捜索した。連中はボトルなど見つけなかったぞ」

「ああ。でも、ぼくは見つけたよ。あんたは道路の反対側の岩山のほうにボトルを放った。だが、そいつは割れなかったんだよ、フォード。つぎの日にぼくはそこでそれを見つけた」

「なるほど。で、そのボトルとやらはいまどこにある?」

「ぼくがそれを見つけたとき、中身はまだ半分残ってた。あんたは午後いっぱいかけて、そいつを飲みほしたのさ」

フォードは壁の最後のすきま越しに夕暮れの日ざしを浴びて輝いているボトルを見つめた。モンティがすきまのほうに顔を寄せると、彼は唇をなめた。

「ヘレンを轢《ひ》いたとき、あんたは酔っぱらってたんだろ、フォード?」モンティが叫んだ。「ピートの店で飲んだもののせいじゃなく、車に置いてあったボトルのせいでだ! ヘレンはあんたの車の前に飛び出したんじゃない! あんたが道をはずれ、彼女がうちの郵便受けの脇に立ってるところをはねたのさ。そのあとあんたは彼女の死体を道のまんなかまで運び、彼女のほうに過失があったと警察に思わせようとした。あんたが投げ捨てたとき、ボトルが割れてさえいたら、うまくいってたろうな。だが、割れなかったんだよ、フォード。それをぼくが見つけた。そう、あんたのお気に入りの、コニッサーズ・チョイスのボトルをね!」

フォードはしばらく押し黙っていたが、やがてにやにや笑いが満面に広がった。「そいつを証明するのはことだろうな、モンティ坊や」

モンティはおだやかにほほえんだ。「証明する必要などないさ、フォード坊や」

「どういう意味だ？」

「さっき、あんたは読書が苦手だといったよな」モンティがいった。「あんたは本を読むということがないのかい？　ときにはミステリを読んだりしないのか？」

「読むもんか。そんなのは時間のむだだ」

「そいつはかえすがえすも残念だな」

「おい、いいか、もうこれ以上ここにつっ立ったままおまえさんの話を聞いてるつもりはない。とっとと帰らせてもらうぞ。ここに来ることはかみさんにはいってないんだ。それに、この壁ももうできあがるしな」

「あんたのいうとおりだよ、フォード。もうできあがる。でも、あんたはこっちから壁をすり抜けては出られないぜ。その小さなすきまを通ろうにも、あんたの巨体がじゃまをするからな」

「家のなかに通じてるドアのことを忘れたのかい、モンティ坊や？　それがおれの脱出口さ。錠をかけてあるなら、無理やりこじ開けりゃいいだけのこった」

「そうしてみろよ、フォード。あのドアを通り抜けるがいいさ。錠はかかってないぜ」

フォードの顔が壁のすきまから消えた。ドアが開く音に続いて、こぶしでレンガの表面をたたく音がした。やがて、モンティの耳にフォードの叫び声が聞こえてきた。

「まがいものだ！　このドアは贋物だ！　後ろにはレンガの壁があるだけじゃないか！」

「そうとも。きのう、ぼく自身の手で——この家のすきまひとつない壁にドアを取りつけたのさ」

フォードの顔がふたたび小さなすきまのところに現れた。「いったいおれをどうしようってんだ、モンティ?」

「ぼくらが結婚してどれくらいたってたか知ってるか?」モンティが答えた。「たったの十一日だぞ、フォード。将来のことを十一日間、夢に描き合っただけで、あんたがしこたま飲んでやってきて、ほんの一瞬のうちにすべてを奪い去ってしまったんだ。そのうえ、あんたは罪を免れようとした。ぼくの望みはひと言ではいい表せないよ、フォード。正義――満足――復讐。どれでも好きなものを選ぶがいい」

モンティはブロックを手にとると、セメントをはしに塗り始めた。フォードは音を立てずに口をぱくぱくさせながら、それを見つめていたが、やがて「後生だから《フォー・ザ・ラヴ・オブ・ゴッド》、モンティ!」と叫んだ。

モンティはほほえんだ。両手で最後のブロックを抱えながら、すきまに歩み寄る。「それでは」と彼はいった。「ごきげんよう《フォー・ザ・ラヴ・オブ・ゴッド》!」

ブロックはすきまにすっとはまった。セメントが固まる前に押し出されたりしないよう、モンティはそれを長い板で押さえた。ブロックが動かなくなると、モンティはフォードのステーションワゴンのところに行き、運転席に座った。

ものの十分もあれば、前の日に自分の車を駐めておいたところにたどりつくだろう。ステーションワゴンから指紋をぬぐいとるのに時間をかけても、一時間以内に家に帰りつけるはずだ。

いまや完全に密閉された小部屋にふたたび目をやりながら、いつの日かこの部屋をりっぱな暗室にすることができるかもしれないという思いが浮かんだ。そうする気になるまでには、まだまだ時間を要するだろうが。

モンティは悲しげに首をふった。「あんたがミステリに興味を抱いたことがないのはかえすがえすも残念だよ、フォード」とつぶやく。「エドガー・アラン・ポーの「アモンティリヤアドの酒樽」を読んだことがあれば、自分の身になにが起ころうとしてるか、いやというほどわかってもらえたろうにな」

彼はエンジンをかけ、ステーションワゴンをゆっくりと走らせた。ふさがれた戸口の前にさしかかると、目が冷たく光った。

「安らかに眠れ！」言葉が口をついて出た。

ザレツキーの鎖

「私立探偵がこちらに、マジシャンが向こうに！」ジェフリー・グローシャーは笑みを浮かべながら感嘆の声をあげた。「きみらふたりがわたしとささやかな食事をいっしょにする気になってくれて、自分はなんと運がいいのだろうと思っているところだよ」

グローシャーは長い食卓から椅子を後ろにひくと、自分とふたりの連れが食べ終えたばかりのすばらしい夕食の残りをじっと見つめた。「そして、わたしの理解しているところによれば、きみらは過去十年間にわたって、はげしい争いをくりひろげてきた——むろん、比喩的な意味でいっているのだがね」彼は先を続けた。「今宵《こよい》も火花をちらし合うようなやりとりを期待しているよ」

広大な屋敷の下の海浜に波が打ち寄せる際のかすかなうねりをのぞけば、しばらくなにも聞こえてこなかった。やがてグローシャーの左側にいる男が椅子の上でわずかに身動きした。四本のロウソクで食卓が照らされているだけの暗がりのなかで、男の頭は一見したところ、椅子のひじ掛けから数フィートばかり上のところに浮いているように映った。本人が非常に誇りに思っている小さな尻とたくましい胸や肩の身体を強調するために、男が特別仕立てで作らせたタキシードを着ていることに気づくまでは、そのまやかしは非の打ちどころがなかった。タキシードはいうまでもなく黒だったが、ひどく奇妙なことに、糊《のり》をつけられた、染みひとつない清潔そのもののシャツの胸部も黒くなっており、それはカフスボタンやボタンにしても同じだった。

その効果たるや疑いようもなく絶大だったが、別段それは驚くにはあたらない。非凡な脱出技専門のマジシャンであるライリー・レンは、おのれの外見によって強い印象を与えることがいかに有利かを知りつくしていたからだ。

「グローシャーさん」レンがいった。「わたしもあんたも、世故《せこ》にたけた人間だ。わたしがあんたの招待を受けたのは、脱出ということに関してあんたが類のない挑戦を行なうと確約したからだ。とはいえ、われわれふたりと、こ、この二流の私立探偵とに、いったいどんな共通点があるというんだ？　そう、わたしの罪をどうにかしてあばこうという執念にこりかたまった、この男とのあいだにな」

「黙れ、レン！」三番目の男ロイ・ベドローは、しわの寄った安物の背広を着ていた。市警察の元警部補で、つい最近、私立探偵を開業したばかりだ。「おれがここにやってきたのは、グローシャー氏に雇われたからだ」彼はいった。「だが、おまえが来ると知ってれば、仕事を断るんだったよ」

「ほう、そうかい？」ライリー・レンはせせら笑うように、眉を片方だけつりあげた。「すると、あんたは日当とただ飯にありつくために来たってわけか？　窃盗を働く、このわたしを捕まえるためにではなく？　そいつはがっかりだな、ベドローさんよ」

ベドローは手負いの雄牛のようなうなり声をあげ、食卓のほうに身を乗り出すと、怒りに満ちた大きな拳をレンに向かってくり出した。マジシャンは椅子をわずかに後ろにひいただけで、からかいの相手に向かって冷笑を浴びせかけた。

「まあまあ、諸君。落ちつきたまえ」ジェフリー・グローシャーが指輪で食卓のはしをコツコツたたくと、ふたりの客はしんとした。「激論を戦わせているさまをながめることが楽しいのは否定しない」彼は低く重々しい声でいった。「何度か、客どうしの口論が殴り合いに堕してしまったこともある」楽しい思い出を味わうかのように、彼は笑みを浮かべた。それからベドローとレンに向かって警告するように指をふった。「だが、いまはそうすべきときではない。さあ、ブランデーでも飲んで、品よくふるまおうじゃないか——少なくとも、しばらくのあいだはな」

　グローシャーは自分の皿の脇にある小さな呼び鈴を鳴らした。背後の戸口から、使用人の白い制服に身を包んだほっそりした青年が入ってきた。汚れた皿をさっとかたづけ、三人のバルーングラス（ナシ型をしたブランデーグラス）にブランデーをそそぎ、ひとりひとりに向かって手巻きの葉巻をさし出す。葉巻に火をつけたあと、青年は静かに退いた。

「教えてくれ、グローシャーさん」ベドローがいった。「なんであんたはおれたちふたりに今晩ここに来るよう頼んだんだ？　きのうあんたから電話をもらうまでは、あんたの名前すら聞いたことがなかったというのに」

「なんであれベドロー氏と意見を同じくするのはごめんこうむりたいものだが、彼がわたしの頭を悩ませてるのと同じことを訊いてくれたのは認めざるをえないな」レンがいった。「あんたはわたしには挑戦を、ベドローには仕事を申し出た。片方の好奇心をそそり、もう一方の貪欲さに訴えることで、われわれをあんたの屋敷に呼び寄せたんだ。いったい、なんのために？」

「遠回しに探りを入れるようなまねはしないというわけだな?」グローシャーがいった。「ふたりとも行動のひとと見える。うらやましいかぎりだな。わたしの場合は、いつだって参加者ではなく傍観者でいたからね」

「いったい、なにがいいたい?」ベドローが訊いた。「さっさと要点に入ってくれ」

「要するに」グローシャーが答えた。「わたしは常に退屈と戦っているということさ。さあ、諸君らの周りを見てみたまえ。この屋敷は世界中にある七つの持ち家のうちのひとつだ。きみらが食事に用いたのは最高級のセーブル焼きの磁器皿だよ。壁に掛かっている絵は、この国のどんな美術館に飾っても恥ずかしくない。いま飲んでいるブランデーのボトル一本だけで、きみの一週間分の収入に匹敵するだろう、ベドローくん。金銭的な面でいえば、わたしはたしかに〝恵まれている〟。だが、この退屈というやつばかりはどうしようもない。

金持ち連中につきものの遊びはどれもうんざりさ。ジェット機で各地を飛び回ったりもしたが、いたずらに疲労困憊しただけだった。スポーツは気を滅入らせる。ボールをあちこち移動させるだけのために、気のふれた人間のように突進するのかと思うと、それだけでぞっとするよ。女性とのつき合いにしても、この歳になれば、もう胸がときめかん」

「お気の毒だな――とりわけ、女性とのつき合いうんぬんということに関してはな」レンがいった。「だが、あんたはまだこちらの質問に答えていない。われわれはなんのためにここにいるんだ?」

「わたしがいまだに心を奪われている遊びがひとつだけある。それは緊迫した状況下に置かれた人間を観察することだ」グローシャーが先を続けた。「わたしはいわば、人間性の熱心な研究者なのだよ。わたしはおりにふれては、ここに一組の人間を招待してきた。そう、〝険悪な〟仲になっているふたりをだ。そうしたうえで、わたしのある種の申し出に対して彼らが示す反応をながめては、ささやかな楽しみを味わってきたというわけだよ」

「それで、あんたが心に抱いてる、われわれに対する〝申し出〟とやらはなんなんだ？」レンが尋ねた。

グローシャーは椅子に座ったまま軽く身体をひねると、使用人を呼ばわった。「フィリップ！ベドローとレンの両氏に関するファイルを持ってこい」

青年はほとんど間髪入れずに姿を見せ、大きなマニラ紙の封筒をグローシャーに手渡した。

「この一年をかけ」グローシャーはいった。「わたしはきみらふたりに関して、かなり調べてみた。情報に対して金を払う気さえあれば、なんでもつかめるのには驚かされるよ。世界中のだれよりもきみらふたりについては知っているつもりだ。ことによれば、きみたち以上にな。

きみを例にとろうか、レンくん。きみは脱出技専門のマジシャンとして、かの偉大なるフーディーニ（ハリー・フーディニ。脱出マジックで一世を風靡した、ハンガリー生まれの米国のマジシャン）よりも有名になりたいという願望に取りつかれている。きみは脱出してみせよといういかなる挑戦にも応じ、どんなところに閉じこめられようと、ひもやロープで縛られようと、それ以外の方法で動けなくされようと、常に脱出に成功してきた。運の悪いことに、きみが選んだのはいつもいつも実入りのいい現場というわけではなかった。演し物を続け、宣伝にあてるための資金を捻出するためには、他の手段に頼らねばならなかった。それらの手段のうちのいくつかは、法に適《かな》っているとはいいがたいものだった。さて、そこできみの出番だ、ベドローくん」

グローシャーは封筒に手をのばし、何枚かの紙を束ねたものを取り出した。「わたしはね、ベドローくん、きみが病的といっていいほどの熱心さでもって、相手の犯した犯罪のうちのひとつでも立証しようと、過去十年間にわたってレン氏を追っていたことを知った。ことの起こりはきみが警察官としてパトロールにあたっていた巡回ショーで、そこでレンはトランクからの脱出を試みたのだ」

「ああ、やつは錠のかかったトランクから脱出し、観客席の後ろに現れた」ベドローがいった。「ただ問題なのは、そこにいることをだれにも悟られないうちに、観客のうちの四、五人から金をすりとったということさ。おれはやつを逮捕したが、証拠不十分で不起訴になった。それがおれの経歴に生まれて初めてついた傷だった。そのときおれは、レンをしまいには必ず捕まえてやると誓ったんだ」

「無理もない」グローシャーがいった。「以来、十年にわたって、きみはレン氏を〝捕まえる〟ことに膨大な時間を費やしてきた。そしてその結果たるや――」

「惨憺《さんたん》たるものだった」レンが口をはさんだ。「こっちの経歴《レコード》には傷ひとつついてないばかりか、前科《レコード》もないからね」

「きみらふたりに関係した、もっとも最近の出来事は」グローシャーがさっさと先を続けた。「新聞で大々的に扱われていた。わたしがきみらに初めて関心を抱いたのも、その記事によってだよ。たしかそれは、きみの警察の一員としての最後の仕事になったんだったな、ベドローくん?」

レンは心得顔でうなずき、「そうとも」とにやりとしながらいった。「あれは偽札事件だったよな、ベドロー? おぼえてるか? どういうわけか、あんたはわたしが米国造幣局の手をくぐっていない百ドル札を所持してると思いこんでた」

「ああ、おぼてるとも」ベドローがうなり声でいった。「その札がたった一枚ありさえしてたら、さすがのおまえにもいい逃れようがなかったんだからな」

「くわしい話を聞かせてくれ、ベドローくん」グローシャーがうながした。

「問題の札を飲みこんだりなんだりする暇のないうちに、おれは部下どもといっしょにさっと踏みこみ、こいつの身柄を抑えた。おれがこいつを見張ってるあいだに、ほかの連中が部屋のなかを捜索した。そのあと全員でこいつの身体検査に取りかかった。三時間かけてこいつの身体検査や家宅捜索をくり返したものの、証拠品は見つからなかった。あの札はどう始末したんだ、レン? そのときのガサ入れの責任をとって、警官を辞めることになったんだから、こっちには知る権利があると思うがな」

「まさかわたしに、それを持ってたと本気で認めさせるつもりじゃないだろうね? なんといっても、証人が目の前にいることだしな。ただ、たばこの火が消えないようにするのにわたしがかなり苦労してたことは、あんたもおぼえてるんじゃないか? そいつはおまけにひどい味がしたよ——たばこの葉というより、まるで紙を巻いたような感じだったな。とはいえ、わたしはそれをしまいまで吸いきった。あんたは吸い殻を入れる灰皿を手渡してさえくれたっけ」

「つまり、おまえはあの札を丸めて、たばこの巻紙で周りを覆い、それに火をつけたというのか——このおれの見てる前で？　くそっ、なんでそいつが——」

「まあまあ、ベドローくん、落ちつきたまえ」グローシャーがいった。「いずれにせよ、新聞記事がわたしの好奇心をそそった。わたしは調査を始め、その結果、こうしてきみらと同席させてもらっているというわけだ」

「さっき、あんたは申し出とやらを口にした」レンがいった。

「ああ、そうとも」グローシャーがいった。「わたしは競争のようなものを頭に描いていた。勝ったほうが褒美をもらえる——そう、なによりも欲しいものをだ」

「競争？」

「そうだ。レンくん、きみには脱出の腕前を披露するようにという課題が与えられる。きみが脱出に失敗するか、それともベドロー氏が優秀な探偵ぶりを発揮し、きみがいかにしてそれを成し遂げたかをつきとめたなら、わたしは彼にきみを七年間刑務所に入れておけるだけの証拠をくれてやるつもりだ」

「証拠だと？」レンがいささか驚いたようにいった。「いったい、どんな証拠があるというんだ？」

「四ヶ月前に」グローシャーが答えた。「ベルレイ化粧品会社が二万ドル以上の現金を強奪されるという事件があった。それをやったのはきみだよ、レンくん。きみには共犯がふたりおり、そのうちのひとりはそのあとに死んでいる。きみは黄褐色の一九六二年製のフォード社の小型バンで、正面ゲートに乗りつけた。ふたりの助手に手伝わせて塀を乗り越えたあと、きみは配電室に直行し、ヒューズをはずして警報装置が作動しなくなるようにした。そのときさみはゴム手袋をはめていた——外科医が使う類のやつをだ。金の入っている金庫を見つけたあと、三度ダイヤルを試してから、ようやくそれを開けることができた。まだ続けるかね、レンくん?」

ライリー・レンの目は驚きのあまり見開かれた。「あんたはこれを証明できるというのか?」

「きみが塀に手をふれた瞬間から、きみのいっさいの行動が自動的に録画されていたのだよ」グローシャーがいった。「いいかね、ベルレイの工場施設はわたしの持ちものであり、自分の出資したものを守るために隠しカメラが設置してあったというわけさ」

グローシャーはベドローのほうを向いた。「きみにさらにやる気を起こさせ」と探偵に向かっていう。「わたしのささやかなゲームに参加するさらなる動機を提供するために、レン氏が失敗を認めるか、彼がどのように脱出したかを、きみがわたしに得心させてくれた瞬間に、きみに五千ドルをくれてやろう」

「そんな大金を家のなかに置いてるのか?」ベドローが訊いた。「レンがおかしな気を起こしたら、どうするつもり——」

「いやいや、なんの危険もないさ。貴重品の入っている金庫室は、フィリップの部屋の隣にあるからな」

「あの小僧の? あんなやつになにが——」

「フィリップはあんなきゃしゃな身体をしているが、接近戦にはひどくたけているんだよ、ベドローくん」

「こっちもボクサーとしてはなかなかのもんだったがね」レンが口をはさんだ。

「たしかにリングのなかでなら、きみはフィリップを苦もなく負かすだろう」グローシャーがいった。「だが、彼が訓練を受けた戦術を用いれば、三十秒もしないうちにきみを無力にするか、ことによれば殺してしまうことも可能だ。だから、わたしの金が盗まれる心配はないのだよ」

「あんたのこの〝ゲーム〟とやらだが、なにかお忘れじゃないかい、グローシャーさん？」レンが尋ねた。

「というと？」

「もしもわたしが勝ったら、どうなる――わたしが脱出に成功し、ベドローがその方法をあんたに伝えることができなかったら？　わたしはなにをご褒美にもらえるんだ？」

「きみがはなばなしく主演を務めているフィルムだよ。加えて、きみが脱出に成功したという事実が、きみをその分野で世界的に有名にするだろう」

「それから、わたしはなにから脱出することになってるんだ？」

グローシャーはマジシャンのほうに身を乗り出した。瞳がロウソクの光のなかできらりと光る。

「ザレッツキーの鎖からだよ」彼はゆっくりとそう口にした。

ベドローはレンの落ちつきはらった態度が不要品のマントのようにかなぐり捨てられるのを目のあたりにした。「ザレッツキーの鎖だと――あんたはそのありかを知ってるのか？」マジシャンはささやき声でいった。

「ちょっと待った!」交通整理の巡査が車に停まれと合図するときのように、ベドローは片手を上に掲げた。「そのザレツキーの鎖とやらは、いったいなんなんだ?」

「アントン・ザレツキーは」レンが声を震わせながらいった。「ヨーロッパでもっとも偉大な脱出技専門のマジシャンのひとりだった。そう、拘束服からの脱出といった、ありきたりのマジックも行なったさ——だが、もっとも得意にしてたのは鎖からの脱出だった。

ザレツキーはきわめて硬い鋼《はがね》で鎖を造らせた。その両はしにつけられた手錠をはずすためには、三つの異なる鍵が必要だった。ヨーロッパじゅうの錠前の専門家がその鎖を調べ、おかしなところはなにもないという確固たる結論に達した。手錠にひとたび錠がかかるや、三つの鍵以外にそれをはずす術はないという声明書に、彼らはそろって署名した。

ザレツキーはショーのあいだ、底が金属でできてる大きなガラスの水槽に入る。観客のうちの何人かが彼の服を脱がせる。あるときなどは、手錠をはずせるなにかを持っていないかどうかを確認するために、X線にかけさえしたよ。そのあと連中は水槽の底に溶接してある鉄の環に鎖を通してから、ザレツキーの腕に手錠をかける。続いて鍵穴に溶けたロウを流しこみ、ロウにシールを貼って、手錠をはずそうにもはずせないようにする。ほかのみなが水槽から出るや、巨大なホースが水をそそぎこみ始める」

「そんなことをしたら、溺れちまうじゃないか」ベドローがいった。

「だれもがそう思ったさ。水槽がいっぱいになり、水がザレツキーの頭の上に達するまで、十分ほどしかかからない。だが、水が胸のところまで達すると、円形のカーテンが水槽をぐるりと覆うようになっている。カーテンの周りにはぎっしりひとがいて、ザレッキーの手助けをしにだれかがなかに入っていかないよう見張ってる。数分後、カーテンは持ちあげられる。水槽は水でいっぱいになっているものの、ザレッキーはといえば、その脇の舞台の上にびしょ濡れで立っている。鎖はその足もとに転がっている。そのあと、鎖はふたたび調べられる。手錠は錠のかかったままで、ロウとシールにもなんら異状は認められない」

「それで、そいつは毎回成功したのか?」ベドローが尋ねた。

「いいや。プラハでカーテンがあがったとき、底に鎖でつながれた状態で、彼はまだ水槽のなかにいた。溺死していたんだ」

「だが、ほかのときにはどうやって脱出したんだ?」

「それはだれにもわからん。マジシャンたちのあいだでは、そのマジックはフーディーニがニューヨークのヒッポドローム劇場で象を消し去ったのと同じくらい有名だ。そしてザレッキーが埋葬されたあと、鎖はどういうわけか消えてしまった」

「そして、いまわたしの手元にあるというわけだ」グローシャーがいった。彼は呼び鈴を鳴らして、使用人の青年を呼んだ。

「鎖を持ってこい、フィリップ」青年が姿を見せると、グローシャーは命じた。「どうやら、レン氏はわたしの挑戦を受ける気になったと見える」

「どんな有能なマジシャンでも、その鎖をひとめ見られるのなら、魂を売り飛ばすだろうよ。

まして、その脱出トリックを再現しようとしないやつがいるものか」レンがいった。

フィリップが戻ってくると、ペドローは青年の手のなかにあるものを毒蛇の一種かなにかのように見やった。鎖はたかだか三フィート（約九十センチ）の長さだったが、その大きな輪たるや、まるで鉄のドーナッツが結び合わされているようだった。鎖の両はしには鉄製の手錠がついていた。手錠の鍵穴からはロウがきれいに取り去られ、鎖は短いとはいえ、象でさえも抑えておけるくらい頑丈なように映った。

「それから、ここには水槽もあるんだろうな?」フィリップの手から鎖を受けとり、それをおそるおそる扱いながら、レンが尋ねた。

「まさか、そんなわけはないだろ。おいおい、わたしを人殺しにするつもりかね!」グローシャーが大声をあげた。「わたしの望みはただ、きみが脱出できるかどうかたしかめたいだけだ。失敗したときの代償はもう十分すぎるほどだ。きみの死など望みはしないよ」

「こいつをなんにくくりつけるつもりだ?」ペドローが訊いた。

「それにうってつけのものがあるのだよ」グローシャーが答えた。

食卓の上にあった燭台をつかむと、グローシャーは立ちあがり、ペドローとレンにあとについてくるよう合図して、広大な屋敷の玄関のほうにずんずん歩いていった。外に出たあと、グローシャーは手入れのいきとどいた広い庭を照らし出す投光照明のスイッチを入れた。海浜に打ち寄せる波の音はさっきよりも大きくなっている。コンクリートの小道は、ひと続きの木の階段の最上段へと通じていた。この地点で地面はふいに消え失せ、その先は五十フィートの高さの切り立った崖になっている。崖の下のあたりは明かりに照らされており、ベドローには小さなプライベートビーチとボートのドックが見てとれた。

燭台を片手に、もう一方の手に鎖を持ったグローシャーを先頭に、三人は階段をおりていった。下に着くと、グローシャーは海浜のまんなかにある旗竿《はたざお》のほうをおおげさな身ぶりで示した。

コンクリートで固定された旗竿は、高さが三十フィート（約九メートル）、根元の厚さが十八インチ（約四十五センチ）ある、まっすぐなマツの丸太だった。船のマストに似せようとして、長さ八フィート、厚さ四インチのスパー（マストに使う円材）が、竿の三分の二あたりの高さのところに水平につけられている。スパーは竿に、直径一インチのお手製の鍛造《たんぞう》ボルトで留められているだけだった。竿にもスパーにもつい最近、白い塗料が塗られていたが、帆を支えるロープやもろもろの索具装置は見当たらなかった。そのため、残されているのは巨大な十字架だった。

グローシャーが竿の根元をたたくと、堅い木に肉のあたる、ゴツンという鈍い音がした。「これならまさにうってつけのはずだ」ポケットからハンカチを取り出し、それで両手をごしごしとこすりながら、彼はいった。「塗料のほうはお粗末な代物だがね。竿をさわっただけで、くっついてきてしまうくらいだからな。だが、木のほうは頑丈そのものだよ」

「ああ、これならやつを留めておける」ベドローがいった。「だが、やつに鎖をかける前に、おれにやつの身体検査をさせるってのはどうだ？」

「そいつはアンフェアだぞ」レンがおだやかにいった。「ついさっき、ふたりして聞かされるまで、わたしはグローシャーの挑戦がどんなものなのか知らなかった。だから、前もって準備をしておけたはずはない。いま手元にあるものはなんであれ、使わせてもらいたいもんだな」

「この男のいうことにも一理ある」グローシャーがいった。「いいとも、認めよう」

「だが、こいつがそのおかしな服に弓のこを忍ばせていないと、なんでいい切れる?」ベドローが異を唱えた。

「いい切れんな。だが、それを使ったとしたら、きみには彼が脱出に用いた方法がわかるから、きみのほうの勝ちということになる。わたしの出した条件では、鎖にいかなる傷もつけることなく、手錠をはずさねばならない。おまけに、この鎖ほど硬い鋼を切るには、それこそ何時間もかかるだろう」

「それで思い出したが」レンがいった。「あんたはわたしにどれくらい時間をくれるつもりだ?」

「ザレッキーは五分ほどでやってのけた」グローシャーがいった。「そうはいっても、彼には十分に予行演習をする時間があった。きみにはこの苦境から抜け出すすべを思いめぐらす時間が必要だろう。そう、一時間ということにしよう。一時間以内にきみがさっきの食卓にふたたびつくことができなければ、ベドロー氏の勝ちということになる」

レンはうなずいた。ベドローはマジシャンを旗竿のほうに乱暴にひっぱっていくと、両手で竿を抱えさせた。続いてグローシャーが両方の手首をつかみ、それにザレッキーの鎖の手錠をかける。ベドローは手錠をふたつとも調べ、どちらかがゆるくなっていて、レンがそこから手をひっこ抜くようなことがないか、たしかめた。

「さあ、最後の仕上げといこう」グローシャーはそういって、レンの手首を順々につかむと、手にしていたロウソクを傾け、溶けたロウが手錠の鍵穴に流れこむようにした。やがてロウが固まると、その上に親指の爪でぞんざいに〝G〟と刻んだ。

「おおざっぱだが、シール代わりにはなるだろう」グローシャーがいった。「錠に細工をしようとしたら、これでわかる。それではきみをひとりにしてやるとしようか、レンくん。われわれは一時間ばかり、食堂でおしゃべりをしているよ。きみがだれにもじゃまされずに作業に取りかかれるよう、この海浜以外の外の明かりは消しておいてやろう」

向きを変えて階段をのぼり始めたグローシャーとベドローの耳に聞こえてきたのは、鎖が旗竿にあたるチャリンという音だけだった。

食堂に戻りつくと、ベドローは腕時計をじっと見つめた。十五分が経過しただけだったが、それは何時間もに感じられた。あと四十五分すれば、レンのやつを〝捕まえる〟ことができるのだ。

「ずいぶんと静かだな、ベドローくん」グローシャーはくっくっと笑った。「なんでそうなのか理解に苦しむね。このささやかなゲームで、きみが失うものはなにもなく、得るものははかり知れないのだからな」

「やつはやってのける気がするんだ、グローシャー」ベドローがいった。「おそらくレンはあの鎖から脱出するだろう。とうてい不可能だが――それでもやってのける。あれはなんだ？　足音が聞こえたぞ！」

「あれはフィリップだよ。あいつが動き回るたびにきみがはっとするといかんから、ここに呼んでおいたほうがよかろう」

呼び鈴が鳴らされると、フィリップが部屋にやってきて、グローシャーの椅子の脇に立った。

「さあ、おとなしく座っておれ」グローシャーがいった。「おまえはベドロー氏の神経にさわっているようだからな」

フィリップは無言のままレンの椅子に座り、ベドローと向き合うと、平然と探偵を見つめた。しまいにはベドローのほうが腕時計にふたたび視線を落とした。

「二十分たった」ベドローがいった。「たったの二十分だ。ちょっとばかりようすを見てきたほうがいいかもしれん」

「そんなことをしたら、ゲームにならんよ」グローシャーがいった。「一時間のあいだはひとりきりにすると、やっこさんに約束したからな」

グローシャーが新たな葉巻を口にくわえると、フィリップがポケットから木のマッチをすかさず取り出した。火のつく前に、マッチは彼の指のあいだから食卓の上にぽとりと落ちた。青年は別のマッチを取りだし、親指の爪でそれをはじいて火をつけると、グローシャーのほうにさし出した。グローシャーが葉巻を思いきりふかす。

さらに十分が経過した。

グローシャーがゆったりと葉巻をふかすあいだ、ベドローはフィリップが二本の木のマッチを無意識にもてあそぶさまをながめた。青年はそれらを食卓の上に置き、燃えさしのほうをもう一本の上に直角になるよう重ね、Xの形にした。それからマッチ棒がたがいに平行に並ぶまで、上のほうのマッチを回転させた。これを数回くり返したあと、指から指輪をはずすと、Xのはしのひとつをそれにするりと通し、もう一本のマッチにあたるところまで指輪を運んだ。最後にマッチをくるりと回転させ、二本が平行になるようにし、指輪にマッチを二本同時に通せるようにした。

こいつも神経質になってるようだな、とベドローは心のなかで思った。だが、いったいなにを神経質になってるんだろう？　こいつにとってなによりも重要なのは、ある男が頑丈な手錠から抜け出せるかどうかということじゃない。まあ、グローシャーと同席することに慣れてないというだけのことだろう。

するとそのときフィリップが顔をあげ、探偵が自分のほうを見つめているのに気づいた。青年は白い上着のポケットにマッチと指輪をさっとしまいこんだ。

「グローシャー氏の話によれば、きみは戦い慣れしてるということだが、フィリップ」とにかく緊張を和らげようと、ベドローがいった。

「ええ」おずおずとほほえみながら、フィリップがいった。「グローシャーさまがそうおっしゃっておられるのなら、そのとおりです」

「こいつは破壊兵器そのものだよ」グローシャーがいった。「遠慮して、自分ではそれを吹聴せんがね。キッチンからまな板を取ってこい、フィリップ」

フィリップは無言で部屋を出ていくと、四辺の長さが一フィート、厚さ四分の三インチほどのカバ材の板切れを持って戻ってきた。板には、野菜を刻んだときの汁がついている。

グローシャーは立ちあがると、板をがっちりつかんだ。「割るんだ、フィリップ！」彼はそう命じた。

フィリップは拳を固め、人差し指と中指のつけ根の関節をつき出した。大きな叫び声があがり、ベドローは青年の手が六インチ弱、前方にすっと動くのを目にした。二本の指の関節が板にめりこみ、板の砕ける鋭い音がした。どうだといわんばかりに、グローシャーはふたつに割れた板を上に掲げた。

「もう行ってもよろしいでしょうか?」恥ずかしそうな表情を浮かべて、フィリップがいった。グローシャーはうなずいた。

残すところ、あと三十分。

ベドローの腕時計はさらに五分、カチカチと時を刻んだ。ベドローには手のひらに汗がにじみ出てくるのが感じられた。あとたった二十五分で、やつを捕まえることができる、と探偵は心のなかで思った。「頼むから、なにも起こらんでくれ。どうか――」

「グローシャーさま! 盗まれてしまいました!」フィリップの声が家のなかに響きわたり、当の本人が食堂にあわてふためいてやってきた。「金庫室ですよ。だれかがそこに押し入ったんです。お金も、コインのコレクションも――一切合切持っていかれてしまいました!」

「やつの仕業だ! レンのやつが抜け出したんだ!」ベドローは怒りをあらわにして叫んだ。

「くそっ、あの男によもや盗まれようとは思わなかった」グローシャーがいった。「さあ、ベドローくん、きみの探偵の腕前を見せてもらおうか。レンを捕まえたいのなら、わたしのものも取り戻す必要がある。なぜかというと、さっきいったフィルムも金庫室に置いてあったからだよ」

ペドローは椅子からぱっと立ちあがると、玄関に突進し、それをさっとくぐり抜けて、芝生へと出た。背後でグローシャーが外灯をつける。ペドローは視線を落として、明かりに照らされた海浜を見やり、あるものを目にして、驚きのあまりはっと息を飲んだ。

ライリー・レンは依然として鎖で旗竿につながれていた。

それから十五分たらずのあいだに、ペドローはレンをつないでいる鎖を調べ、マジシャンが盗品を隠している可能性のあるあたりを捜し回り、レンを脅したりなだめすかしたりしたあげく、おれはなんという度しがたいまぬけなんだろうと、おのれ自身をののしった。グローシャーとフィリップが階段をおりてきたときには、ペドローは砂の上に座り、頭を両手で抱えていた。

「金庫室はからっぽだ」グローシャーがいった。「なにひとつ残っていない。だが、いったいどうやって——」

「抜け出したんだ」ペドローがいった。「レンはどうにかして自由になると、こっそり屋敷のなかに戻った。フィリップがわれわれといっしょに食堂にいるときに、こいつは金庫室に押し入ったに違いない」

「なにをいうんだ、ペドロー。この男が自由になれたは、ず、は、な、い」グローシャーが異を唱えた。「現にいま、ここにいるじゃないか?」

「ここにいるにきまってるさ。盗みのあとで戻ってきたんだからな」

「ばかをいうな。なんでそんなことをする必要がある?」

ペドローがレンをじっと見つめると、相手も顔に面白がっているような表情を浮かべて見つめ返してきた。「アリバイのためさ」探偵はいった。「盗難のあったまさにその時間に、この旗竿に鎖でつながれていたばかりか、それを裏づけてくれる証人も三人いる、と口にしさえすればいいんだから、どうしてこいつを盗みの罪で告発することができる！」

「率直にいって、この男が犯人だと納得させるのはことだろうな。判事や陪審員はいうまでもなく、このわたしにもだよ」グローシャーがいった。「錠やロウをいじらずに、手錠をいかにしてはずし、また元に戻したか、論理的な説明がつくなら、もちろん話は別だがね」

レンのやつにまたしてやられた、とベドローは思った。こいつは罪を免れるだろうし、おれにはそれを止める手だてはなにもない。探偵はまたしてもマッチと指輪をもてあそんでいるフィリップのほうを見やった。使用人の青年はそうしながら、旗竿と交差したスパーのほうを見あげている。

マッチがまるで旋回軸の上にあるかのように、フィリップがそれらを指のあいだで回転させるのを、ベドローは目にした。最初はXの形に、それから平行に。無意識のうちにベドローの視線もあがり、フィリップの視線の先をたどって、スパーを固定している大きなボルトの上で止まった。

そうだ、そうに違いない。

「おまえの負けだな、レン」探偵は喜色満面でいった。「おまえがどうやって抜け出したか、わかったぞ。連中がおまえを刑務所にぶちこむときには、おれが独房の扉を開かないように溶接してやるよ」

「おいおい、ベドロー、わたしはまったくなにもやっちゃいないぜ」マジシャンは落ちつきはらっていった。「だが、これから逃れる方法を知ってるなら、頼むから教えてくれ。正直いうと、このザレツキーの鎖には歯が立たなかった。手錠のせいで腕も痛くなってきてるしな」

「そうだ、ぜひとも教えてくれたまえ」グローシャーがいった。

「それ以上のことをやってみせるさ」ベドローが答えた。「フィリップの手伝いが得られるなら、その方法をやつに実演してもらおう」

グローシャーはうなずいた。フィリップとひそひそ声で軽く打ち合わせたあと、ベドローはボートのドックへと向かった。そこでポケットから折りたたみナイフを取り出し、輪になっている係留用のロープからほんの一部を切りとる。それから、ザレツキーの鎖よりはやや長いそのロープを、グローシャーの元に持ちかえった。

フィリップは旗竿の、レンのいるのとは反対の側に移動し、両腕をのばした。手首と手首のあいだのロープが三フィート（約九十センチ）ほどの長さになるようにして、ベドローはロープのはしを若者の手首に結んだ。

「こいつが」ロープを指さしながら、ベドローはいった。「ザレツキーの鎖というわけだ。フィリップがロープをほどかないかぎり、レンと同じように旗竿にしっかりつながれてることになる」

「ああ。だが、それでレンが手錠をはずした方法がどうやってわかるというんだね？」グローシャーが尋ねた。

「やつは手錠をはずしちゃいない」ベドローが答えた。「まあ、見てろ」

彼がフィリップに合図を送ると、青年は旗竿に両腕と両脚を巻きつけて登りはじめた。

「ロープも鎖も、腕や脚を動かすには十分なだけの長さがある」ベドローがいった。「ほら、ロープはフィリップの速度を少しも鈍らせちゃいない」

「ああ、だがあの横木が行く手をさえぎるだろう」グローシャーがスパーを指さしながらいった。「あれを越えてはいけまい」

スパーはたしかにフィリップの行く手をさえぎったが、それもほんの一瞬のことだった。彼は竿を両腕でしっかりつかむと、片足を外に向かってふりあげ、足首をスパーにひっかけた。バランスを失った横木は、それを留めているたった一本のボルトを軸に楽々と回った。それが垂直方向に回ってくると、フィリップはふたたび竿をすべりおり、スパーが竿と接近し、ついには竿と平行になるまでにした。青年は地面まですべりおりると、ひと休みしたが、竿にはまだロープでつながれたままだった。

やがてフィリップはふたたび竿を登り始めたが、今度はもう竿と平行になっているスパーを通り越して先へと進んだ。てっぺんに到達すると、両手首を結んでいるロープを竿からさっとはずしてから、ふたたび地面まで一気にすべりおりた。こうして竿からは解放されたが、ロープはまだ両手に結ばれたままだった。

「いうまでもないが、レンのやつは手首から一度も手錠をはずしていない」ベドローがいった。「そんなことをする必要がなかったからだ。三フィートの鎖でつながった手錠であれば、さほど妨げにはならなかったろう」

グローシャーは拍手喝采した。「みごとだよ、ベドローくん！　賭けはきみの勝ちだ。さあて、それでは盗まれた品々を取り戻すことにしようじゃないか。白状したまえ、レン。それらをどこに隠したんだ？」

ベドローは聞いていなかった。十年にわたる追跡が終わろうとしている。あとはそのフィルムのリールとやらを見つけ、レンを逮捕しさえすればいい。こんなに簡単でいいはずはない、と探偵は思った。はげしい追跡劇のすえにようやくレンを捕まえ、盗品でポケットをいっぱいにしたマジシャンを逮捕するさまを、彼はずっと思い描いてきた。それなのに、彼の獲物はいまや鎖でつながれ、身動きのできない状態にある。どういうわけか、ベドローは心底から喜べなかった。

竿からはがれて両手についた塗料を洗い落とすために、フィリップが水縁《みずべり》にひざをつくのを、彼は疲れた目でながめた。謎はみごとに解明された。そう、なかなかの推理だったといえるだろう。ベドローは首をぐるりと回すと、旗竿に鎖でつながれたままの、染みひとつない服に身を包んだレンのほうを見やった。

そう、謎はみごとに解明された——だが、それは完全にまちがっていた。

「フィリップを見てみろ」ベドローはグローシャーに小声でいった。「やつがなにをしてるかを見るんだ」

「手を洗っているだけじゃないか」グローシャーが答えた。「あの安物の塗料はちょっとさわっただけでもついてしまうからな」

「ああ」ベドローはゆっくりと言葉を口にした。「竿を登ろうもんなら、塗料まみれになるこったろうな」

「もちろんだ。だが、それがなにか――」グローシャーはレンのほうをふり向き、目を細めた。

「妙だな」と先を続ける。「レンの服には白い染みひとつついていない。あの黒地であれば、塗料は絶対に目立つはずだ。だとすると、登る前に服を脱いだに違いない」

ベドローは首を横にふった。「ズボンを脱ぐことはできたろうが、鎖につながれた状態じゃ、シャツと上着は無理だったろうよ」

「だが、それならどうやって塗料をつけずにあの竿を――」

「登っちゃいないのさ」探偵がいった。「やつは竿から脱出などしてないんだ、グローシャーさん」

「だったら、どうやってわたしのものを盗めたというんだ？」

「あんたのものを盗んだのはレンのやつじゃない。あれはフィリップの仕業だ」

「まさか！」

「そうに違いないんだ」ベドローは自信たっぷりにいった。「やつはおれたちがこのひどくとっぴな賭けを企てるのを盗み聞きした。あんたの金庫室に入ることのできたのは、やつだけだ。あんたがフィルムをそこに入れといてくれたのは、思いがけない幸運だった。レンに嫌疑をかけさせるために、やつはそれをほかのものといっしょに持ち去ったのさ。

おれはやつがなんでマッチいじりをやめないんだろうといぶかしんだが、スパーが回転するのに気づいて合点がいった。やつはレンが抜け出せる方法をひとつ考えつき、あいつに盗難の嫌疑がかかることを見越して、おれにそれを〝見つけさせた〟。そして、あの白い塗料さえはがれ落ちてなければ、うまくいってたろう」

「ベドロー！　気をつけろ！」レンの声が海浜に響きわたった。探偵は本能的にふり返った。フィリップが彼らの背後に忍び寄っていた。青年は拳をさっとつき出すと、グローシャーのあごの真下に一撃をくらわした。年輩の男は地面にばったり倒れた。ベドローはすばやく二歩あとずさりしたあと、襲撃者のほうをふり向いた。

「あんたはおれが思ってたよりも優秀な探偵のようだな」フィリップは感情のこもっていない声でいった。「この白い制服についた塗料によもやあんたが気づくとは思わなかったよ。レンに対してあんなにも敵意を抱いてるんだから、見落としてもよかったはずなのに、残念なこった」

「おれはこれまでだれかをでっちあげで逮捕したことはないんだ」ベドローがいった。「それがたとえレンであってもな」

「そいつはうまくないな」フィリップがいった。「おかげで、あんたを殺さなきゃならなくなったよ、ベドローさん。屋敷にあったまな板がどうなったか、見たよな。それと同じ一撃を肉や骨にみまったらどうなるだろうな――そう、あんたの肉と骨にだよ」彼はゆっくりと拳を固め、二本の指の関節をつき出した。

「逃げようとしてもむだだぜ。おれのほうが足は速いし、しまいに捕まったときの苦痛が増すだけさ」

ベドローには汗が背中をしたたり落ちるのが感じられた。勢いをつけて突進するために、フィリップが旗竿のほうにもたれかかると、探偵は本能的に両腕を顔の前にさっと持っていき、目を閉じたまま、致命的な一撃に備えた。

するとき、鎖のチャリンという音に続き、ゴボゴボいう音が聞こえてきた。ぱっと目を開けると、フィリップが立ったまま竿のほうに頭をのけぞらせていた。見れば、喉からすさまじい音を発しながら、首に巻きついたなにかを必死につかもうとしている。

「捕まえたぞ!」鎖をぎゅっとしめながら、レンが叫んだ。「こいつが竿にもたれかかってきたときに、この鎖を首に巻きつけてやったのさ」

ベドローはフィリップの抵抗が弱まるのをながめていた。しまいに青年は意識を失って、地面にどさりと倒れた。

それからほどなくして、グローシャーが命に別状なく、数日間しゃべれないことをのぞけばさほど重傷ではないということが、ベドローの手で確認された。フィリップは彼自身の服の切れはしでしっかり縛りあげられ、レンはといえば、手錠をカチャカチャいわせながら、上着の内ポケットからタバコを取り出そうとしていた。

「あんたはわたしを心から憎んでる」彼はベドローに向かっていった。「それなのに、わたしの仕業でないからといって、やってもいない犯罪でおれを逮捕するようなまねはしない。まったく、あんたみたいな野郎は理解に苦しむよ」

「おまえがいなければ、やつはおれを殺してたろう」探偵はいった。

レンは無言のままうなずいた。

「おれはこれから屋敷のなかに行き、警察に通報する」ベドローがいった。「十分ばかりそこにいるつもりだ。フィリップが盗んだ品をどこに隠したかをつきとめるのに、さらに十分や十五分はかかるだろう」まだレンをつないである鎖と竿のてっぺんを、彼は意味ありげに見やった。「それだけあれば十分だろう——そう、なにをするにしてもだ」

「フィルムのリールはどうなる?」レンが訊いた。

「最後の最後におまえを捕まえるときには、自分ひとりでやってみせる」ベドローが答えた。「ほかのだれかのホームムービーの助けなど必要ないさ」彼はきびすを返すと、屋敷へと通ずる階段をのぼり始めた。

ベドローが海浜に戻ってくると、グローシャーは砂の上に腰をおろし、頭を小刻みにふりながら、必死に縄をほどこうとしている使用人の姿を見つめていた。ベドローは旗竿のほうに目をやり、にやっとした。ライリー・レンはザレツキーの鎖ごと、消え失せていた。

うそつき

ことの発端はマーレーの死だった。

第二十七国立生物学研究所の保安課の長であるオーリン・ワトキンズ少佐は、チャールズ・ディケンズの愛読者であったが、みずからの公務に関係あることとして、マーレーの死の報告を受けることなど予想だにしていなかった。ディケンズの『クリスマス・キャロル』（クリスマスの晩、守銭奴のスクルージはかつての相棒であるマーレーの亡霊の訪問を受ける）は十九世紀のロンドンにこそふさわしいと、彼は信じていた。百エーカー近くもの土地に超近代的な建物が建ち並んでいるこの研究所は、スクルージじいさんの亡き相棒マーレーとはまったく無縁の代物だった。ここでは知能指数がずばぬけて高い化学者や生物学者たちが、病原体に対するワクチンや抗毒素——いまだに開発されていないものも含めて——の研究に一日じゅうあたっていた。

守銭奴じいさんのスクルージにとって人生はしごく単純なもので、細菌戦のことなど耳にしたこともなかったろう。いまここに姿を現したとしても、ゲートの五十フィート手前までしか来られまい。こういうやからを研究所に近寄らせないようにするのが、オーリン・ワトキンズの部下たちの役目だからだ。ゲートを通る者たちも、隅から隅まで調べられるのがきまりになっている。オーリン自身でさえも、正式の通行許可証を毎日必ず門衛に見せねばならなかった。スクルージやらボブ・クラチット（スクルージに安い給料でこき使われる従業員）やらは、本のなかにいるほうがはるかに無難だったろう。

　とはいえ、マーレーの死は確固たる事実だった。

　オーリンは机の向こうに座っている小男を見やった。不安ととまどいをしわくちゃの年老いた顔に浮かべたオーガスティン・ラニアーは、ディケンズの小説のなかに出てきてもおかしくなかった。もちろんスクルージではないし、ミコーバー（『デイヴィッド・コパフィールド』の作中人物。太った楽天家）でもない。前者にしては心が優しすぎるし、後者にしては痩せすぎている。そうだ、バーキスだ。オーガスティンは『デイヴィッド・コパフィールド』を読んだあとにオーリンが頭に描いた馬車屋のじいさんのイメージそのものだった。オーガスティンは研究所ではただの文書係にすぎなかったものの、そこのもっとも良心的な所員であり、バーキスのように、やる気のかたまりでもあった。

「マーレーというのはわたしの飼っていたカナリアでして」オーガスティンは小さな声で説明した。「わたしの勝手な思いこみなんでしょうが、買ってきたときに、いつか見たマーレーの亡霊の絵にそっくりなように思われたものですから。そのカナリアが死んでしまったんです、少佐どの」

　自分より二十も歳上の人物から敬称づきで呼ばれるたびに、オーリンは気まずい思いをさせられてきた。「それは気の毒だったな、オーガスティン」と彼はいった。「だが、きみがわたしのところに来たのは、それだけが理由かね？　わたしはきみがこの部屋の前を行ったり来たりしてるのを見かけた。なかに入る決心をするまで、二十分ものあいだそうしてたに違いないな。なにか重要な話があるという気がしてたんだが」

「たいへん重要なお話なんです、ワトキンズさん」オーガスティン・ラニアーは椅子のなかでさらにちぢこまると、スチールフレームのメガネ越しにオーリンを悲しげに見つめた。「つまり、その、この研究所の仕事から外していただいたほうがよいかと思うのです。このままでは、保安のうえで危険な存在になりかねませんので」

オーリンは驚きの目で老人を見つめた。この研究所が設立されたとき、オーガスティンは最初に雇い入れられた所員のひとりだった。記録によると、身元調査にもやすやすと合格していた。過去の経歴、知能および心理テスト、うそ発見器での調査結果——いずれをとっても、非の打ちどころがなかった。きわめて危険な病原物質を扱っているという性質上、研究所が所員の採用にあたって厳正なうえにも厳正になるのはやむをえなかった。それでもなお、オーガスティン・ラニアーは危険な存在だというのか？　いいや、そんなわけはない。

「なあ、オーガスティン、きみのペットが死んだからといって」オーリンはややあってからいった。「すっかりおじけづいて、ここを辞める必要はないさ。さあ、きょうはもう早退したまえ。街のペットショップに行き、別の鳥を買ったらどうだ。マーレーのことはすぐに忘れるさ」

「いえ、わたしが不安に駆られているのは、マーレーが死んだからだけではないんです、少佐どの」オーガスティンは首をはげしく横にふった。「あいつはそう、縊《くび》られて死んだんです」

「縊られて？　いったいどうやって、自分の首がくくれるんだね？」

「いえいえ、自分でそうしたわけではないんです、少佐どの。あれは事故でもありませんでした」

「というと――」

「わ、わかりません」オーガスティンは尻ポケットからハンカチを取り出すと、それを手のなかで丸めだした。「あれはあくまで今回のことの一部なんです。おまけに、マーレーの死は最初の出来事にすぎません。ここ数日というもの、ひどく奇妙なことが続いて。わたしはひょっとして頭がおかしくなりかけているんじゃないでしょうか、ワトキンズさん」

オーガスティンはほとんどわびるように、最後のせりふを口にした。それはあたかも、オーリンにだけではなく、研究所全体にも申しわけないことをしているというふうだった。老人は丸めたハンカチを持ったほうの手で目をこすった。「お時間をとらせてしまって申しわけありません、少佐どの」と彼は先を続けた。「ですが、お伝えしておくべきだと思ったものですから」

この老人がここにやってきたのは研究所に対する忠誠心の表れに違いない、とオーリンは思った。神経衰弱の可能性をみずから、あるいは他人に対して認めることのできる人間がいったいどれだけいるだろう？「なあ、オーガスティン」彼は優しい口調でいった。「最初のところから話してみてはどうだね？さあ、ここ数日の奇妙なこととやらについて話してくれ」彼は机のはしのボタンをこっそり押した。縞瑪瑙《しまめのう》のペン立てのなかの隠しマイクが拾ったラニアーの言葉を、いちばん下の引き出しのなかにあるテープレコーダーが録音し始めた。

「ことの起こりは先週の金曜日でした、少佐どの」オーガスティンの声はオーリンに、ぱちんこで窓ガラスをどうやって割ったか説明している自分の息子のひとりを思い起こさせた。「朝がたのことで、わたしはそのとき仕事に遅刻するのではないかと、やきもきしていました。ふだんなら、キャリガン夫人――街で借りている部屋の大家さん――が、わたしの寝坊しそうなときは起こしてくれるんですが、あいにく親戚のところに出かけていて、月末まで戻ってこない予定だったんです。そこのもうひとりの下宿人のポムロイ軍曹は、釣りに行っていて、今週の終わりまで帰ってきません。つまり、わたしはその家のなかでひとりぼっちでした。それなのに、目覚ましをかけ忘れてしまったんだと思います」

いつになったら要点に入るのだろうとオーリンは思った。「ポムロイというと」彼はくだけた口調でいった。「西のゲートの見張りについてる、ジェリー・ポムロイのことかね?」

「はい、そうです」オーガスティンはうなずいた。「とにかく、家を出て車のところまで行ってから、鍵を忘れていることに気づきました。よくあることなんですよ、少佐どの。物忘れがひどくて、申しわけありません」

「ほかのだれかの手に渡らんようにしてくれたまえよ」オーリンがいった。「ここに入ることのできた人間がきみの鍵を使えば、どこにでも出入りすることができるからな。もちろん、培養室は別だがね」

「そんな、ワトキンズさん!」オーガスティンはショックを受けたようだった。「手元から離れていたといっても、ほんの一瞬のことでして。誓ってほんとうです、少佐どの」

「わかった、わかった。さあ、先を続けたまえ」

「わたしは家にとって返し、部屋にあがりました。すると、あいつがいたんです」

「あいつ? つまり、マーレーのことかね?」

「ええ。絨毯のまんなかに横たわっていました。おまけに、わたしの鍵で首を絞められていたんです」

オーリンは混乱して首をふった。「鍵で首を絞められて」とゆっくりくり返す。「どうもよくわからんのだが、オーガスティン」

「ああ、申しわけありません、少佐どの。正確にいうと、鍵そのものではありません。マーレーの首に巻きついていたのは、鍵環《かぎわ》をとめてあった鎖のほうです。あまりにきつく絞めてあったので、哀れな小鳥の首がもげそうになっていたほどでした」

オーリンはいざ話し始めると、きわめて理に適ったことを口にした。「こうも考えられるんじゃないか。きみが部屋を出たあとで、小鳥は逃げ出した。部屋のなかをぱたぱた飛び回ったあげく、きみの鍵の鎖がからみついてしまったと」

「たしかに、そんなふうだったのかもしれません。ただ――」

「ただ？」

「鎖はマーレーの首にただ巻きついていただけではありません。結んでありました」

オーリンは椅子に深く座りなおし、ふーっと息を吐いた。「たとえば、その、小鳥が自分で――」

「その可能性はありません、ワトキンズさん。こま結びでしたから」

たしかに奇妙だが、むろん研究所の保安とはなんの関係もない。もっとも、オーガスティンの頭がおかしくなりかかっていて、あるとき記憶を失ったあげく、みずから小鳥を絞め殺したとなれば、話は別だが。

「きみはさっき、小鳥の死は〝最初の出来事〟にすぎないといったが」オーリンはだしぬけにいった。「それはどういう意味だね、オーガスティン？」

「はい、その次は下宿の薬戸棚に工具が、正確にいえば、やすりが入れてあったんです」

「やすり？」

「ええ。どうしてあんなことが起きたのだろうと、マーレーのことをずっと考えていたので、金曜じゅう頭痛がしていました。だから夕方に帰宅すると、アスピリンを何錠か飲むことにしたんです。キャリガン夫人は浴室の薬戸棚に薬瓶を置かせてくれているんですよ。しょっちゅう頭痛がするものですから」

「続けたまえ」

「わたしは二階の浴室に行き、コップに水を注ぎました。それから薬戸棚を開けたんですが、ああ、そのときのガラガラドシンといった音ときたら、それはそれはすさまじいものでした」

「ガラガラドシンというと？」

「やすりが落ちてきたときの音ですよ。丸くて長い、青黒い鋼でできたやつです。たしか、〝丸やすり〟と呼ばれている代物だったと思います」

「それで？」オーリンは先をうながすようにうなずいた。

「ほぼそれですべてです。でも、薬戸棚はやすりを入れておくにはおかしな場所だとお思いになりませんか？　しかも、あれだけたくさんの。二ダースはあったに違いありません。おかげで、洗面台にひどく傷がついてしまいました。キャリガン夫人が戻ってきてそれを見たら、さぞかし気を動転させることでしょう」

「それで、やすりはどうやって薬戸棚のなかに入ったんだね？」オーリンはやや皮肉な口調で訊いた。

「わ、わかりません、少佐どの。前の晩にそこになかったことはたしかです。とはいえ、家のなかにはわたししかおりませんでした。だから気持ちが悪いんです、ワトキンズさん。自分でも気づかないうちに、それらをそこに入れておいたなんてことがありえるでしょうか？」

「うーむ、ありえないことはないだろうな。だが、まったくおぼえてないというのは、どうにも解せんな」

「まるでこのわたしの……そう……気がふれかけているみたいで。そうはお思いになりませんか？」

「そういったことは医者どもの領域だよ、オーガスティン」オーリンはいった。「だが、わたしがきみだったら、さほど心配はせんな。なにかしかるべき説明がつくに違いない。それに、気のふれかけている人間は幻覚や妄想といったものを体験し、現実感が希薄になるというじゃないか」

オーガスティンは深く息を吸い、身を震わせながらそれを吐き出した。

老人の反応を目の当たりにしたオーリンは、眉をつりあげた。「幻覚を見たことがあるのかね、オーガスティン？」

「わ、わかりません」

「わからんとは、どういう意味だ？　説明したまえ」オーリンの声が思わず鋭くなった。

「あれは土曜の晩のことでした、ワトキンズさん。わたしはあてもなく散歩に出かけました。マーレーの身に起こったことで、ろくろく眠れなかったうえに、薬戸棚からやすりが飛び出してきたりしたものですから。家を出たのが十一時半ごろでしたから、あれが起きたのは真夜中すぎだったに違いありません」

「そのときなにがあったのかね？」

「パイプに火をつけようと、街灯の下で立ちどまったときのことです。マッチをすったとたん、だれかが脇に立っていることに気づきました。近づいてくる気配はしませんでしたから、ゴム底の靴をはいていたに違いありません」

「そいつはきみを襲おうとしたのかね？　金かなにかを要求したのか？」

「いいえ、とんでもない！　それどころか、ひどくていねいに帽子を持ちあげました。問題は帽子を取ったときのことです。明かりが顔を照らし、マスクをかぶっているのが見えたんですよ」

「マスクを？」

「ええ。ゴム製の頭からすっぽりかぶる類のやつですよ。おかげで、息が止まりそうになりました。というのも、そのマスクが、お、狼男のものだったからです。そのうえ、そいつは突然よつんばいになると、月に向かって吠えだしました。それから、さっと立ちあがると、帽子をかぶり直し、わたしの手を握ってから、闇のなかに消えていきました」

オーリンはくすくす笑った。「少なくとも、それは容易に説明がつく」と笑みを浮かべながらいう。「仮装パーティーからの帰りだったのか、単なる悪ふざけかだな。おそらくは、酔ってのことだろう」

「そうかもしれません。でも、ふたつもおかしなことのあったあとですから、その男と出会ったことで神経が相当にまいってしまいました。おまけに、そのあたりの住人のなかで、そいつを目撃している者もいなければ、そんなことがあったと聞いている者さえいませんでした」

「たしかに奇妙だが、ありえなくはないな。ほかにもなにかあるかのね、オーガスティン?」

「はい、ワトキンズさん。あとひとつだけ。きのうの晩、それとももしかしたら、けさ起きたばかりでして。どちらなのか、はっきりとはわかりません」

オーリンにはオーガスティンが一連の出来事に動揺しているのがありありと見てとれた。細い腕は極度にひきつり、顔はいまにも泣き出しそうだった。

「きのうの晩、自分の部屋を掃除したんです、少佐どの。掃除機をかけたり、埃をはらったりといったことを、すべてしました。ベッドに入ったときには、部屋じゅうきれいにかたづいていました。信じてください、ワトキンズさん。お願いですから!」

「信じるよ、オーガスティン。信じるとも。だれもきみの言葉を疑ってやせんよ。さあ、話を続けたまえ」

「おっしゃるとおりです。取り乱してしまって、申しわけありません。とにかく、わたしはドアに錠をかけ、寝床に入りました。でも、けさ起きてみると、わたしのめ、目に映ったのは……」

オーガスティンはハンカチでふいに顔を覆うと、人目もはばからずに、はげしく泣きじゃくり始めた。

それからしばらくは、老人の哀れなうめき声以外にオーリンの執務室の静けさを破るものはなかった。老人はやっとのことで泣きやむと、かがみこんで椅子の脇の床の上から筒状に丸めた紙を拾いあげ、それをオーリンの机の上にぽんと置いた。

「これですよ、ワトキンズさん。これを部屋の床の上で見つけたんです。本棚にあった何冊かの本を重しにして、平たく広げてありました。でも、わたしが置いたんじゃありません。けさになるまで、こんなものは見たこともありませんでした。誓ってほんとうです、少佐どの！　どこからやってきたものやら、見当もつきません！」

オーリンはくだんの堅い紙を広げてみた。それはなにかのポスターだった。そこに描かれているのは五十代終わりか六十代初めの軍人で、第一次世界大戦中の兵服を着ていた。見るからに有能そうな感じのする、しわの寄った端正な顔や、手入れのいきとどいた口髭が、制服についた従軍記章や将軍を表す四つ星の星章によって、さらにひき立てられている。オーリンはイラストの下の説明書きを読んだ——「米国の欧州遠征軍司令官、〝ブラック・ジャック〟ことジョン・J・パーシング将軍」

「少なくとも、イラスト自体にはべつに恐れるようなところはないようだが」ややあってからオーリンがいった。

「問題はそこではないんです、ワトキンズさん。こんなポスターは絶対にわたしのものではありません。でも、どうやって部屋のなかに入ったんでしょう？　最初はわたしのカナリアが殺された。それから、薬戸棚のなかのやすりとあの不気味なマスクの男。そして、今度がこれです。

当初は、だ、だれにもなにもいわないつもりでした。でも――」

「そう、百人のうちの九十九人まではそうだろうな。だが、きみは正しいことをしたんだよ、オーガスティン。ただ……ええい、くそっ！」オーリンは机の上の紙を丸めて、小さな執務室の隅へ放った。

「だいじょうぶですか、ワトキンズさん？」

「だいじょうぶだ、オーガスティン。ただ、きみのような善良な人間にこんなことをせねばならんのがつらくてね」

「どういうことでしょうか、少佐どの？」

「なあ、きみはわたしになんだかんだ突拍子もない話をした。まったくつじつまの合わない話をな。だからといって、きみの頭がおかしくなりかけてるとは思わん。とはいえ、わたしは医者ではない。自分が保安担当官である以上、おのれの個人的な感情を抜きにして、最優先すべきなのは研究所の安全を守ることだ。違うかね？」

「そうだと思います。でも――」

「考えを整理しようとしてるあいだは、口をはさまんでくれ。これがここにいる科学者のだれかに起きたことであれば、何者かがその人物のことを発狂させようとしてると考えるだろう。だが正直いって、オーガスティン、きみの事務員としての仕事はさほど大したものではない。たとえば、そう、きみが明日いなくなったとしても、すぐに後任は見つかるだろう。それに、ここで行なわれていることの内容をくわしくは知らないから、だれかに重要きわまりない情報を漏らすおそれもない。きみの気分を害するつもりはないが、それが実情だよ」

「それはわたしも承知しております、ワトキンズさん」

「よろしい。それじゃあ、正体不明のだれかがきみを研究所から追い出そうとしている可能性を除外するなら、あとにはなにが残るだろう?」

オーガスティンはさびしげに床を見つめた。「あなたがおっしゃりたいのは、これらがわたしの空想の産物か、自分自身でやったものだということですね。違いますか?」

「ああ。だが……ええい、くそっ!」オーリンは机の上の電話をつかむと、ダイヤルの上に人差し指をかけた。「わたしはきみをこの研究所に留め置かねばならん」と彼はいった。「きみは監視下に置かれ、医者がひんぱんに往診に訪れることになる。できるだけ居心地のいいようにはしてやるが、居場所は絶対に漏らしてはならない。憲法に定められた人身保護令の権利を行使することを考えてるのなら、そんなものは忘れたまえ。われわれは最高機密の国家プロジェクトに関わってるのであり、法廷にいるわけではないんだからな」

「わたしのことはどうかお気遣いなく」オーガスティンがいった。「ここに足を踏み入れた瞬間から、そうなることは覚悟しておりましたから」

オーリンは口を開きかけて、すぐにまた閉じた。これ以上なにをいうことがあろう? 彼は電話のダイヤルを怒ったように回した。

疑いが晴れるまでかたときも目を離すなという厳命を与えたうえで、オーリンはオーガスティン・ラニアーをふたりの監視兵にひき渡した。そのあと彼はカフェへ行き、まるでゆでたボール紙のような昼食をとった。執務室に戻ると、回転椅子にどさりと腰をおろし、机に背を向けて、壁に掛かっている研究所の見取り図をじっくりながめた。

建物の外で足を踏みならす音がすると、彼はふたたび椅子を回転させ、衛兵たちの交替するのを窓越しに見やった。形式的な敬礼を交わしたあと、新しい衛兵はゲート脇の小さな衛兵所におさまり、そこでの四時間の見張りを終えた者たちは、この執務室の真下にある兵舎へと戻っていった。夜の八時までの自由時間を、研究所内に住んでいる者たちは、兵舎で読書やおしゃべりをしたり、横になったりして過ごす。一方、街に部屋のある下士官たちは、バスに遅れまいと、大急ぎでゲートから飛び出していった。

オーリンは窓から建物の見取り図に視線を移し、ふいに眉をひそめた。これまで見落としていたことがある。その点を修正するのはむろん容易だが、それでも保安が脅かされる危険があったことには変わりない。

すると、ドアをノックする音がした。「入りたまえ」オーリンはいらだたしげに叫んだ。

軍服のシャツの前を開きっぱなしにした男が、ごつい手で毛深い胸をかきながら、だらしない足どりで入ってきた。口にはコーヒーカップほどもあろうかという火皿のついたパイプをくわえている。研究所の主任医務官であるティモシー・ドハティー大佐がこれほど腕のいい医師でなければ、ずぼらということでとっくに職を解かれていただろう。だが、オーリンはそんなドハティーのことを大いに気に入っていた。研究所のひどく型にはまった日常のなかで、太った医師のいかにもアイルランド風な陽気さは一服の清涼剤になっていたのだ。

「ラニアー氏がどんなあんばいか、さぞかし知りたがってるんじゃないかと思ったものでね」

絨毯の上にパイプの灰をまきちらしながら椅子におさまると、ドハティーはいった。

「たしかに知りたいな、ティム。だが、ちょっと待ってくれ」

「ちょっと待ってくれとは、どういう意味だ？　やっこさんの診察を終えしだい結果を知らせるようにいったのは、あんただったじゃないか」

「なあ、まずはこの図面を見てみてくれ」オーリンは建物の見取り図のほうを指さした。「われわれがいるのはここのところで、勤務を終えたばかりの衛兵たちがその下にいる」

「たしかにそのようだな」ドハティーはうなずいた。「死人の目も覚ましかねない物音を立ててるんだから、そうにきまってるさ」

「しかしだよ、ティム、これだと連中はまだ研究所内に留まってるということになるじゃないか」

ドハティーはやれやれというように両手を大きく広げた。「なんともすばらしい推理だな、オーリン。お次はなにをやってみせてくれるんだね？　クレーター判事（一九三〇年に行方不明となった、ニューヨーク州の最高裁判事）の居場所をつきとめてくれるとか？」

「おい、ふざけないでくれ」オーリンが応じた。「わたしの考えてることが正しいかどうか、たしかめてみたいんだ。街に住んでる衛兵たちは勤務が終わると、たいしたボディーチェックもなしに、研究所の外に出ることを許されてる。連中のうちのだれかが研究所からこっそりなにかを持ち出そうとしたら、さほどむずかしくはないだろう」

「なにかを持ち出す？　なあ、あんたんところの人間がなにを持ち出したがるというんだ？」

「この研究所がやってることを知るために大金を払おうという連中はいるさ」

「するとなにか、あんたは衛兵たちですら信用できんというのか？」

「この仕事では、だれも信用するわけにはいかんのだ。そうしたいのはやまやまだがね。さて、記録保管室はこの建物の反対側の角にある。衛兵のひとりが勤務を終えたあと、ただちにゲートの外に出るのではなく、兵舎を通ってこの記録保管室までやってきたとしたら？　障害になりそうなものが、なにかあるかね？」

「そうだな、まず、だれかに姿を見られるだろうな。まっ昼間だからね。それに、記録部にはいつも厳重に錠がかかってるじゃないか」

「だが、夜間ならどうだ？　おまけに衛兵が鍵を持ってたとしたら？」

「まあ、それなら、おそらくなかに入ることができるだろうな。その気があればの話だが」

「そうなれば、ここで行なわれたすべての実験のファイルの入った棚を見ることができる。カメラを携行してれば、写真をとることも可能だ」

「おいおい、ちょっと待ってくれ、オーリン。記録の保管されている部屋の外には、専任の警備員が配置されてる。その男でさえ、部屋やファイルの入った棚の鍵は持ってないんだぞ」

「たしかにそうだ。だが、犯人がこの通路をやってきたとしよう。そうすれば、最後まで警備員の目には留まらない。なにかで警備員を殴りつけたあと――」

「錠をすべて開けられたとしても、その間に警備員が目を覚まして姿を見られたりすれば、国じゅうの警察官に追われるはめになるだろうよ。それに、国家に対する反逆というのは、いままでも死刑に相当するはずだ」

「仮にマスクをかぶってたとしたらどうだ?」

「仮に、仮にの連続だな!」ドハティーはパイプにふたたび火をつけると、煙のあいだからオーリンを見やった。「そんなに心配なら、衛兵たちが研究所を実際に出ていくまで見張ってたらどうだ?」

「ああ。部隊長にはそうするよう進言するつもりだ」オーリンはふり向くと、太った医師と向き合った。「さて、ラニアーのことを聞かせてもらおうか」

「正式な診断をくだすにはまだ早いが、ここだけの話、やっこさんはあんたやわたし同様、正常だよ。ただ、あんたがしゃべるのを聞いてると、あんたのほうは疑わしくなってきたがね」ドハティーはいたずらっぽくにやりとしながら、濃い眉の下からオーリンを見やった。「それはそうと、ラニアーのカナリアはほんとうに死んでたぞ」医師は無造作にいった。

「ほう? どうしてそれがわかった?」

「ラニアーの話では裏庭にその死骸を埋めたということだったので、兵士をやつの下宿にやって、死骸を掘り起こさせたのさ。すると、首が折れてたよ」

「こっちの仕事を代わりにやってくれてるようだな」オーリンがにやにやしながらいった。

「それも仕事のうちさ。われわれの手元には鳥の死骸とパーシングのポスターがある。これらが想像の産物でないということは、少なくともたしかだ。なあ、オーリン、このままだと、あの男はすこぶる健康だという証明書を発行せねばならなくなりそうだな」

「これらの出来事の論理的な説明がつかないかぎり、あの男にはやはりここを辞めてもらわざるをえない」

「ポリグラフを使うことは考えてみたかね?」

「うそ発見器のことか? あれがなんの役に立つ? オーガスティンがうそをついてるんだとしたら、とりもなおさず危険人物ということになる。そうでないとしても、周辺でこんなあやしい出来事が続いてるんでは、やはりくびにせざるをえん。どっちにしても同じことなんじゃないか?」オーリンはおぼつかなげに訊いた。

「なにを考えてるか、多少は見当をつけることができるかもしれん。オーリン、きみは保安訓練のなかでポリグラフの使用法を習ったはずだ。あれが完全でないことは承知してる。だからこそ、証拠として採用されないんだがね」

「この研究所では別だよ」オーリンが異を唱えた。「だれかのポリグラフのグラフが正常値以上を示したなら、即刻くびさ。酷ではあるが、それによって安全は保たれる」

「なるほど。だが、うそ発見器にはだれかの頭のなかを見通してうそをついてるかどうかを見きわめることはできないというのは、ふたりとも承知してる。あの器械にできるのは、身体的な反応を計測することだけだ。上腕部に巻きつけたカフ（血管を圧迫する布）が血圧と脈拍を計測する。胸の周りのチューブで呼吸の深度と頻度を測り、指の先に取りつけた電極が被験者の発汗の度合いを教えてくれる。そして、それらすべてがグラフの上に自動的に記録されるのだ」

「まさに教科書どおりだな、ティム。そのあと被験者はありきたりの質問ないしは言葉を聞かされる――〝犬〟や〝猫〟といった類の、被験者の通常の反応を見るためのものだ。しかし、オーガスティンが〝カナリア〟なる言葉を聞こうものなら、グラフは記録紙をつき抜けてしまうだろう。というのも、やつのペットの身に――くそっ、なんてこった！」

「オーリン、顔がまっさおじゃないか。だいじょうぶか？　なにか持ってきてほしいかね？」

「とにかく電話だ」オーリンは受話器をつかみ、人差し指でダイヤルを勢いよく回した。「ジェニングズ軍曹、ただちにラニアー氏をわたしの執務室に連れてこい」と送話口に向かってがなり立てる。「大至急だ！」とつけ加えたあと、受話器をガチャリと置いた。

「どうやらなにかつかんだようだな」ドハティーがおだやかにいった。「それとも自分のこの部屋で心臓発作に備えようとでもいうのかね？」

「むむ」口をきっと結びながら、オーリンはつぶやいた。「まったく、なんて頭のいい野郎だ……。そう、たしかに特筆すべき計画ではある。オーガスティンがふつうの人間のように、ただおとなしく口を閉じてさえいたら、うまくいってたろう。そのかわりに、彼はわたしのところに来た。わたしのところに来た、彼の良識に祝福を！」

「ここに残ってることにしよう」ドハティーがいった。「どっちみち、けさは水ぶくれが足にできた患者をふたり抱えてるだけだしな。それから、このごたごたを早いとこかたづけたほうがいいぞ。さもなければ、ラニアーのすぐ隣にあんたの部屋を用意しておくからな」

三分後、オーガスティン・ラニアーは足をひきずりながらオーリンの執務室におどおど入ってくると、ふたりにおずおずと一礼した。オーリンは相手に椅子を勧めた。

「オーガスティン」老人が腰をおろすと、オーリンはいった。「きみにいい知らせがある。きみの身のまわりで起こったことの意味がわかったように思う」

「すべてですか、少佐どの？」オーガスティンはかすれた声で訊いた。

「そう、ひとつ残らずだ。まあ、聞きたまえ。わたしはいいましがた、ここにいるドハティー大佐に、衛兵が記録保管室に入りこみ、なかのものを持ち出せる方法を説明してたところだ」

「ほんとうですか、ワトキンズさん？　それはわたしの働いている――いや、働いていたところじゃないですか。厳重な警備がなされているとばかり思っていましたが」

「いいや、そうではない。あそこに侵入することは可能なばかりでなく、実際にそうするつもりでいるやつがいると、わたしはにらんでる。そして、あそこにある記録のなかの情報に大金を払うようなところは、世のなかにはいくらでもあるのさ」

「ああ、そいつを捕まえることができるといいですね、少佐どの。なにせ、棚にしまった封筒の多くに〝極秘〟のラベルが貼られていますから」

「その点は心配ないだろう。というのも、その盗人は研究所に留まるつもりでいると考えられるからだ。そいつはほかのだれかの仕業に見せかけようとするだろう。そう、きみのだよ、オーガスティン」

「わたしの？　わかりませんね。いったい、どうやってですか？」

「いってやってくれ、ティム」オーリンは椅子を回してドハティーと向き合った。「あんたに説明したような盗難が実際に起きたとしたら、わたしがまっさきにやることはなんだろう？」

「まあ、そのあたりを立ち入り禁止にするこったろうな。そうしたうえで、実際どこが被害にあったのかを確認する。それから、あんたのしくじりに対する部隊長へのいいわけをひねくり出す」

「ああ。だが、容疑者たちの聴取に取りかかったあとは？　ポリグラフを使うだろうな、ティム。そう、うそ発見器をだよ。それにまっさきにかけられるのは、部屋に入ることのできた者たちだ。このオーガスティンもいの一番に調べられる人間のひとりだろう」

「なにがいいたいのか、まだよくわからんのだが」ドハティーがいった。

「考えてみるんだな、ティム」そういうと、オーリンは老人のほうを向いた。「オーガスティン、きみは今夜か遅くても一両日中には起こるはずの記録の盗難の罪をかぶせられることになっていた。そう、事件の身代わりにされる予定だった。きみはおそらく、世界でも例を見ない人為的なうそつきに仕立てあげられるところだったんだ」

「なんのことだかさっぱりわかりませんが、少佐どの」

「ティム」オーリンは医師に向かっていった。「オーガスティンがうそ発見器にかけられてるところを想像してみてくれ。身体は器械にくくりつけられてる。血圧、脈拍、呼吸、皮膚の発汗といったものは、すべてモニターされている。わたしは手始めに彼の名前を訊き、気分はどうかと尋ねる。正確な結果が得られるよう、相手の緊張をほぐせるものならなんでもいい。

だが、われわれにはすでに真犯人は記録保管室の鍵に手をふれることのできる人間だというのがわかってる。そのため、いくつか関係のない言葉を並べたあと、わたしは〝鍵〟という」

オーガスティン・ラニアーは椅子の上で無意識にぴくりとした。顔から血の気がひく。「ああ、かわいそうなマーレー」彼はささやくようにいった。「それも、わたし自身の鍵で」

「おお、なんたることだ！」ドハティーがつぶやいた。「こんな反応を見せようものなら、うそ発見器の針は壁をつき抜けてしまうだろう」彼は疑わしそうに頭をかいた。「だが、ほかのものはどうなんだ、オーリン？　たとえば、薬戸棚のなかに入っていたやすり《ファイル》は？」

「〝ファイル棚〟といってみたまえ、ティム」

「それから、狼男の扮装は〝マスク〟への反応をひき起こすというわけだな。だが、パーシング将軍はどうなんだ？」

「〝ブラック・ジャック〟さ。ほら、犯人は警備員をなにかで殴る（黒皮で包んだ短い棍棒のことを〝ブラック・ジャック〟と称する）必要があったじゃないか？　まさしくおあつらえむきの容疑者だ。オーガスティンがなにか悪いことをしたからじゃない。われわれが捜査のなかでまちがいなく用いるまさにその言葉に反応するよう、心理的に条件づけられているからだよ。われわれがオーガスティンにかかりっきりになるのを、真犯人は陰でせせら笑ってるというわけだ。ところが、オーガスティンはある意味、そいつの裏をかいた。一連の奇妙な出来事を自分だけの胸にしまっておくかわりに、わたしにそれらを伝えたのさ」

「それから、こうしたことをラニアー氏にやってる真犯人というのは？　あんたにはその正体がわかってるんだろうな？」ドハティーが訊いた。

オーリンはにやりとしながら、椅子にもたれかかった。「もちろんだよ。オーガスティン、きみはここ数日、下宿屋にひとりきりだったとずっといい続けてた。でも、そうではなかったんだ」

「というと、大家さんが――」

オーリンは首を横にふった。「彼女にはここでの警備はとうてい無理だろう。だが――」

「ポムロイ軍曹なら――」オーガスティンがはげしい口調でいった。目は驚きで見開かれている。「やつの部屋は廊下を隔てた向かいにあります」

「やっと飲みこめてきたようだな、オーガスティン。いいかね、わたしはポムロイが釣りに出かけたなどとは思っていない。きみの見てる前でたしかに下宿を出たかもしれんが、おそらくかばんをどこかに隠して、こっそりまた戻ってきたんだろう。それからというもの、やつは自分の部屋に潜んでた。きみは鍵を何度か置き忘れたといったね。それを取りに戻ってくる前に、きみの部屋に忍びこみ、粘土で瞬時に型をとることは可能だったろう。きみは文書係だから、その鍵さえあれば、記録保管室のどこへでも入ることができるというものだ。マーレーに関しても同じだよ。小鳥を殺すのにどれだけ時間がかかる？　きみがふたたび鍵を置き忘れるのを待ってから、きみの部屋に入り、鳥かごを開ければいいだけの話さ。他のことをやるのはさらに簡単だったろう。いったんきみが外出しさえすれば、きみの部屋をどんなふうにでもできたからね」

「興味深い推理だな、オーリン」ドハティーがいった。「だが、そいつを立証するのはいささか骨なんじゃないかね、ええ？」

「いとも簡単なことさ」オーリンはいった。

二日後、黒いシャツと黒いズボンというでたちの人影が、研究所の記録保管室の脇のドアの錠をはずして、するりとなかに忍びこんだ。ドアを閉めて、ふり返ると、暗闇のなかでだれかが顔を覆っていた黒い大きなハンカチをむしりとった。驚愕のあまり、大きな鍵の環を床に落としたとたんに、天井灯がついた。相手の男の前で、四人の兵士が銃剣付きのライフルを構えていた。

「やあ、ポムロイ軍曹」黒いハンカチをゆっくりとポケットに戻しながら、オーリン・ワトキンズがいった。「お待ちしてたよ」

プラット街イレギュラーズ

市のあまたある脇道のなかで、プラット街にはべつだん他と変わった点があるわけではない。富裕層を常連客とした小さな専門店がせり合っているおしゃれな商業地区が手前にあるが、そこから五ブロックも奥に進もうものなら、まるで追跡者をまこうとするかのように道がジグザグになり始めていた。高級店は正面が通りに面したうす汚い商店に取って代わられたが、そこの二階の窓はゼラニウムや洗濯物で覆われ、ときおり戸口に酔っぱらいが眠りこけていることもある。この区域は州の土木部長からはスラム街と呼ばれ、住民たちを立ちのかせて商業用の高層ビルを建てるという曖昧な計画が市の行政当局によって検討されたこともあった。だが、あたりがいくらジグザグになっていようと、そこで暮らす人々にとって、プラット街は自分たちの住みかにほかならなかった。

プラット街の住人たちはよそ者に対し疑いのまなざしを向けた。というのも、よそ者が近くにいるときは十中八九までが公務のためで、それはたいてい住民税の引きあげや、立ちのかされた住人たちがほかに住む場所を見つけねばならなくなる、建物の接収、通りや舗道をきれいにする不可能ともいえる仕事にとりかかるようにというお達しを意味した。そのような理由から、プラット街は市当局へとにかく放っておいてほしいという要望をした。

市警本部にとってひどく意外だったことに、プラット街は犯罪とは無縁だった。そもそも盗もうにも、盗むべきものがほとんどなかった。そこの住人たちのほとんどが低所得者層に属していたからだ。それに犯罪はとりもなおさず、警察官や刑事といったよそ者たちが近所をうろちょろしては、やまほど質問してくることを意味していたからで、それゆえ、プラット街は法律の執行を自分たちの手でがっちり行なおうとした。

数年前、ふたりの若者がハインリヒ・ファーバーの店――月曜定休の〈ドイツ風デリカテッセン〉――に強盗目的で押し入ったことがあった。大男のファーバーは拳銃を持ったほうの若者をこともなげに店の外に放り出し、手の甲でもうひとりのあばらに一撃をくらわした。自分と同じようにでっぷりした娘ふたりに婿を見つけることに生涯を捧げている、まるまると太った未亡人のローザ・バルヴィーニは、たまたまその場に居合わせていた。彼女の主張したところによれば、ふたりの若者を相手にしているあいだも、ファーバーはシュトラウスのワルツを口笛でずっと演奏し続けていたという。いうまでもなく、鎮圧された強盗たちは二度と戻ってこないことを条件に解放され、足をひきずりながら立ち去った。自分の思いどおりにかたがついたのだから、ファーバーには警察を呼ぶべき理由が見当たらなかった。バルヴィーニ夫人もそれには全面的に賛成だった。

四月上旬のある寒い晩のことだった。プラット街の住人たちにとっては、二ブロック先の埠頭から吹いてくるさわやかなそよ風を感じるために、非常階段をまにあわせのポーチに変え始めるのには、まだ早すぎた。ジェイコブ・ロス――〈ジェイクのしゃれ着〉の店主――は店の窓辺に座り、上着のほころびを直す手をときおり休めては、ちょっと先にある街灯によってできた光の輪を、埃をかぶった窓ガラス越しに見つめていた。どこからか叫び声が聞こえてくると、やれやれというように肩をすくめた。たぶん二階上の部屋に住むメトカーフのじいさんが、きりのない夫婦げんかを性懲りもなくしでかしてるんだろう。

ジェイクが窓の外の動きに気づいて顔をあげると、ちょうど通りの向かいのクリストフェル・トーレンソンの質店から何者かが小走りに出てくるところだった。質店の脇の、プラット街とは直角になっている路地に、その人影は消えた。まあ、たいしたことじゃあるまい。トーレンソンのやつはここらではまだ新顔だが、自分の息子となにか口げんかでもしただけのことだろう。これまでにはそういうことはなかったが、なにごとにも初めてということがあるからな。

すると質店に明かりがともり、トーレンソンが戸口に現れた。「警察はどこだ！」という大きな叫び声がしじまを破った。

「あのばかがあんなふうにどなり続けた日にゃ、市じゅうの警官を呼び寄せちまう」ジェイクはぼやいた。彼は怒ったように針を上着の生地につき刺すと、きゃしゃな身体を椅子からゆっくりと持ちあげた。

トーレンソンがふたたび警察を呼ぶと、今度はいくらか落ちついた別の声がそれに応えた。

「パパ？」

とにかくまあ、トーレンソンにはまだプラット街で暮らしていくうえでの基本的なきまりを学ぶだけの時間がなかったということだな。ジェイクがよろよろしながら歩道に出ると、肉切り包丁を手にしたファーバーがこちらに向かって駆けてくるところだった。

「なにごとだ、ジェイク？」ファーバーは息を切らせながらいった。半ブロック近く走ってきたことで、顔は紅潮している。「夜のこんな時間に警察を呼んでやがるのは、どこのどいつだ？」

「トーレンソンのやつだよ、ハインリヒ」親指を通りの向かいにいる人影のほうにさっと向けながら、ジェイクがいった。

「やれやれ、困ったもんだな！」大男のデリカテッセン店主はいった。「警官どもにうろちょろされるのだけはごめんだぜ。そんなことになったら、おれの店の建築条令違反をやまほど見つけられちまう。なあ、少しは声をさげさせられないものかどうか、とりあえずあっちに行ってみようじゃないか」

ふたりが縁石からおりたとたん、血走った目をしたトーレンソンがふたたび叫び声をあげようと、手のひらを丸くして、口にあてた。

「クリス」ジェイクの抑揚のない声が静かな大気を切り裂いた。「静かにしないか。そんなんじゃ、死人まで目を覚ましちまうぞ」

「でも、だれかがわたしの店に盗みに入ったんだ」トーレンソンがやや小さな声でいった。「おまけに、警官がどこにも見当たらないときてる」

「そっちのほうが都合がいいんでね」ファーバーがいった。

質店から脇の路地へと通じる出入り口のところで足音がして、十六歳くらいの、長身でたくましい少年が彼らのほうにやってきた。少年のえりについた口紅のあとをほほえましく見やりながら、どうやらクリストフェルの息子のワルテルが熱々のデートからご帰還のようだな、とジェイクは思った。でも、だとしたら、店のなかから走り出てきたのはいったいだれだろう？

「ぼくは男が立ち去るところを見ました」ワルテルはいった。「あとちょっとで家だというときに、そいつが歩道に飛び出てきたんです」

「せっかくいい身体をしてるんだから、どうにかしようがなかったのかね、ワルテル？」ジェイクがいった。「テレビの刑事ドラマでやってるみたいに、鼻をぶん殴るとか？」

「パパが警察を呼び始めるまで、異変のあったことに気づかなかったんですよ。そのときにはもう、男は路地に逃げこんでました。あとを追いかけたけれど、う、運悪く、そばにあったゴミ箱に足をとられ、転んでしまったんです。倒れたときに、肩を打ちつけてしまって」ワルテルは右肩をさすって、痛みにたじろいだ。「まっ暗だったものですから」と力なくしめくくった。

「泥棒をとり逃がしてしまったからには、もう警察を呼ぶしかない」トーレンソンがいった。

「それのどこがいかんのだ？　そうしちゃいけないという法律でもあるのか？」

「八年前、だれかがうちの店の窓めがけて石を投げたときに、わたしは一度だけ警察を呼んだことがある」ジェイクは説明した。「歩道で大声をあげるだけじゃなく、そんときはちゃんと電話で通報したさ。電話をかけるのに十セントもかかったあげく、その手付け金で、とんでもないやっかいごとを招いちまった。警官どもは二台のパトロールカーでやってきた。連中は一時間もたたないうちに、うちの店の入り口のところの踏み段は危険だから取り替えるようにと警告しやがった。ここにいるファーバーには、法廷に出頭せよという書類を手渡した。それも、ゴミ収集のない日に歩道にゴミ箱を置いたからという理由でだ。それから駐車違反で三台の車に違反切符を切ったあげく、わたしの窓を割った犯人はとうとう捕まえずじまいだった。その結果、プラット街の住民たちは七十八ドル十三セントまきあげられることになったのさ。それというのも、わたしがささやかな電話をたった一本かけたからだ。そのあと三週間というもの、このブロックの人間はだれひとり口をきいちゃくれなかった」ジェイクは悲しげに首をふった。「警察を呼ばんでくれ、クリス」彼はそう懇願した。

「たしか、このあたりを巡回中のパトロール警官がいたはずだが?」トーレンソンはなおも続けた。

「そいつはトム・リアリーのこったろうな」ファーバーがいった。「警察学校を出たばかりの、なかなか気のきく子だ。このあたりの事情を心得てる。おれたちに面倒をかけんし、こっちも同様だ。ときどきおしゃべりに立ち寄るんで、固くかりかりしたロールパンやレバーソーセージを出してやってるよ」

「仕事に就いてからまだ三ヶ月にしかならんというのに、このファーバーときたら早くもたかりの手口を教えこもうとしてるんだからな」ジェイクはくっくと笑った。「そんな高価な賄賂を受けとるにはトムは若すぎるぞ、ハインリヒ」

「でも、そのトム・リアリーとやらはどこにいるんです?」ワルテルが訊いた。「こちらを煩わせることなしに、ぼくらの手助けをしてくれないでしょうか?」

「どこにいるか教えてあげる」暗がりから女の声がした。「うちで娘のルーシーといっしょにお茶を飲んでるわ。けど、それを飲み終えるまでじゃまはさせないわよ」

「ローザ、法と秩序があんたの娘の結婚するのを阻止せんことを」ジェイクがいった。

「余計なお世話よ。そんなことをいうなら、もうあんたのとこには繕《つくろ》いものを頼まないから」ローザ・バルヴィーニは質店から漏れる光の輪のなかに出てきた。「叫び声が聞こえたけど、いったいなんの騒ぎ?」

「トーレンソンが泥棒に入られたといって、警察を呼ぼうとしてるのさ」ファーバーがいった。

「ばかをおっしゃい!」バルヴィーニ夫人が異を唱えた。「いったい、なんのためにそんなことをしようというの?」

「その泥棒を捕まえさせるのさ」トーレンソンがいった。

「なにを盗んだの?」バルヴィーニ夫人が訊いた。

「いや、実際にはなにも盗んでいない。でも、そうしようとしてた」

「だったら、なにが問題なのよ? べつに損したわけじゃないんでしょ」

「だが、その男は逮捕されるべきだ。さもなければ、どうして戻ってこないといい切れる? 次はきみらのうちのだれかのところに押し入るかもしれんぞ」

この発言によって、事態は新たな様相を呈してきた。たしかに、犯罪を犯しても罪を免れることができるなら、犯人はふたたびそれを試みようとするかもしれない。すると、ハインリヒ・ファーバーが妙案を思いついた。

「おれが以前、読んだ本によれば――」と彼は切り出した。

「そいつはめでたい」ジェイクが口をはさんだ。

「偉そうなことをぬかすな」ファーバーがぴしゃりといった。「そいつはシャーロック・ホルムズという探偵についてのもんだった」

「わたしも読んだわ」バルヴィーニ夫人がいった。「でも、それをいうなら、ホームズでしょ」

「ほう、そうだったかな。まあ、とにかく、この探偵には、自分たちの足で情報を集めてきては事件を解決する手助けをしてくれる、ガキどもがわんさかいるんだ。ホームズはその連中のことをベイカー・ストリート・イレギュラーズと呼んでたな」

「それがなにか？」

「つまり、ここにも五人いるってことさ。なあ、おれたちで事件を解決するってのはどうだい？　本のなかでガキどもがやってたように、情報を集めりゃいい。ここらの連中のことは知りつくしてるから、犯人がだれなのかつきとめられるんじゃないかな」

「すると、プラット街イレギュラーズってことだな？」ジェイクがいった。

「賛成」会と聞けば参加せずにはいられないバルヴィーニ夫人がいった。「わたしがその会長になるわ」

「会長もくそもあるもんか」ファーバーがうなるようにいった。「みんなで協力し合って捜査にあたるんだからな」

「どこから始めるつもり？」

「寒くなってきたから、とりあえずなかに入ろうじゃないか」ジェイクが提案した。

質店のなかはカメラ、装身具、楽器、それにトーレンソン氏が金に換えられると判断したもろもろの品々であふれかえっていた。あるものはカウンターの上に置かれ、あるものは壁に掛けられ、あるものは天井からぶらさげられている。それらがあまりにごったがえしているので、店全体が中古品でできているように見えるほどだった。

トーレンソンがいつも後ろに立っている乱雑なカウンターの向かいの壁の上に、小さな飾り棚がひとつ設置されていた。飾り棚は磨きあげられた木材でできていて、そのガラス扉には凝った装飾を施した真鍮の錠前がかけられている。

「おそらく泥棒はこいつが目的だったと思う」飾り棚を指さしながらトーレンソンがいった。ハインリヒ・ファーバー、ジェイク・ロス、それにバルヴィーニ夫人が飾り棚のなかをのぞきこんでいるあいだ、彼は息子といっしょに店の奥にひっこんでいた。

ガラス越しに腕時計がひとつ見えた。赤いビロードの上にまるで王冠のように置かれ、飾り棚の底にねじこんである透明なプラスティックの留め金によって、固定されている。腕時計の側《がわ》とそれに釣り合うベルトはどちらもすばらしい細工の施された金でできていた。長針と短針にはこみいったデザインが施され、それは秒針も同様だった。秒針が文字盤の上を通過するたびに、そこに記載された数字が見えたが、そのいずれもがガラスないしは……。

「そう、小粒のダイヤだよ」店の奥からトーレンソンの声がした。「それから側のほうは純金でできている」

「あんたの泥棒はどうやら趣味のいいやつのようだな」ジェイクがうなずきながら答えた。「そいつが押しこみを働いてるあいだに、腕時計には傷がついちまったかい？」

「やつには飾り棚を開ける時間もなかったと思う」息子をほうって三人のほうに歩いていきながら、トーレンソンが答えた。「錠前をいじったあとは見られんようだからな」

「さあ、あんたが大声で警察を呼び始める前にここでなにがあったのか、聞かせてくれ」片手でポケットから包肉用の紙きれを、もう一方の手で耳の後ろから鉛筆を取り出しながら、ファーバーが探偵きどりでいった。

「話すようなことはあまりない。三十分ほど前のことだ。アンナとわたしは二階でテレビを観ていた。ご承知のように、われわれは店の上の部屋で暮らしてる。そこに座って――」

「アンナ？　奥さんにお目にかかったことはないように思うけど」バルヴィーニ夫人がいった。

「妻は死んだよ。アンナというのは、いっしょに暮らしてる妹だ」

「でも、あなたがここに引っ越してきてからもう六週間にもなるというのに、一度も彼女にお目にかかったことがないわ」のけ者にされたとはっきり感じながら、バルヴィーニ夫人はなおもくいさがった。

「アンナは家にこもって、ほとんど外にも出んのだよ」

「気が向いたらコーヒーでも飲みにいらっしゃいと伝えといて。ラザーニャの腕前だって天下一品だしね」まるでラザーニャのいい匂いがしているかのように、バルヴィーニ夫人は鼻をくんくんいわせた。

「話を続けてくれ、クリス」ジェイクがいった。「このひとの頭にあるのは、食べ物のことばかりだからな。いまみたいにたらふく食べてたんじゃ、いつの日か破裂しちまうだろうよ」

「テレビを観てたときに、下の店のほうから物音が聞こえてきたような気がした。真上に住んでるために警報装置を設置してないので、下におりて調べてみることにした。護身用に、息子のバットを持ってな」

「ずいぶんと勇敢なことをしたもんだな」ジェイクがいった。「泥棒は拳銃を持ってたかもしれんじゃないか」

トーレンソンは肩をすくめた。「なにせ、店を守る必要があったんだ。それに極力、音を立てないようにしてたしな。階段のたもとに着くと、わたしはあのドアを開けた」彼は店の奥にあるドアを指さした。「すると、男が腕時計の入ってる飾り棚の前に立ってた。やつがわたしのおりてきたのに気づいてないことはたしかだった」

「どんな感じの男だった？」ファーバーが訊いた。

トーレンソンは両手を大きく広げた。「わからん」と申しわけなさそうにいう。「外から射しこむ光をのぞけば、店のなかはまっ暗だったからな。男だったということしかいえん」

「それからどうなったんだね？」

「わたしはドアを押し開けると、バットをふり回しながら、そいつに向かっていった。一度は命中したように思う。バットがなにかにゴツンと当たる音がして、その男が悲鳴をあげたからだ。そのあと、なにをする暇もないうちに、やつは通りへ駆け出していった」

「そいつを追いかけたのかい？」

トーレンソンはかぶりをふった。「相手は拳銃を持ってるかもしれないというのに、野球のバットだけを頼りに暗い通りに出て、あとを追いかける気にはなれなかったのさ。わたしは戸口のところから警官を呼ぶことにした。そのときさ――あんたが通りを渡ってきて、黙るようにといったのは」

「なにも盗られちゃいないということだったが」こぢんまりとした店のなかをゆっくりと見渡しながら、ハインリヒ・ファーバーがいった。「店ががらくたであふれかえってるというのに、なんでそういい切れるんだ、クリス？」

「やつは腕時計を盗み損なったし、そもそもそれが目的だったと思ったからだよ。なにかほかのものを盗んでたとしても、この店を買ったときについてきた品物をひとつひとつ確認するまではわからん。ことによれば、そのあとでもだ。この前にやってた店でも、在庫管理はかなりずさんだったからな。なにせ、品物がどこにあったか、しょっちゅう忘れちまうんだ。なにかがなくなってることに気づき、それが二週間後にカウンターの下からひょっこり出てくる、なんてこともあった。ワルテルがおとなになって早いとこ店を継ぎ、わたしを引退させてくれればいいんだが」

「あんたがやってた前の店の上にも、ここと同じような部屋があったのかい？」ジェイクが訊いた。

「ああ。店の営業時間が長かったからな、そこに通うなんてのは愚の骨頂さ」

「腕時計の入ってる飾り棚のことだけど」バルヴィーニ夫人が口をはさんだ。「それの鍵は持ってるの？」

「わたしが店を買ってからは、一度しか開けていない。そう、三週間ほど前にセールスマンがふらりとやってきて、高級時計でも扱わないかともちかけてきたときにだよ。わたしはその男にいって飾り棚に試供品を入れさせ、だれか欲しがる人間がいれば売るつもりだが、このあたりで高価な装身具に興味のある人間はそうはいないと告げた。やっこさんが立ち去る前にわたしは棚に鍵をかけ、それ以来そこを開けたことはない。お望みなら、鍵はカウンターの後ろにある」

「いいえ、取ってきてもらうまでもないわ」バルヴィーニ夫人が答えた。

「あとはあんたの妹に話を聞くだけだ」いまやメモで埋まった包肉用紙を折りたたみ、それをポケットにつっこみながら、ファーバーが横柄な口調でいった。「あんたが忘れてることを、なにか思いつくかもしれんからな」

「わたしがいまいったことに、アンナはなにもつけ加えられんだろう」トーレンソンは首を横にふりながら、きっぱりといった。「あいつはずっと上の部屋にいて、わたしの耳にしたことを聞いただけだ。それに、英語があまり得意ではないんだ」

「それでもやっぱり――」

トーレンソンのおもねるような友好的な態度がふいに消え失せた。背筋をぴんとのばし、目に決然たる表情を浮かべ、ジェイクに背を向けると、無意識のうちに腕組みをする。「アンナに質問をさせるわけにはいかん」彼は抑揚のない声でいった。「そんなことをさせるくらいなら、この件の捜査を警察にゆだねたほうがましだ」

「でもどうしてだ、クリス?」ジェイクが哀れっぽい声でいった。「われわれはあんたの手助けをしようとしてるだけじゃないか」

「アンナがこの国にやってきてからまだ八ヶ月にしかならない」トーレンソンは言葉を口にするのがやっととでもいうように、ゆっくりと答えた。「その前は東欧にいた。〝急進的な政治思想の持ち主〟と政府にレッテルを貼られ、刑務所に入れられてたんだ。ただ、あちらでは刑務所のことを〝強制収容所〟と呼ぶのさ。あいつは微罪で逮捕され、有罪を宣告されたのちに、収容所に入れられた。わたしがそのことを知るまで、二年ものあいだな。わたしはさっそく米国政府と接触し、あいつが釈放されて、ここに移送されてくるようにした。やつらはその収容所で、あいつをひどい目に遭わせた——そう、筆舌につくしがたい目にだよ、ロス。おかげで、あいつは長いことおかしなふるまいを見せた。もちろん、いまではすっかり正常に戻ってる。だが、あんたの質問に動揺しようものなら、どんなことになるか……。さあ、わたしがなんであんたと話をさせたがらないか、これでわかってもらえたと思うがね。

さて、さしつかえなければ」トーレンソンが先を続けた。「アンナのようすを見に、上に行かせてもらうよ。わたしがここにぐずぐずしてたんで、心配してるかもしれんからな。このばかげた〝探偵ごっこ〟とやらを続けたいんなら、店のなかを好きに見て回ってくれてかまわない。だが、あと三十分したら、わたしは警察に知らせるつもりだ——今度こそ電話でな」彼は店の奥にある階段のほうに通じるドアをばたんと閉めて、立ち去った。

「かわいそうなひとだこと」コートのほつれた糸をひっぱりながら、バルヴィーニ夫人がつぶやいた。「彼女がけっして外に出ようとしない理由はそれだったのね」

「ワルテル」まだ店にいた少年に向かって、ジェイクがいった。「きみのアンナ叔母さんについて聞かせてくれるか。おとうさんの話では、ここに来てからしばらくは〝おかしな〟ふるまいを見せたということだったが。それはどういう意味かね？」

「お、叔母はまだおかしなふるまいをしてます、ロスさん。パパはそれを認めようとはしないけど、叔母は……そう、頭がまともじゃないんです。店のほうにおりてきて掃除をするとき以外は、二階の部屋をかたときも離れません。ときどき、夜中に悲鳴をあげながら目を覚ましたりもします。パパは異状はないんだと信じこませようとしてるけど、それをうのみにするほどぼくは愚かじゃありません。パパの心配を多少でも和らげてあげられるすべがあればいいんですが」

少年が話し終わるにつれ、店内には深い沈黙がたちこめた。その間、正面入り口の上の年代物の掛け時計のカチカチいうかすかな音がときおり聞こえてくるだけだった。やがて、バルヴィーニ夫人がハインリヒ・ファーバーをひそひそ話のできるところまで連れていった。ファーバーが彼女の話をうんうんとうなずきながら聞いたあと、ふたりはそろってジェイクのほうをふり向いた。

「必要な手がかりはすべて手に入ったようだ」ファーバーがいった。「泥棒の正体は判明したと、おれもバルヴィーニ夫人も思ってる。おまえさんはどうなんだ、ジェイク？　犯人がだれなのか、わかったかい？」

「さっぱり見当もつかん」ジェイクがいった。「だが、トーレンソンのやつが警察に知らせるまであと二十五分しかないから、早いとこぶちまけちまったほうがいいぞ。下におりてくるよう声をかけるから、きみらの名探偵ぶりをせいぜい披露してみせてくれ」

ジェイクは店の奥に行くと、二階に向かって呼ばわった。数分後、クリストフェル・トーレンソンがふたたび店に姿を見せた。

「よかろう」ファーバーとバルヴィーニ夫人が結論に達したと聞かされたあと、彼は怒った口調でいった。「さあ、聞かせてもらおうか。あんたらが今晩ここにいた男の正体を首尾よくつきとめたと得心できれば、警官を呼ぶのはやめておこう。トム・リアリーに犯人の名を告げるにとどめ、あとはやっこさんに勝手に逮捕させればいい。だが、いっておくがな、わたしはそうおいそれとは納得せんぞ。さあ、犯人はいったいどこのどいつだ？」

ローザ・バルヴィーニが芝居がかったしぐさでワルテル・トーレンソンを指さすと同時に、ハインリヒ・ファーバーも少年の肩に大きな手を添えた。「犯人はこの子よ！」バルヴィーニ夫人は勝ち誇ったようにいった。「あなた自身の息子が店のものを盗もうとしたんだわ」

クリストフェル・トーレンソンが異議をまくしたて始めると、ジェイク・ロスは恐ろしい光景をしめ出そうとするかのように両手で目を覆い、ゆっくりと首を横にふった。「なあ」彼は哀れな声をあげた。「きみら名探偵のうちのどちらでもいいが、例のシャーロック・ホームズのように、どうしてこの信じがたい結論に達したのか、トーレンソン氏とわたしにもわかるように説明してくれんかね？」

「表出入り口のことだが」ファーバーは満面に笑みを浮かべながらいった。「上にあがる前にそれに錠をかけたんだったよな、トーレンソン？」

「ああ」トーレンソンはいった。目には怯えたような色が浮かび始めている。「たしかにそうした。そのあと、アンナが店をきれいにしてるあいだ、わたしは上にいた」

「了解だ」ファーバーが先を続けた。「表出入り口の錠前は無事だから、なかに入ったのは鍵を持ってるだれかに違いないということになる。外にいたのはワルテルしかいないから、必然的に彼が犯人だということさ」

「なあ、ハインリヒ」ジェイクがいった。「参考までに聞かせてほしいんだが、錠前をこじ開ける方法はなにかなかったのか?」

「あの錠前じゃあ無理だな」ファーバーは表出入り口のところの堅牢《けんろう》そのものの仕掛けをさし示した。「なんせ、差し錠が戸枠についた三つの金具のあいだを通ってるんだからな。そいつをこじ開けるにはひと晩じゅうかかるだろうよ。金てこで錠前をはずすこと自体はさほど困難じゃないだろうが、この錠前にはそうした形跡はなにも残っていない」

「それからもうひとつあるわ」バルヴィーニ夫人がいった。「あなたも、だれかを外で見かけたというでたらめを真に受けたりはしなかったでしょ、ジェイク? それから帰宅途中に、泥棒が立ち去ろうとするところに〝たまたま〟出くわしたという嘘も? この子がここにいたのは、自分が泥棒だったからよ。たしかに、腕はけがしてるわ。でも、それはゴミ箱につまずいたからじゃなくて、父親が野球のバットで殴ったためよ。そうじゃない、ワルテル? そういうことだったんでしょ?」

少年が涙ぐみながら無言でうなずくのを見て、クリストフェル・トーレンソンもジェイク・ロスも驚きに目を瞠った。

「さあ、これがおれたちの推理だ」ファーバーが誇らしげにいった。「たぶん、恋人とまたデートするのに、少しばかりこづかいが欲しかったんだろうよ。おれとここにいるバルヴィーニ夫人は盗難事件を解決し、容疑者の自白も手に入れた。これ以上、なにが必要だというんだ？」

だれはばかることなく涙を流しながら、トーレンソンは壁の上の飾り棚のなかの腕時計をじっと見つめているジェイクのほうを向いた。「なあ、そのとおりなんだろ？」トーレンソンは泣き声まじりでいった。「犯人はワルテルに違いない。ほかのだれにも侵入できたはずないものな。なぜっていうと――」

ジェイクの眉がふいにつりあがった。しわくちゃの顔が満面の笑みで輝く。「いいや」彼はうれしそうにいった。「そうは思わんね」

「でも――」トーレンソンはファーバーとバルヴィーニ夫人のほうを示した。「この連中がたったいまいったように――」

「こいつらは頭がいかれてる――どうしようもない阿呆さ。五セント白銅貨が何枚あれば十セントになるかすらわからない、できの悪い探偵どもだよ。この連中がもしもベイカー・ストリート・イレギュラーズの一員だったら、シャーロック・ホームズは生計を立てるために、街角で鉛筆を売らなきゃならなくなるだろうさ」

ファーバーとバルヴィーニ夫人が異議を唱えようとするのを、ジェイクはすかさず制した。「黙れ！」と彼はどなり、それからやや柔和な声で先を続けた。「あの飾り棚のなかの腕時計について聞かせてくれ、クリス。品物であふれかえったこの店のなかで、あれだけがちゃんとした場所に置かれてるのは、いったいどういう理由があってのことだ？」

「さっきもいったように、高価な品だからさ。三百ドル近くの値打ちがある。最新型の自動巻きの腕時計にもひけをとらぬほど正確な、手巻き式のものなんだ。動かし続けるためには毎日欠かさずぜんまいを巻かねばならないが、月に数秒しかくるわないことになってる」

「ますますけっこう」ジェイクは手をこすり合わせた。「さて、もうひとつ聞かせてくれ。ワルテルが今晩出かける前にあんたの妹さんの部屋に入ったのは、どういう理由からだ？」

「それは、くしが入り用だったからだよ。いつものがどこかにいってしまい、わたしは夕食のあとでそれをいっしょに捜してやった。その際、アンナのところに一本あると教えてやったのさ。掃除を終わらそうと妹はふたたび下におりていたので、かまわないだろうと思ったんだよ。でも、待ってくれ、ジェイク。どうしてそれがわかったんだ？」

「そんなことは気にしなさんな。いまはただ、お祝いの言葉を述べさせてくれ。あんたの息子は泥棒じゃない」

「でも、自分で認めたじゃないか！」ファーバーがわめいた。

「そうだな」ジェイクがいった。「錠のかかった表出入り口とワルテルの腕の傷については、わたしも異議はない――おまえさんのいったように、たしかに飾り棚の前に立っていた男はワルテルだった」

「だったら、やっぱりこの子が泥棒じゃないの」バルヴィーニ夫人がきっぱりといった。

「いや、違う」ジェイクはいいはった。「盗難事件などはなからなかったんだから、泥棒のわけはない。そもそも盗みの企てすらなかったのさ」

「なんだと！」ファーバーがわめいた。

「なんでそういい切れるの？」バルヴィーニ夫人が訊いた。

「腕時計さ」ジェイクがいった。「トーレンソン氏によれば、泥棒――すなわちワルテル――は腕時計が目的だったが、一撃をくらわされたことで、飾り棚の扉を開けずにすごすごと退散したということだった。違うか？」

「ああ、そのとおりだ」ファーバーが言葉をしぼりだした。

「さて、ふたたびトーレンソン氏によれば、くだんの腕時計を動かし続けるためには、毎日欠かさずぜんまいを巻く必要があるということだった。ところが、過去三週間のあいだ錠のかかった飾り棚のなかに入ってたというじゃないか。だとすれば、そのあいだに止まってしまったはずだ。それなのに、さっきも、それについいましがた見たときにも、秒針は文字盤の周りを回ってた！」

「そんなはずはない」ファーバーはそういうと、彼のような大男にしては驚くべき速さで飾り棚に近寄り、腕時計をまじまじと見つめた。「た、たしかに動いてる」彼はきっぱりといった。

「ちょっと待って」バルヴィーニ夫人がいった。「ワルテルは飾り棚の鍵がどこにあるか知ってたに違いないわ。だから、父親のおりてくる前にそれを開けることができたはずよ。それに――」

「それになんだね？」ジェイクが訊いた。「いまのところに留められたままの状態で、ワルテルが腕時計のぜんまいを巻いたと信じろというのか？　ばかばかしい。彼がそんなことをする理由はなかったはずだ。過去二十四時間のあいだに腕時計が飾り棚の外に出ていたと見るのが、ただひとつ道理にかなった解釈だよ」

「だが、すでに持ち出されてたのなら」トーレンソンがいった。「それはワルテルの仕業に違いないということに――」

「こんなぐあいにかい！」親指と人差し指で円を作りながら（そのしぐさでスリを示している）、ジェイクがいった。「あんたが息子さんを見たのはな、クリス、腕時計を盗むために飾り棚を開けようとしてるところではなかったんだ。棚はもう開けてあり、それをちょうどまた閉めようとしてるところだったのさ。つまり息子さんは、腕時計を戻そうとしてたんだ」

「洋服屋なんかやめて、探偵どもの仲間入りをしたらどうだ」ファーバーがいった。「まあ、それはそうと、名探偵どの、そもそも腕時計がどうやって飾り棚の外に出たのか、教えてもらいたいもんだな」

「いい質問だよ、ハインリヒ」ジェイクはクリストフェル・トーレンソンのほうを向いた。「なあ、クリス、あんたが所有してた前の店では、在庫管理はかなりずさんだったということだったよな」彼はいった。「なにかがなくなったかと思うと、別のところからひょっこり出てくるといったぐあいにさ。これはあくまでも推測にすぎんのだが、そういう問題が起こり始めたのは、妹さんが同居するようになった、およそ八ヶ月前からじゃないかね？」

「ああ」トーレンソンはさっと考えをめぐらしてからいった。「たしかに、そのころからだ。だが、だからなんだというんだ、ジェイク？」

「ちっとは頭を働かせろよ」ジェイクが答えた。「あんたの妹さんに会ってもいないわれわれですら、彼女についてはいろいろと知ってる。ここにやってくる前には、東欧の強制収容所にいた。わたしはそれがどんなものなのか知ってるよ。第二次大戦中、わたしの親戚の何人かもそういったところにいたからな。とうてい愉快な体験とはいえんだろう。その時代の妹さんについて、あんたはなにを知ってる、クリス？」

「あいつが話してくれたことだけだ。そこは寒くて、ろくに食べるものもなかったそうだ。ただ生き残るためだけに、あいつは生まれて初めて嘘をついたり、他人をだましたりしなければならなかった。と、ときには……」

「盗みも働いた？」

「待った！」ファーバーがどなった。「ひと晩じゅう部屋にいたかわいそうな女性に罪を着せようというのか？」

「クリスによれば、彼女は二度、店のほうにおりてきてる」ジェイクがいった。「閉店直後と、夕食後にだ。

さあ、ここに、生きるためだけに二年間にわたって盗みを働かねばならなかった女性がいる。するとあるときを境に突然、店のなかで装身具やありとあらゆる類の品物に囲まれることになった。収容所で身につけたことをそこでもやろうとしたとしても、驚くにはあたらんのじゃないか？」

「だが、いまさら盗む必要はないじゃないか」トーレンソンがいった。「欲しいものがあれば、わたしがなんでもくれてやるのに」

「自分でもどうしようもなかったのさ」ジェイクがいった。「妹さんにとっては単にまばたきをするようなもので、すっかりそうする癖がしみこんじまったんだ。それをいい表す言葉もあったな――たしか、せ、せっとう……」

「窃盗狂だ」クリストフェル・トーレンソンがおだやかに助け船を出した。

「そう、それだ」ジェイクがいった。「彼女は店の品物を盗んだ。在庫品が見当たらなくなったのは、それが理由だよ。ワルテルはどのようにしてかそのことを知り、盗まれた品物をなんとか回収することに成功した。だからこそ、数日たってからきまって品物が見つかったのさ。そう、あんたの息子がそれらを戻してたんだよ。ひとたびそれを盗むとアンナは興味をなくしてしまい、あんたの息子がなにをしてるかさえ気づかなかったんだろう。

だが、きょう、あんたが二階にあがったあと、アンナは腕時計の入ってる飾り棚の鍵を見つけ、腕時計を盗み出した。あんたがただちに紛失に気づく、たったひとつのものをな。そうしてから、ぜんまいを巻いたんだろう。ワルテルは夕食のすぐあと、それを二階の彼女の部屋で見つけた――ワルテルが妹さんの部屋に入ったのをわたしが知ってたのは、そういう理由からさ。彼には、あんたが店におりてくるまでに腕時計を戻す必要があるのはわかってた。だから今晩帰宅すると、それを飾り棚に入れようとした。そうしようとしてるところを、あんたに見つかったんだ。ただそれだけのことだよ」

クリストフェル・トーレンソンは涙を流しながら、息子のほうに両手をさしのべた。「なにが起きてるのか、どうしていってくれなかったんだ、ワルテル？」

「だって、叔母さんがすっかり正常に戻ったとパパが信じきってたからだよ」やはり涙を流しながら、少年は答えた。「ぼくにはアンナ叔母さんがなにをしてるのかわかってたけど、パパの妹だし、ぼくにはどうしても――」

「アンナと話をしてみよう。あいつのことをだれかに頼んでもいい」トーレンソンがいった。「それからなワルテル、おまえがやろうとしたことを、わたしはとても誇りに思うよ。でも、これからはもうほんとのことを隠す必要はないからな」

ハインリヒ・ファーバーはバルヴィーニ夫人のほうを向き、ジェイクに向かって親指をつき出してみせた。「みごとにしてやられたな」大男はいった。「結果的には、こいつが正しくて、おれたちはまちがってた。これからは、このお偉いさんはおれたちと口もきいちゃくれまいよ」

「心配しなさんな、ハインリヒ」ジェイクが笑みを浮かべながら応じた。「ズボンの丈を長くしてやった代金の一ドル二十五セントをもらえずにいるうちは、おまえさんと口をきいてやるよ」

店のドアを軽くノックする音が聞こえたあと、ドアが開き、警官の制服姿の青年が入ってきた。

「ねえ、リアリー巡査」バルヴィーニ夫人がまくしたてた。「ルーシーとはうまくいったの？　あの子は、自分のこしらえたクラムスケーキをごちそうしたのかしら？　あの子は料理の腕も抜群だし、おまけにすごく家庭的なのよ」

『結婚行進曲』（ワーグナー作）の数小節をそっとハミングし始めたジェイクは、バルヴィーニ夫人から冷笑を浴びせられることになった。

「店に明かりがついてるのが見えたものですから」リアリーがいった。「なにかあったんじゃないかと思って。なにも異状はありませんか、トーレンソンさん？」

ジェイク、ハインリヒ・ファーバー、それにバルヴィーニ夫人は、トーレンソンが余計なことをいって、プラット街に警察が押しかけてくることになるのではないかと、そろってかたずを飲んだ。

クリストフェル・トーレンソンは脇に立っている息子のほうにほほえみかけた。「平和そのものだよ、巡査」

好事家のためのノート

森英俊 編

本編の内容にふれている部分がありますので、本編読了後にお読みください。

アシモフ、アイザック　Asimov, Isaac（米、一九二〇～九二）

「アイザック・アシモフを読んだ男たち」のなかで、ジャスパー・ツィマーマンが「ありとあらゆるものを書きまくってる、科学者先生さ」と評しているように、アシモフにはSFやミステリの長短編のほかに、科学の啓蒙を目的としたノンフィクション関係の著作が三百冊以上もある。それらを執筆するかたわら、SF雑誌の編集や、アンソロジーの編纂にもあたっているから、その博学とマルチな活躍ぶりは驚異というしかない。

『象牙の塔の殺人』（一九五八／創元推理文庫）や『ABAの殺人』（一九七六／創元推理文庫）といった純粋なミステリ長編もあるが、それらはこの作者にしてはややありきたりな内容で、むしろ着目すべきなのは、SFと本格ミステリとを融合させた『鋼鉄都市』（一九五四／ハヤカワ文庫ＳＦ）や『はだかの太陽』（一九五七／ハヤカワ文庫ＳＦ）である。ＳＦミステリなるものは現在ではべつだん珍しくもないが、一九五〇年代にあって、ＳＦミステリという新たなジャンルとそのルールとを確立したことは、アシモフの大きな功績であった。

『鋼鉄都市』では、未来のニューヨーク・シティの上空に作られた宇宙市《スペース・タウン》で科学者が熱線銃で殺害されるという事件が勃発する。警戒厳重な宇宙市にいかにして熱線銃が持ちこまれたかという不可能犯罪的な趣もあり、犯人の意外性とも相まって、ＳＦファンのみならず、ミステリ・ファンをも満足させる出来に仕上がっている。なによりユニークなのは、人間の刑事と、その相棒である人間そっくりのロボットという、絶妙の探偵コンビで、このふたりは『はだかの太陽』で再会し、殺人の起きるはずのないロボット国家での殺人の謎を追う。

　この両作の結構を見てもわかるように、アシモフの理想とするミステリはパズラーであり、それが作者にとっても読者にとってももっとも幸福な形で結実したのが〈黒後家蜘蛛の会《ブラック・ウィドワーズ》〉のシリーズであった。シリーズの記念すべき第一作は《エラリー・クイーンズ・ミステリ・マガジン》の依頼で書かれ、同誌の一九七二年一月号に掲載されたのち、第一短編集『黒後家蜘蛛の会１』（一九七四／創元推理文庫）の冒頭に収録された「会心の笑い」。これが予想以上に好評だったために、十数年にもわたる長期シリーズとなった。シリーズの短編のほとんどは、創元推理文庫より五分冊で刊行されている短編集に収められている。

　実在の女人禁制クラブをモデルにしたという〈黒後家蜘蛛の会〉は、特許弁護士、暗号専門家、作家、有機化学者、画家、数学者の六人からなり、毎月一回、晩餐会を開くのが習わしになっている。六人が交替でその日の晩のホスト役をつとめ、さまざまな職種のゲストがひとりだけ招待される。「あなたはなにをもってご自身の存在を正当となさいますか？」というのがゲストに向けられる最初の質問で、それをきっかけに、ゲストらは自分たちの抱えている問題を語って聞かせる。それを基に、六人はああでもないこうでもないと推理を展開して謎を解こうとするが、いずれもまちがっていることが判明。最後には、おとなしく一同のおしゃべりに耳をかたむけていた、六十代を迎えてしわひとつない給仕のヘンリーが、ずばりと真相を見抜く。
〈黒後家蜘蛛の会〉シリーズはおおむねこのようにパターン化されており、パズラー的見地からいえば、安楽椅子探偵物のバリエーションであると同時に、多重解決物でもある。そのあたりがおそらく、わが国の本格好きのあいだでも好評を博したゆえんだろう。

カー、ジョン・ディクスン（ディクスン、カーター） Carr, John Dickson (Dickson, Carter)
（米、一九〇六〜七七）

不可能犯罪の巨匠《マエストロ》。夫人がそちらの出身であることから、イギリスで暮らした時間も長く、そのため作品の舞台として好んでイギリスを用いた。パズラー作家としてのみならず、ラジオのミステリ・ドラマの脚本家としても超一流で、一九三〇年代の終わりから一九五〇年代半ばにかけてＢＢＣ（イギリス国営放送）やアメリカのＣＢＳラジオで放送された〈恐怖との契約〉や〈サスペンス〉、〈B13号船室〉といったサスペンスと謎に彩られたシリーズは、英米両国で大好評を博した。そうした方面でのカーの魅力の一端には、『幻を追う男』(二〇〇六/論創海外ミステリ)に収められた脚本、『ジョン・ディクスン・カー ラジオ・ドラマ作品集』(二〇〇六/本の風景社)や『ジョン・ディクスン・カー Cabin-B13 研究』(二〇〇七/本の風景社)付属のCD-ROMに収録されたラジオ・ドラマでふれることができる。

カーの処女長編『夜歩く』(一九三〇/創元推理文庫)は、悪魔を思わせる風貌と性格の予審判事バンコランがパリで起きた猟奇的な密室殺人の謎を解くというもので、バンコランはそのあとに続く三つの長編でも主役をつとめる(五つ目の長編もあるが、これはもう少しあとになってから発表された)。これらバンコラン物には、カーの特徴であるオカルティズムや息苦しいほどのサスペンス、流れるようなストーリーテリングは見られるものの、カーの人気を決定づけることになる、ユーモアはほとんど感じられない。それにはやはり、ギディオン・フェル博士や、カーター・ディクスン名義の作品の大半に登場するヘンリー・メリヴェール卿(H・M)といった、ひと目見れば忘れられない風貌の、個性あふれる魅力的な探偵たちの登場が必要であった。

『三つの棺』(一九三五/ハヤカワ・ミステリ文庫)はフェル博士物の最高傑作であるのみならず、密室ミステリの最高峰に位置する長編である。かつてエドワード・D・ホック(Edward D. Hoch)が密室アンソロジー『密室大集合』(一九八一/ハヤカワ・ミステリ文庫)を編んだ際に行なった密室物の人気投票でも、みごと第一位に輝いている。そこでは、書斎に侵入した犯人が犯行後にまるで透明人間のように消え失せ、雪で覆われた道のまんなかで起きた射殺事件の犯人が姿も目撃されていなければ足跡も残していないという、ふたつの不可思議な謎が中心に据えられている。巧妙なトリック、いたるところに張りめぐらされた伏線や叙述の罠など、まさに古典的名作の名にふさわしい。

「ジョン・ディクスン・カーを読んだ男」で言及されている〈密室講義〉は同書の第十七章にあたる部分で、そのなかでフェル博士は古今の密室トリックの分類を試みる。まさしくカーの遊び心とサービス精神の表れで、幾度となくそこを読み返したファンも少なくないはずだ。

『アラビアンナイトの殺人』（一九三六／創元推理文庫）はフェル博士物のなかでは最長の長編であり、やや異色作の部類に属する。三人の警察官たちが交互に、自分たちの経験した奇想天外な出来事をフェル博士に語って聞かせるというもので、アラビア的な幻想と霧のたちこめるロンドンの現実とが交差し、独特の味わいを醸し出している。

『テニスコートの謎』（一九三九／創元推理文庫）はカーお得意の〈足跡のない殺人〉のシチュエーションを扱ったもの。雨上がりのテニスコートの中央で死体が発見され、なおかつコート内には被害者の足跡しか残されていないという謎に、フェル博士が挑む。この時期のカーらしく、サスペンスや心理描写にも富んだ長編。

『震えない男』（一九四〇／ハヤカワ・ミステリ）は〈ひとを殺す部屋〉という、不可能犯罪のなかでも特異なジャンルの作品。幽霊屋敷で開かれた幽霊パーティのさなかに、招待客のひとりが書斎で撃ち殺されるという事件が勃発するが、その場に居合わせて一部始終を目撃していた被害者の妻の話では、壁に掛かっていた拳銃がひとりでに宙に浮き、銃弾を発射したという。犯人の意外性という点でも工夫が凝らされており、この作家がいかに新機軸を打ち出そうと腐心していたかがよくわかる。

ノン・シリーズ長編の代表作『火刑法廷』（一九三七／ハヤカワ・ミステリ文庫）は、自分の愛する妻が十七世紀の毒殺魔にそっくりなことを発見していいようのない疑惑に襲われる青年の物語で、古い衣裳を身にまとった女性が壁をすり抜けたり、近くに住む老人の死体が納骨堂から消え失せるといった、不可思議な超自然現象が青年の周辺で相次ぐ。反転図形を見せられているかのようなドンデン返しが用意されており、結末には賛否両論のあるところだろう。

カーは幼いころから歴史に深い興味を有していたが、それが最初に作品として結実したのが『エドマンド・ゴドフリー卿殺害事件』（一九三六／創元推理文庫）。そこでは十七世紀の王政復古時代に起きた有名な殺人事件の謎解きに挑んでいる。

その歴史に対する興味をさらに加速させ、独自の物語を創り出していったのが、『ニューゲイトの花嫁』（一九五〇／ハヤカワ・ミステリ文庫）を皮切りにした、歴史ミステリ群。実際、一九五〇年代から晩年までのカーの情熱の大半はこれらに注がれていたといっても過言ではない。同書では、高慢な女性が名目上の結婚をしにニューゲイト監獄で死刑執行を待つ主人公の元を訪れる冒頭の場面から、息をもつかせぬ波瀾万丈の物語が展開する。

クイーン、エラリー　Queen, Ellery

いとこ同士である、フレデリック・ダネイ（Frederic Dannay／米、一九〇五〜八二）とマンフレッド・B・リー（Manfred B. Lee／米、一九〇五〜七一）との合作ペンネーム。「アメリカの探偵小説そのもの」と評され、アメリカにおける謎解きミステリの栄光と挫折、その変容を、みずからの作品でもって具現した感さえある。

ミステリ評論家、アンソロジストやミステリ雑誌の編集者としても一流で、さきごろ上下二巻で刊行された『ミステリ・リーグ傑作選』（二〇〇七／論創海外ミステリ）には、それらのエッセンスが詰まっている。四号を刊行するのみに終わったこの〝幻〟の雑誌《ミステリ・リーグ》での失敗があったからこそ、《エラリー・クイーンズ・ミステリ・マガジン》での大成功を勝ちえたのだろう。エラリー・クイーンの名前を冠したこの雑誌（実際の編集にたずさわっていたのは、フレデリック・ダネイのみ）は数々の有力作家を世に送り出し、ミステリ界にははかり知れない貢献をしている。

〈国名シリーズ〉と称される初期長編のほとんどでは、クイーンのトレードマークともいうべき「読者への挑戦状」が解決編の直前に配され、読者はフェアな謎解きを楽しむことができる。作者と同じ名前のシリーズ探偵エラリー・クイーンの推理は緻密な論理に基づいたものだが、それでいながら読む側に驚きをもたらす。

『ローマ帽子の謎』（一九二九／創元推理文庫、ハヤカワ・ミステリ文庫『ローマ帽子の秘密』）は、長編ミステリ・コンテストの応募作として書かれた、クイーンの記念すべきデビュー作。衆人環視の劇場内で弁護士が殺害される事件に挑むエラリー青年のういういしさがほほえましい。「エラリー・クイーンを読んだ男」でも言及されているように、ささいな手がかりから思いもよらない推理を展開し（「論理のアクロバット」と評されるゆえん）、ただひとつ考えられる解決へと到達するのが、クイーンの真骨頂。なお、「エラリー・クイーンを読んだ男」には『ローマ帽子の謎』のなかでエラリーが死体のかたわらで見つかったシルクハットから推理を展開するとあるが、これは作者の勘違いで、実際には正装姿の被害者がかぶっていたはずのシルクハットが犯行現場に見当たらないことから、エラリーが推理を展開する。

論理性という点では最高峰に位置する『オランダ靴の謎』（一九三一／創元推理文庫、ハヤカワ・ミステリ文庫『オランダ靴の秘密』）では、犯人の履いていた靴の片一方の靴ひもが切れていて、それを絆創膏で修理してあったことが重要な意味を持ってくる。

クイーンにしては珍しく猟奇的でサスペンスの横溢した『エジプト十字架の謎』（一九三二／創元推理文庫、ハヤカワ・ミステリ文庫『エジプト十字架の秘密』）では、もつれにもつれた事件の謎が、たったひとつのヨードチンキの壜から一挙に解決される。

密室殺人物の『チャイナ橙の謎』（一九三四／創元推理文庫、ハヤカワ・ミステリ文庫『チャイナ・オレンジの秘密』）では、被害者の着衣に加え、犯行のあった部屋のなかの動かせるものがすべて〝さかさま〟になっており、エラリーはそのなかから正しい手がかりを見つけ出す。同書ではさらに、そこにあるはずなのにないものも手がかりになっており、これがおそらく「エラリー・クイーンを読んだ男」の作中でミンディーのいっている〝見えない手がかり〟に該当するものだろう。

エラリーが弁護側の証人として法廷に立つ『中途の家』（一九三六／創元推理文庫、ハヤカワ・ミステリ文庫『途中の家』）は〈国名シリーズ〉ではないものの、「読者への挑戦状」があり、テーブルの上の皿のなかにあった六本のマッチの燃えさしと紙マッチのふた《パケット》、それに焦がされたコルク栓が、エラリーの推理のきめてとなる。

クイーンは長編のみならず短編の分野でもパズラーのお手本ともいうべき秀作を発表しており、そのうちいくつかは『クイーン検察局』（一九五五／ハヤカワ・ミステリ文庫）に収められている。「黒い台帳」も同書に収録された短編のひとつで、五十二頁にもおよぶ麻薬密売人の住所氏名の記されたリストをエラリーがどこに隠していたかという謎が提示される。


クリーシー、ジョン（マリック、J・J）　Creasey, John (Marric, J.J.)（英、一九〇八～七三）

二十以上にもおよぶペンネームを使い分け、六百冊以上もの長編を発表した、ミステリ史上類を見ない怪物的多作家。活動分野は創作のみにとどまらず、みずからの名前を冠したミステリ雑誌《ジョン・クリーシー・ミステリ・マガジン》の編集やアンソロジーの編纂にもあたり、CWA（イギリス・ミステリ作家協会）の創設にも尽力した。

そのミステリ作品はきわめて多岐にわたるが、戦前の作品はやや通俗的なスリラーが多い。先ごろ紹介されたクリーシー名義のトフ物も、貴族でありながら、ロンドンの貧民街イーストエンドに心惹かれ、みずからの周辺で起きる犯罪の捜査に積極的に関わっていく、リチャード・ローリソン卿の活躍を描いたテンポの速いスリラー。

〝トフ〟というのはもともと上流階級のダンディーな紳士一般をさす言葉だったが、それが人々のあいだでいつのまにかローリソン卿の呼び名になった。トフなる名前の記された名刺の裏には、粋な角度に傾けた山高帽と紐の垂れ下がる片眼鏡にステッキがシンボルマークとして描かれおり、この名刺を敵に残していくことによって、トフは相手に心理的なプレッシャーを与えようとする。

レスリー・チャーテリス（Leslie Charteris）の〝ザ・セイント〟ことサイモン・テンプラーに比較されることも多いが、共に弱き者の味方ではあるものの、トフ氏には〝ザ・セイント〟のような義賊的な性格はない。ギャングたちとも対等以上にわたり合うが、トフ氏はあくまでもディレッタント探偵の域にとどまっている。

邦訳はシリーズ第五作にあたる『トフ氏と黒衣の女』（一九四〇／論創海外ミステリ）とそれに続く『トフ氏に敬礼』（一九四一／論創海外ミステリ）が出ている。このうち前者は、トフと彼に恨みを抱いている女殺し屋アーマとの宿命的な対決を描いたもの。トフに殺された兄の無念をはらすまではと、黒いドレスをけっして脱ごうとしないこのアーマがなんとも魅力的な悪女で、終盤のたたみこむような展開もなかなか読ませる。

これに対し、J・J・マリック名義で発表されたギデオン警視のシリーズは、きわめてリアリスティックな警察小説。人気の点では、一年遅れてスタートしたエド・マクベイン（Ed McBain）の八十七分署シリーズに一歩も二歩も劣るものの、くろうと筋の評価は高い。なにより画期的なのは、警察小説という新興ジャンルに非常にマッチした、複数の事件の捜査を同時進行させ、それを結末に向かって収斂《しゅうれん》させていくという、〈モジュラー形式〉を効果的に採り入れた点で、この形式は現代でもR・D・ウィングフィールド（R. D. Wingfield）のフロスト警部シリーズなどに踏襲されている。

〝G・G〟と親しみや揶揄をこめて呼ばれる（〝ジージー〟には幼児言葉で、「お馬《んま》さん」という意味もある）中年のジョージ・ギデオン警視は、スコットランド・ヤードの犯罪捜査部長で、不撓不屈《ふとうふくつ》の精神でもってロンドン市内で起きた凶悪犯罪の解決にあたる。私生活では愛妻家で、六人の子どものよき父親でもある。ＭＷＡ（アメリカ・ミステリ作家協会）の最優秀長編賞を受賞した『ギデオンと放火魔』（一九六二／ハヤカワ・ミステリ文庫）では、大学進学を控えた息子が近所に住む幼なじみと深い関係になってしまい、そのデリケートな問題にギデオンが父親として苦慮するさまがサイドストーリーとして描かれている。

『ギデオン警視と部下たち』（一九五九／ハヤカワ・ミステリ）で中心的なテーマになっているのは、犯罪捜査部の抱える慢性的な人手不足という深刻な問題で、まさにそれが原因となって、ギデオンは大切な部下のひとりを犯罪者に殺されてしまう。この部下の弔い合戦のためにも、ギデオンは大蔵省が通達してきた大幅な予算削減（それをのめば、ますます人手不足に陥りかねない）と断固戦う決意を固める。このギデオンのもうひとつの戦いが複数の凶悪犯罪との戦いと相まって、出色のサスペンスを生み出している。
サスペンスといえば、『ギデオンと放火魔』でのクライマックスにいたるまでのものもすさまじい。ここでは五つもの事件の捜査が平行して描かれるが、そのうちもっとも紙幅を割かれているのは表題にもある放火魔の事件で、この連続放火魔の犯行がだんだんとエスカレートしていき、しまいには自暴自棄からとんでもない事態をひき起こすことになるのである。警察小説にはあまり見られない皮肉な結末も印象的で、そのあたりがおそらくＭＷＡの最優秀長編賞に輝いたゆえんだろう。

クリスティ、アガサ　Christie, Agatha（英、一八九〇～一九七六）

ミステリ史上もっともポピュラーな女性作家。クリスマス・シーズンに新作が刊行されるたびに、イギリスでの版元のコリンズ社が〈クリスマスにはクリスティを〉のキャッチフレーズのもとに、それらを新刊書店のショーウィンドウにずらっと並べたエピソードはあまりにも有名で、そのことからも、いかに大衆に愛された作家だったかがよくわかる。シドニー・ルメットが監督したオールスターキャスト映画『オリエント急行殺人事件』（一九七四）などの映画の大ヒット、わが国でも放映された、デイヴィッド・スーシェがエルキュール・ポアロ役を演じた（まさにはまり役！）ＴＶシリーズの成功により、その国際的な人気にはさらに拍車がかかった。短編も含めたその作品のほぼすべては、創元推理文庫や早川書房の〈クリスティー文庫〉で読むことができる。

　クリスティの平易な文章と、〝メイヘム・パーヴァ〟と称されるそのノスタルジックで予定調和的な作品世界は、読む者に安心感を与える。セント・メアリ・ミード村を舞台にしたミス・マープル物はその代表例で、黄金時代に人気を二分したドロシー・L・セイヤーズ（Dorothy L. Sayers）のようなハイブロウさはないが、その分、日常性に富んでおり、老若男女を問わず、とっつきやすい。

　もうひとつの強みが、ミステリ作家のなかでもトップクラスの読者をだますテクニック。「アガサ・クリスティを読んだ少年」のなかのジャック少年がいうところの〝めごまかし〟いや〝めくらまし〟は、クリスティのミステリの真髄でもある。その好個の例が、ポアロ物の傑作『ABC殺人事件』（一九三五／創元推理文庫、クリスティー文庫）。イニシアルのABC順にイギリス各地で人々が殺されていき、そのつど死体のかたわらから『ABC鉄道案内』が発見されるという、ぞくぞくさせられるほど魅力的なプロットの長編だ。このほかにもポアロ物の『三幕の悲劇』（一九三四／創元推理文庫、クリスティー文庫『三幕の殺人』）や『ナイルに死す』（一九三七／クリスティー文庫）、『白昼の悪魔』（一九四一／クリスティー文庫）や『葬儀を終えて』（一九五三／クリスティー文庫）、ミス・マープル物の『鏡は横にひび割れて』（一九六二／クリスティー文庫）、孤島に集められた人々がひとりまたひとりと殺されていくノン・シリーズ長編『そして誰もいなくなった』（一九三九／クリスティー文庫）など、クリスティの巧みなだましの例には事欠かない。

『アクロイド殺害事件』（一九二六／創元推理文庫、クリスティー文庫『アクロイド殺し』）は出版されるやいなや、その意外な結末をめぐって「フェアかアンフェアか」という大論争をひき起こした。ここでは、卵形の頭とぴんと立った口ひげがトレードマークで、〝あなた《モナミ》〟や〝ムッシュー〟を連発するベルギー人探偵ポアロはすでに引退しており、殺人のあった村でカボチャ作りに精を出している。事件そのものは地主のロジャー・アクロイドが自宅の書斎で刺し殺されるという、黄金時代のイギリス・ミステリにはいくらでもある設定の、いたって平凡なものだ。その特筆すべき点がどこなのかを明かすわけにはいかないが、運よくプロットをご存じないかたがいたら、ぜひご一読あれ。

ポアロの洗礼名エルキュール（Hercule）がギリシャ神話に出てくるヘラクレスに由来することはいうまでもないが、『ヘラクレスの冒険』（一九四七／クリスティー文庫）の冒頭、肉体的には少しもヘラクレスに似ていないとポアロは友人から揶揄され、それがきっかけとなって、このギリシャ神話の英雄を研究してみようと思い立つ。その結果、社会から害毒をのぞいたという点で、意外にも自分には相手と共通するところがあることに気づく。そして現代のヘラクレスとして、ヘラクレスの冒険にどこか似かよった十二の事件を取りあげようと決心する。

同書に収録された全十二編のうち最後の「ケルベロスの捕獲」をのぞく十一編は、シャーロック・ホームズ物を掲載したことでも知られる《ストランド》誌に一九三九年からその翌年にかけて連載されたもの。作者の脂ののりきった時期に書かれただけあって、文字どおり粒ぞろいの内容になっている。

シムノン、ジョルジュ　Simenon, Georges（ベルギー、一九〇三～八九）

ジョン・クリーシーにはおよばないものの、数々のペンネームを用いてさまざまなジャンルの大衆小説をものした人気作家で、その著作は四百以上にものぼる。一九三一年に『死んだギャレ氏』（創元推理文庫）によって登場させた、パリ司法警察局のメグレ警部（のちに警視）のシリーズが人気を博し、国際的な作家となった。わが国にも戦前から紹介され、『男の首』（一九三一／創元推理文庫）は江戸川乱歩が絶賛したことでも知られている。とはいえ、メグレ物の評価が本格的に定着したのは、河出書房新社が一九七六年から八〇年にかけて〈メグレ警視シリーズ〉と銘打った全五十巻にもおよぶ叢書を刊行してからである。ここで『モンマルトルのメグレ』（一九五一）などの未訳だった傑作が続々と紹介され、愛川欽也がメグレならぬ目暮警視を演じるTVドラマ〈東京メグレ警視シリーズ〉まで作られるほどの人気となった。

メグレのシリーズ探偵としての人気のゆえんは、「ジョルジュ・シムノンを読んだ男」のなかでバーニーもいっているように、その独自の捜査法にある。すなわちバーニーの言葉を借りるなら、メグレは「人間というものを理解してて、彼らがなにを思い、どう感じてるかをわかってるんだ。そうやって事件を解決する」のであり、犯罪者の内面に入りこんで、その心理を洞察することによって、彼ないしは彼女を犯罪へと駆り立てたものを見つけ出す。そのメグレの捜査法は「ジョルジュ・シムノンを読んだ男」のなかで言及されている、シリーズのうちの四作品のなかでも展開されている。

『メグレと消えた死体』（一九五一／河出書房新社メグレ警視シリーズ14）では、メグレの元にかつて逮捕したことのある女が奇妙な話を持ちこんでくる。その女、通称〝のっぽ〟ことエルネスティーヌの夫は金庫破りの名人と呼ばれている男で、前々日の深夜にとある家に侵入し、いつものように金庫破りに取りかかったところ、その部屋の隅に、胸が血まみれで、片手に電話の受話器を握りしめた、女性の死体があったという。メグレはその金庫破りの現場を特定することに成功し、その家を訪れて、そこの持ち主である歯科医とその母親とに話を聞くが、ふたりとも泥棒に入られた事実すら否定する。ところが、歯科医の外国人妻は二、三日前に家を出ていっており、訪ねていくはずだった友人の元へ姿を見せていない。おまけに、金庫の置いてある書斎の窓ガラスには、つい最近取り換えた形跡があった。

圧巻なのはメグレの手によって執拗にくり返される歯科医への訊問（「ジョルジュ・シムノンを読んだ男」のなかでバーニーが言及しようとしたのも、おそらくその場面のことだろう）で、それを通じて、関係者たちの心情や隠されていた事実が徐々にあぶり出されていき、ついには意外な真相が明らかになる。シニカルな結びの場面も、なかなかに印象的。

『メグレ間違う』（一九五三／河出文庫）では、メグレが犯行現場で感じたなんともいえない違和感が事件解決の足がかりになる。事件はパリ市内の高級アパルトマンで若い女性が至近距離から頭を撃たれて殺害されたというもので、被害者は二年前まで町に立って客を引いていたことが判明する。そのあとだれかの愛人となりアパルトマンに囲われていたらしいが、その一方でサキソホン吹きをしている恋人もいた。

メグレの捜査によって被害者を囲っていた男の正体は早い段階で明らかになるが、メグレはいっこうにその男に話を聞きに行こうとしない。その逡巡はメグレなりの人間洞察によるもので、メグレの判断が正しかったかどうかがだんだんと明らかになっていくあたり、相当に読みごたえがある。

『メグレと殺人予告状』(一九六八/河出書房新社メグレ警視シリーズ35)はまだ発生していない殺人の捜査にメグレが乗り出すという点で、シリーズのなかでも異色作といえる。きっかけはメグレにじかに送りつけられてきた匿名の手紙で、そこには数日内に殺人の起こること、その犯人は手紙の書き手の知っている者か、当の書き手自身であることが匂わせてあった。調査の結果、手紙に用いられた便箋は文具屋に特注したものであることが判明し、メグレはその依頼主である弁護士の元へと向かう。すると屋敷は異様な雰囲気に包まれており、応対に出てきた弁護士夫人はメグレに対して、この家には〝恐怖〟が存在していると漏らす。

弁護士とその夫人との冷えた関係、弁護士に愛情を寄せる女性秘書など、弁護士をめぐる人間関係も入り組んでおり、メグレが屋敷にやってきたときにはすでに悲劇の種はまかれていた。物語の三分の二近くになるまでだれが殺されるのかすらわからず、これによってサスペンスも冒頭から弛緩《しかん》することがない。匿名の手紙の書き手の正体とそれを書いた意図という副次的な謎も魅力的で、クリスティの『予告殺人』(一九五〇/クリスティー文庫)やクリストファー・ブッシュ(Christopher Bush)の『完全殺人事件』(一九二九/創元推理文庫)といったパズラーを思い浮かべる向きもあるだろう。

『メグレの幼な友達』(一九六八/河出書房新社メグレ警視シリーズ30)は、メグレの元に高等中学校の同級生のフロランタンが訪ねてくるのが発端。クラス一のふざけ者だったフロランタンは古物商になっており、ジョゼという愛人がいたが、フロランタンが別の部屋にいたときに、そのジョゼが寝室で撃ち殺されたという。ジョゼにはさらにさまざまな職種の四人もの愛人がおり、そのなかのひとりが犯人とも考えられる一方、学生時代からうそつきで通っていたフロランタンのことをメグレは信じきれない。そのうえ、アパルトマンの管理人の婆さんは、フロランタン以外にアパルトマンに入った人間はだれもいないと証言する。

愛人たちのひとりひとりに会いに行き、「事物の外観を信用せず、事物の核心を追求する」ことによって、メグレはしだいに真相に迫っていく。

スタウト、レックス　Stout, Rex(米、一八八六〜一九七五)

そのわかりやすさとユーモア、ネロ・ウルフという強烈な個性を持ったシリーズ探偵の存在から、いまも昔もアメリカで愛し続けられているミステリ作家。わが国でも近年、未訳だったウルフ物に加え、女探偵ドル・ボナー物の『手袋の中の手』（一九三七／ハヤカワ・ミステリ）、そのドル・ボナーも顔を出すテカムス・フォックス物の『苦いオードブル』（一九四〇／ハヤカワ・ミステリ）、『アルファベット・ヒックス』（一九四一／論創海外ミステリ）といった、他のシリーズ・キャラクターの活躍する作品が続々と紹介され、ようやくミステリ作家としてのスタウトの全体像がつかめるようになってきた。

ネロ・ウルフが初登場する『毒蛇』（一九三四／ハヤカワ・ミステリ文庫）の前にもノン・シリーズのスリラー長編があるが、スタウトの人気を決定づけたのは、やはりそのネロ・ウルフ物である。シリーズとしての魅力は数々あるが、なんといってもその最大のものは多彩なレギュラー陣が作り出す独自の作品世界。そもそもウルフの造型自体が当時としては画期的で、体重百三十キロの太った出不精の探偵という設定により〈安楽椅子探偵〉としての必然性を持たせ、S・S・ヴァン・ダイン（S. S. Van Dine）のファイロ・ヴァンスや初期のエラリー・クイーンら名探偵がややもすると陥りがちだった、冷酷な名探偵というイメージを一変させた。

そのウルフを助けるのが、ハンサムで活動的、そのうえ頭脳も推理力もそこそこ持ち合わせている好青年のアーチー・グッドウィンで、いうなればワトスン役以上の存在である。実際、ネロ・ウルフの頭脳とアーチー・グッドウィンの行動力とがあって初めて成り立つシリーズなわけで、アーチーが不在では、シリーズの魅力も半減してしまう。このふたりのあいだで交わされるユーモラスなやりとりも、ミステリ史上屈指のものといえる。

ふたりの敵役としては、結果的にいつもしてやられることになるクレイマー警部とステビンズ部長刑事とがおり、宝石用金具細工師の失踪とゴルフ場での大学総長の急死をめぐる『毒蛇』に早くも顔を出すソール・パンザー、フレッド・ダーキン、オリー・キャザーの私立探偵トリオは、ウルフの捜査に協力してくれる心強き味方だ。ウルフ家の料理人フリッツ・ブレナーと、ウルフがこよなく愛する蘭の手入れをまかされているシオドア・ホルストマンも、このシリーズには欠かせない。スタウト風ユーモアが最高潮に達した傑作『シーザーの埋葬』（一九三九／光文社文庫）で初登場した大金持ちの令嬢リリー・ローワンはのちにアーチーの恋人となり、シリーズに花を添える。

「レックス・スタウトを読んだ女」のなかでガートがむさぼるように読んでいる『我が屍を乗り越えよ』（一九四〇／ハヤカワ・ミステリ文庫）や『料理長が多すぎる』（一九三八／ハヤカワ・ミステリ文庫）は、『腰ぬけ連盟』（一九三五／ハヤカワ・ミステリ文庫）のようにシリーズを代表する長編というわけではないが、ユーゴスラヴィアのモンテネグロでのウルフの前半生がくわしく語られているという点で興味深い。モンテネグロ時代のウルフの養女と名乗る女性がウルフの元に依頼を持ちこんでくるのが発端で、当初はただの盗難事件だったものがくだんの女性を巻きこんだ殺人へと発展していく。

そのモンテネグロ時代からのウルフのよき友人なのが、ニューヨークでも最高のレストラン〈ラスターマン〉のオーナー兼料理長をつとめるマルコ・ヴクチッチ（ヴュクシックという表記もあり）。『我が屍を乗り越えよ』の姉妹編ともいうべき『ザ・ブラック・マウンテン』（一九五四／しゅえっと）では、そのウルフの親友が射殺され、ウルフは事件を解決すべくアーチーと共にはるばるモンテネグロに渡る。

チェスタトン、G・K　Chesterton, G. K.（英、一八七四〜一九三六）

「きらめく言葉をつぎつぎと噴出させた活火山のごとき存在」と評されるように、ミステリ史に燦然と輝く巨星チェスタトンの活動分野は探偵小説のみにとどまらなかった。ジャーナリスト、エッセイスト、文芸評論家、詩人、劇作家、宗教・政治論者としても名をはせ、美術の心得もあったという（自作の一部には彼自身の挿絵が添えられている）。パブリック・スクール時代の学友には生涯の親友となったE・C・ベントリー（E. C. Bentley）がおり、ベントリーの古典的名作『トレント最後の事件』（一九一三／創元推理文庫）は、チェスタトンに捧げられている。

ジョン・ディクスン・カーにとっては文学上のアイドルであり、カーのシリーズ探偵フェル博士はチェスタトンをモデルにしたといわれている。わが国でも、そのトリックメーカーぶりを江戸川乱歩が絶賛した。

チェスタトンは探偵小説を「現代生活における詩的感覚を表現しうる、最初にして唯一の大衆文学の形式」、その主人公である探偵を「独創的かつ詩的な資質に富む人物」と位置づけている。そのみずからの探偵小説観や探偵観が実践されたのが、ブラウン神父物などの一連のシリーズで、それらをユニークたらしめている最大の要因は、逆説《パラドックス》の存在である。一見すると矛盾しているようだが、よくよく考えてみると真理をついているのが逆説で、チェスタトン自身はそれを「人目を惹くために逆立ちしている真理」と表現している。乱歩の賞賛したトリックも、ひとつひとつを抜き出してみると、その荒唐無稽さ、実行性のなさばかりが目立ちかねないが、ひとたびそれが編中に収まると、チェスタトン一流の逆説により、まんまと納得させられてしまうのである。一見なにも知らぬように見えながら、そのじつ犯罪者よりも犯罪について知っているという、ブラウン神父の人物像にしたところが、きわめて逆説的である。

そのブラウン神父の風貌は、エキセントリックなシャーロック・ホームズのそれとは真逆の、平凡きわまりないもので、トレードマークのこうもり傘はその凡庸さの象徴ともいえる。その一方で、ホームズには欠けていた詩を理解する心と哲学的洞察力を持ち合わせており、犯人と自分の心とを同化させることにより、直感的に真相を見抜く。直感型探偵の代表といわれるゆえんである。

ブラウン神父物の第一短編集『ブラウン神父の童心』（一九一一／創元推理文庫）に収録された「神の鉄槌」は、無神論者の兄と牧師をしている弟との確執を物語の中心に据えたもので、やがて兄のほうが怪死を遂げているのが発見される。被害者は巨人の手だけがなしうるようなとてつもない力で頭を砕かれているうえに、兇器とおぼしきハンマーは、あたりに大きなハンマーがごろごろしていたというのに、なぜかいちばん小さくて軽いものであった。この不可解な謎はまさにチェスタトン流の逆説に基づいて解決され、真相を知らされた読者の多くは「G・K・チェスタトンを読んだ男」のケニー神父同様、殺人犯にある種の同情をおぼえることだろう。

「通路の人影」のほうは、シリーズの第二短編集『ブラウン神父の知恵』（一九一四／創元推理文庫）に収録されたもの。事件は劇場の横を走る通路の途中で主演女優が刺殺されるというもので、事件の発生直後、三人の人物が楽屋の扉越しに、通路の奥にいる怪しい人影を目撃している。ところが、その人影の見てくれをめぐって、それぞれの証言はくい違う。証人のひとりとして法廷に呼ばれたブラウン神父は、証言台でだれも想像のつかなかった意外な真相を明らかにする。そのあざやかなトリックといい、ブラウン神父が法廷で口にする逆説や推理といい、まさにチェスタトンならではの傑作である。

ちなみに同作品には、のちにカーの二長編にも登場するある人物が脇役として顔を出している。

ドイル、サー・アーサー・コナン　Doyle, Sir Arthur Conan（英、一八五九〜一九三〇）

ミステリ史上もっともポピュラーな探偵シャーロック・ホームズの生みの親。ホームズ人気は内外ともに衰えを知らず、「コナン・ドイルを読んだ男」に出てくるようなホームズ愛好家《シャーロッキアン》らは全世界におり、ホームズを主役にしたパスティーシュやパロディの類もさかんに出版されている。新しいところでは、アントニー・バークリー（Anthony Berkeley）やE・C・ベントリーなどのホームズ物を収録した北原尚彦編のアンソロジー『シャーロック・ホームズの栄冠』（二〇〇七／論創海外ミステリ）がある。

エキセントリックなホームズと、常識人だが知性という点ではホームズに一歩も二歩も劣るワトスンの名コンビが、ヴィクトリア朝のノスタルジックなロンドンで活躍するとあっては、その人気のほども納得できるというもの。そのホームズとワトスンは、一八八七年の末に刊行された《ビートンのクリスマス年鑑》に一挙掲載され、翌年単行本化された長編『緋色の研究』(創元推理文庫ほか)で初お目見えするが、大衆の圧倒的支持を受けるようになったのは、一八九一年以降《ストランド》誌に彼らの冒険を綴った短編シリーズが連載されるようになってからである。

『緋色の研究』で描かれる事件は、空き家の家具ひとつない部屋で風体のいやしくない紳士の死体が発見され、そのかたわらの壁に血で赤く〝Rache〟(ドイツ語で「復讐」の意)なる文字が記されているというもの。前半でホームズによる捜査のもようを、後半で殺人が起きるまでの因縁話を描くという手法が採られており、謎解きという点ではやや不満が残る。

それに続く『四人の署名』(一八九〇/創元推理文庫ほか)は本格物というよりスリラー系統の長編で、作中ではワトスンとその生涯の伴侶となる女性とのなれそめが語られている。くだんの女性がホームズの依頼人で、インドの連隊の将校をしていた彼女の父親は十年前に謎の失踪をしており、その机のなかからは、大きな建物の平面図の左手の隅に奇妙な絵文字が記され、そのそばに〝四人の署名〟がしてある紙切れが、発見されていた。

《ストランド》誌に掲載されたシリーズ最初期の短編をまとめた『シャーロック・ホームズの冒険』(一八九二/創元推理文庫ほか)に収録された「五個のオレンジの種」は、アメリカに端を発した事件で、嵐のさなかに依頼にやってきた青年の叔父と父親はそれぞれ自殺と事故死とおぼしき状況ですでに死亡している。だが、青年の話ではふたりとも死の前に五つの乾いたオレンジの種の入った手紙を受けとっており、どうやらアメリカの秘密結社がその背後にいるらしい。

第二短編集『回想のシャーロック・ホームズ』（一八九四／創元推理文庫ほか）収録の「マスグレーヴ家の儀式書」は、ホームズがワトスンと出会う前に手がけた、最初期の事件のうちのひとつ。ロンドンで開業したばかりのホームズのところに大学の学友が訪ねてきて、自分のところの執事と女中とが相次いで姿を消したと告げる。執事はその数日前に学友の家に代々伝わる儀式書を夜中に盗み見しているところを見つかり、くびを申し渡されていた。ホームズはその儀式書の文章のなかに宝の隠し場所を示した暗号が隠されていることを見抜く。

右記の短編集のあと、第三短編集『シャーロック・ホームズの生還』（一九〇五／創元推理文庫ほか）の刊行までに十年以上の間があるのは、シリーズの愛読者ならよくご存じのように、ホームズの身にある出来事がふりかかったからである。ホームズが生還してから三つ目の事件にあたる「踊る人形」は、暗号解読物としてよく知られている作品。ノーフォークの地主のアメリカ人妻の元に、おかしなかっこうをした人形が紙の上で踊りを踊っている、子どものいたずら書きとも思える通信文が届けられ、それを目にした夫人はひどく怯えたさまを見せる。ありとあらゆる暗号法に精通しているホームズが、英語の文におけるアルファベットの使用頻度を基にその踊る人形の通信文を読み解く。

『シャーロック・ホームズの最後のあいさつ』（一九一七／創元推理文庫ほか）所収の「赤輪党」でホームズに依頼を持ちこむのは下宿のおかみで、部屋にこもりっきりで顔を見せない新しい下宿人の不審な行動に神経をとがらせている。ホームズはその下宿人が部屋の窓から見える建物にいるだれかと通信を交わそうとしていることをつきとめる。それは光の数によってアルファベットを表すという単純なものであった。

「ライオンのたてがみ」は『シャーロック・ホームズの事件簿』（一九二七／創元推理文庫ほか）におさめられた短編のなかでも異色作。「コナン・ドイルを読んだ男」のなかでも〝ホームズ自身が書いたとされる〟と紹介されているように、ホームズの一人称で始終物語が進行し、ワトスンはまったく出てこないからだ。ホームズはすでにサセックスで隠遁生活を送っているが、友人の経営する受験指導校の教師のひとりが海辺で奇怪な死を遂げ、その解明に乗り出す。被害者は息をひきとるまぎわに〝ライオンのたてがみ〟なる言葉を発しており、このダイイング・メッセージがなにを意味しているかが鍵となる。

ところで、「コナン・ドイルを読んだ男」で結びの言葉としても用いられている「初歩的なことだよ、ワトスンくん」は、ホームズの数ある名せりふのなかでももっとも有名なものだが、実際にはホームズの長短編併せて六十の聖典のなかには登場しない（ただし、似たようなニュアンスのものはある）。

ハメット、ダシール　Hammett, Dashiell（米、一八九四〜一九六一）

アメリカがまだミステリの黄金時代を迎えていない一九二〇年代前半にひっそりと産声をあげたハードボイルドというジャンルの創始者が、ダシール・ハメットなのか、それともハメットと同時代にパルプ雑誌《ブラック・マスク》で活躍したキャロル・ジョン・デイリー（Carroll John Daly）なのかは、諸説あるところだろう。だが、ハードボイルドという新興ジャンルのスタイルをいち早く確立し、名編集者ジョゼフ・T・ショウ（Joseph T. Shaw）が一九二六年に《ブラック・マスク》の編集長に就任してからの力のこもった中短編の数々や、『赤い収穫』（一九二九／ハヤカワ・ミステリ文庫、創元推理文庫『血の収穫』）以降の長編で、このジャンルを一般に浸透させ、その人気を定着させたハメットの功績は、キャロル・ジョン・デイリーよりはるかに大きい。実際、ハメットの作品集を何冊か編んでいるエラリー・クイーンは、そのうちのひとつの序文のなかで「彼は初めて百パーセント・アメリカの、初めて真の国産の探偵小説を私たちにあたえてくれた」と、このハメットのことを位置づけているくらいである。

キャロル・ジョン・デイリーのシリーズ探偵レイス・ウィリアムズに遅れること四ヶ月、「放火罪および……」（創元推理文庫『ハメット傑作集1 フェアウェルの殺人』、ハヤカワ・ミステリ文庫『コンチネンタル・オプの事件簿』所収）で登場したコンチネンタル探偵社に勤める名なしの探偵コンチネンタル・オプは、そこでは「中年のいそがしい探偵」とだけ表現されている。物語は保険会社の依頼でオプが放火の疑いのある火事を調査しにやってくるというもので、ピンカートン社で私立探偵をしていたハメット自身の経験が活かされている。ちなみにオプのモデルは、ハメットがピンカートン社のボルティモア支局に勤めていた時代に同支局の次長をしていた上司だとか。ハメットの簡潔な文体を生んだのも、このピンカートン時代に書いた報告書の数々である。

『赤い収穫』は、オプが初めてパースンヴィルという町の名前を酒場で耳にしたとき、赤毛の坑夫がわざわざそれをポイズンヴィル（〝害毒の満ちあふれた町〟の意）と発音する冒頭の場面がなんとも暗示的で、数年後、オプは暴力と汚職の巣喰うその町へ乗りこんでいく。ここでオプが行なう腐敗した町の浄化は、それまでのミステリにはほとんど見られなかったもので、後続の作家たちに多大な影響を与えた。

オプは『デイン家の呪』（一九二九／ハヤカワ・ミステリ）にも登場するが、これはもともと《ブラック・マスク》に掲載された四つの中編を長編に仕立て上げたもので、麻薬中毒の若い娘をオプが助けるという読ませどころはあるものの、作者自身もその出来には満足していなかった。

ハメットのもうひとりの探偵、サム・スペードの登場する『マルタの鷹』（一九三〇／創元推理文庫、ハヤカワ・ミステリ文庫）は、エラリー・クイーンが〝ロマンティック・リアリスト〟と呼んだところのハメットの側面がうかがえる長編だ。『マルタの鷹』の事件の源になっている純金の鷹の彫像とそれにまつわる数奇な歴史は、まさにクイーンいうところの二十世紀のお伽噺、現代の無稽な寓話そのもので、それがハメットならではの現実の言葉をもって物語られ、現実的な人物描写とからみ合う。

コンチネンタル・オプが個性に乏しい（逆にそれが名なしの探偵の個性ともいえるが）だけに、三人称で描写されるサム・スペードの荒っぽさ、したたかさ、非常さは、よけいに目立つ。依頼人である魅力的な女性ブリジット・オショーネシーに対する扱いなどは、その最たるものだろう。「ダシール・ハメットを読んだ男」の冒頭でプリチャードが中断を余儀なくされる本は、ハメットの最後の長編『影なき男』（一九三四／ハヤカワ・ミステリ文庫）。主役をつとめるニック・チャールズはサンフランシスコの引退した私立探偵で、ノラはその資産家の愛妻。夫妻の元にはアスタという愛犬もいる。ニックとノラとのあいだに交わされる洗練されたおしゃべりが受けて、小説も映画も大ヒットし、映画のほうはシリーズ化されて続編も作られた。

ポー、エドガー・アラン　Poe, Edgar Allan（米、一八〇九〜四九）

ミステリという小説形態の創始者であり、同時に本格ミステリの生みの親でもある、ミステリ史上もっとも重要な作家のひとり。

一八四一年に《グレアムズ・マガジン》編集者という職に就き、同年その雑誌に「モルグ街の殺人」（創元推理文庫『ポオ小説全集3』所収）を発表。これが、世界で最初のミステリ作品となった。

トリック面ではやや荒けずりなところが見られるものの、「モルグ街の殺人」で扱われているのは密室殺人という、むかしもいまも本格ファンの心をとらえて離さない魅力的な謎であり、それを没落した名家の出である勲爵士のオーギュスト・デュパンが論理的に解明する。

その後、ミステリ史上最初の探偵であるデュパンは、ドキュメンタリー風な手法を採り入れ、実際にあった事件を小説風に再構成した「マリー・ロジェの謎」(創元推理文庫『ポオ小説全集3』所収)、警視総監じきじきの依頼を受けて、大臣の手で盗み出された手紙のありかを見つける「盗まれた手紙」(創元推理文庫『ポオ小説全集4』所収)にも登場。なかでも「盗まれた手紙」は、人間心理に立脚した意外な手紙の隠し場所があざやかで、この種の作品の古典として、しばしば引用される。他の作品には見られないユーモアの横溢《おういつ》という点でも、着目に値しよう。

ところで、コナン・ドイルのシャーロック・ホームズ物にも原作に大幅に手を加えた山中峯太郎によるジュニア向け翻訳が存在するように、このオーギュスト・デュパンにも実は山中版シリーズというべきものがある。一九六二年にポプラ社より全五巻の予定で刊行され、三冊を刊行するにとどまった、山中峯太郎編〈ポー推理小説文庫〉がそれで、三巻目の『黒猫』にはなんと、本来ならけっして出てくるはずのないデュパンが登場している(新聞社の受けとった投書のなかに黒猫にまつわる話があり、それにデュパンが目を通すという設定)。

ポーはホラーの分野でも優れた作品を残しているが、ウィリアム・ブリテンの「読まなかった男」の隠れテーマともいうべき「アモンティリヤアドの酒樽」(創元推理文庫『ポオ小説全集4』所収)も、ホラーともクライム・ストーリーともつかぬ作品である。

ここでは「読まなかった男」同様、復讐の念に燃える男が主人公で、被害者が酒通であることを鼻にかけているのを利用し、アモンティラード酒の大樽が入ったので、それが本物かどうか鑑定してほしいと持ちかけ、まんまと地下の穴蔵までおびき寄せることに成功する。途中、酒に酔わせて思考力をなくさせたうえで、穴蔵の奥の花崗岩に鎖で縛りつけたあと、「読まなかった男」のように被害者の前に石を一列一列重ねていって、完全に閉じこめてしまう。最後の石を積み終わったあとに主人公がいい放つ、物語の結びの言葉も、「読まなかった男」の最後にモンティが漏らすひと言と一致している。

ウィリアム・ブリテンについて

森　英俊（ミステリ評論家）

ニューヨーク州北部の商工業都市ロチェスターというところは、どうやらパズラー作家を生む土地柄らしい。というのも、一九三〇年にこの地で戦後のアメリカを代表するパズラー短編の名手がふたり、生を受けているからだ。二月生まれのエドワード・D・ホックと、十二月生まれのウィリアム・ブリテンである。

一九六〇年代に入ってから《エラリー・クイーンズ・ミステリ・マガジン（EQMM）》に登場し、同誌および《アルフレッド・ヒッチコックス・ミステリ・マガジン（AHMM）》の常連作家として人気を博したという点でも、この両者は共通している。ただし、ホックの新作短編がいまでも毎号のように《EQMM》の誌面を飾っているのに対し、ブリテンのほうは一九八三年に発表した「先生旅に出る」（邦訳は《EQ》一九八四年九月号）を最後に同誌に新作を発表していない。とはいえ、まったく小説を書かなくなってしまったわけではなく、一九七〇年後半から書き始めたジュヴナイル方面の著作が八〇年代から九〇年代にかけてもかなりあり、そのうちの三編はわが国にも紹介されている（作者名の表記がビル・ブリトゥンになっているので要注意）。

二〇〇三年にはチャールズ・アーダイ（Charles Ardai）と共にアイザック・アシモフの〈黒後家蜘蛛の会〉シリーズの傑作選 *The Return of the Black Widowers* を編み、そこには彼自身の「アイザック・アシモフを読んだ男たち」も収録されている（同書にやはり収録されているアーダイのパスティーシュ「黒後家蜘蛛の会 最後の物語」は《ミステリマガジン》二〇〇七年五月号に訳出されている）。

ブリテンにはミステリのシリーズがふたつあり、そのうちのひとつがオルダーショット・ハイスクールで科学を教えるレナード・ストラング先生のしろうと探偵としての活躍を描いたものである。三十編を超える短編に登場するこの学校教師は、定年を間近に控えた、ずんぐりした小鬼を思わせる面構えの人物で、学内や学校周辺で起きた事件、学生たちのからんだ事件で名探偵ぶりを発揮する。殺人といった凶悪犯罪にはめったに遭遇しないが、謎解きの際にはエラリー・クイーンばりの緻密な推理を披露する。かつての教え子である地元警察の部長刑事からの信頼も厚い。

このシリーズでもうひとつ目を惹くのが、学校やそこで学ぶ生徒たちのようすが生き生きしたタッチで描かれている点だろう。これはおそらく作者自身の学校教師としての長年の経験（一九五二年から八六年にかけて、ニューヨーク州のふたつの小中学校に勤務）に裏打ちされたもので、そうしてみると、シリーズを通じて感じられるなんとも心地のいい温かみは、ブリテンのひととなりを反映したものといえそうだ。

シリーズとしての水準も高く、三十数編のうちのどれを読んでもほとんどはずれはない。そのなかから筆者の個人的なお気に入りをあえて一編だけあげるとなると、「ストラング先生、グラスを盗む」（《ミステリマガジン》一九七一年十一月号）になろうか。実はこれ、生まれて初めて買った《ミステリマガジン》に掲載されていた作品で、もちろんブリテンの作品に接したのもそのときが初めてだったが、一読するや、文字どおりこの作者のとりこになってしまった。

「ストラング先生、グラスを盗む」は、地元のデパート経営者から教え子たちの留学資金の一部を寄付してもらうために、ストラング先生が不可能とも思える挑戦に応じるというもので、ストラング先生はデパートの営業時間内にそこから特大グラスを盗み出さねばならない。しかも、ストラング先生が入店してからの行動はテレビモニターでいちいちチェックされているうえ、警備員たちも目を光らせている。ところが、ストラング先生の思いついた方法たるや、くだんのデパート経営者や読み手側の意表をまったくついたもので、味のある結末も申し分ない。

このストラング先生シリーズは残念ながら本国でも短編集にまとめられておらず、パズラー短編集の出版に意欲的な〈クリッペン&ランドリュー社〉（ディクスン・カーの評伝作者である、ダグラス・G・グリーンが経営）あたりに期待したいものだ。

さて、本書に収録した十四編のうち最初の十一編からなるのがブリテンのもうひとつのシリーズで、こちらも本国では短編集にまとめられたことがない。原題に必ず〝～Who Read～〟と入っている（「読まなかった男」は例外）ことから、〈～を読んだ～〉シリーズと呼ぶ向きもある。ミステリ作家へのトリビュートともいうべき、上質なパロディやパスティーシュぞろいで、ミステリ好きであればあるほど、楽しめるはず。

《ＥＱＭＭ》には一九六五年十二月号に「ジョン・ディクスン・カーを読んだ男」と「エラリー・クイーンを読んだ男」の二作が一挙に掲載され、これが同誌へのブリテンのデビューともなった。その後このシリーズは、最終作の「アイザック・アシモフを読んだ男たち」まで、十数年にわたって同誌に断続的に発表されることになる。掲載号のうちの多くで、ブリテンの作品のあとにパロディやパスティーシュの対象となった作家自身のものを配するといったぐあいに、編集部もなかなか粋なところを見せている。

パズラー系統のものが大半だが、いくつかクライム・ストーリー仕立てのものもあり、作品のタッチもコミカルなものからシリアスなものまで、そのつど使い分けられている。なかでもシリーズ第一作の「ジョン・ディクスン・カーを読んだ男」は〈密室派の巨匠〉への愛情にあふれた傑作で、アンソロジーの定番になっている。同作でブリテンの名前を初めて知ったという向きも少なくないだろう。

なお、シリーズの作中で取りあげられている作家や作品に関しては、「好事家のためのノート」でふれておいたので、こちらを参照されたい。

ボーナストラックとして収録した三編は、いずれもシリーズ外の独立した短編だが、「うそつき」と「プラット街イレギュラーズ」の探偵役はそれぞれチャールズ・ディケンズとシャーロック・ホームズ物の愛読者という設定で、そういう点からすると、シリーズ番外編といえなくもない。「ザレッツキーの鎖」を入れたのは、表題が安楽椅子探偵のプリンス・ザレッツキーを連想させるからではなく（実際問題、スペリングも違う）、マジシャン対探偵という構図の面白さに加え、マジックを応用した脱出トリックがなかなかのものだからだ。不可能犯罪物としてもあまり類のないシチュエーションなのではなかろうか。なお、マッチ棒と輪ゴムを用意して本編を読めば、その楽しさが倍増すること請け合いである。

初出一覧

ジョン・ディクスン・カーを読んだ男 The Man Who Read John Dickson Carr (EQMM,1965-12)
エラリー・クイーンを読んだ男 The Man Who Read Ellery Queen (EQMM,1965-12)
レックス・スタウトを読んだ女 The Woman Who Read Rex Stout (EQMM,1966-7)
アガサ・クリスティを読んだ少年 The Boy Who Read Agatha Christie (EQMM,1966-12)
コナン・ドイルを読んだ男 The Man Who Read Sir Arthur Conan Doyle (EQMM,1968-8)
G・K・チェスタトンを読んだ男 The Man Who Read G. K. Chesterton (EQMM,1973-4)
ダシール・ハメットを読んだ男 The Man Who Read Dashiell Hammett (EQMM,1974-5)
ジョルジュ・シムノンを読んだ男 The Man Who Read Georges Simenon (EQMM,1975-1)
ジョン・クリーシーを読んだ少女 The Girl Who Read John Creasey (EQMM,1975-3)
アイザック・アシモフを読んだ男たち The Men Who Read Isaac Asimov (EQMM,1978-5)
読まなかった男 The Man Who Didn't Read (EQMM,1966-5)

ザレツキーの鎖 The Zaretski Chain (EQMM,1968-6)
うそつき The Artificial Liar (AHMM,1972-4)
プラット街イレギュラーズ The Platt Avenue Irregulars (AHMM,1973-11)

邦訳単行本リスト

『ジョン・ディクスン・カーを読んだ男』(二〇〇七)森英俊訳、日本独自編纂　**本書**
(ビル・ブリトゥン名義)
All the Money in the World (1979)『魔法にかかった世界じゅうのお金』谷口由美子訳(文研出版、一九八八)ジュヴナイル・ファンタジー
The Wish Giver (1983)『ふしぎなふしぎなカード』谷口由美子訳(文研出版、一九八七)ジュヴナイル・ファンタジー
The Fantastic Freshman (1988)『ぼくはスーパーマン新入生』谷口由美子訳(文研出版、一九九〇)ジュヴナイル・ファンタジー

〔訳者〕

森英俊（もり・ひでとし）

1958年東京都生まれ。早稲田大学政経学部卒業（在学中はワセダミステリクラブに所属）。翻訳・評論活動のかたわら、ミステリ洋書専門店 Murder by the Mail を運営。『世界ミステリ作家事典［本格派篇］』で第52回日本推理作家協会賞を受賞。訳書にライス『眠りをむさぼりすぎた男』、バークリー『シシリーが消えた』、ディクスン・カー『幻を追う男』など多数。

ジョン・ディクスン・カーを読《よ》んだ男《おとこ》

——論創海外ミステリ　68

2007年　9月15日　初版第1刷発行
2007年12月　5日　初版第2刷発行

著　者　ウィリアム・ブリテン

訳　者　森英俊

装　丁　栗原裕孝

発行人　森下紀夫

発行所　論 創 社

〒101-0051 東京都千代田区神田神保町2-23 北井ビル
電話 03-3264-5254　振替口座 00160-1-155266

印刷・製本　中央精版印刷

ISBN978-4-8460-0751-5

論創海外ミステリ

順次刊行予定（★は既刊）

★56 闇に葬れ
ジョン・ブラックバーン

★57 六つの奇妙なもの
クリストファー・セント・ジョン・スプリッグ

★58 戯曲アルセーヌ・ルパン
モーリス・ルブラン

★59 失われた時間
クリストファー・ブッシュ

★60 幻を追う男
ジョン・ディクスン・カー

★61 シャーロック・ホームズの栄冠
北原尚彦編訳

★62 少年探偵ロビンの冒険
F・W・クロフツ

★63 ハーレー街の死
ジョン・ロード

★64 ミステリ・リーグ傑作選 上
エラリー・クイーン 他

★65 ミステリ・リーグ傑作選 下
エラリー・クイーン 他

★66 この男危険につき
ピーター・チェイニー

★67 ファイロ・ヴァンスの犯罪事件簿
S・S・ヴァン・ダイン